Fantasy

Herausgegeben von Wolfgang Jeschke

Von Lyon Sprague de Camp erschienen in der Reihe
HEYNE SCIENCE FICTION & FANTASY:

Der Schmetterlingsthron (06/3439)
Die Uhren von Iraz (06/3484)
Die Räder der Zeit (06/3575)
Das Orakel der Fremden (06/3584)
Ein Yankee bei Aristoteles (06/3719)
Neu-Arkadien (06/3728)
Ein Dämon mit kleinen Fehlern (06/3747)

Zusammen mit Fletcher Pratt:
An den Feuern des Nordens (06/3768)
Die Kunst der Mathemagie (06/3814)
Die stählerne Festung (06/3854)
Der grüne Magier/Die Mauer der Schlangen (06/3881)
Geschichten aus Gavagans Bar (06/3887)

Conan-Saga:
Conan (06/3202)
Conan von Cimmerien (06/3206)
Conan der Pirat (06/3210)
Conan der Wanderer (06/3236)
Conan der Abenteurer (06/3245)
Conan der Krieger (06/3258)
Conan der Thronräuber (06/3263)
Conan der Eroberer (06/3275)
Conan der Rächer (06/3283)
Conan von den Inseln (06/3295)
Conan der Barbar (06/3889)
Conan der Schwertkämpfer (06/3895)
Conan der Befreier (06/3909)
Conan der Freibeuter (06/3972)
Conan und der Spinnengott (06/4029)
Conan von Aquilonien (06/4113)

Krishna-Zyklus:
Die Königin von Zamba (06/4086)
Die Suche nach Zei (06/4087)
Die Rettung von Zei (06/4088)
Die Geisel von Zir (06/4089)
Die Jungfrau von Zesh (06/4090)
Der Turm von Zanid (06/4091)
Der Gefangene von Zhamanak (06/4092)

Sachbuch:
New York lag einst am Bosporus (01/7001)

L. Sprague de Camp

Der Gefangene von Zhamanak

Siebter Roman des Krishna-Zyklus

Fantasy-Roman

Deutsche Erstveröffentlichung

WILHELM HEYNE VERLAG
MÜNCHEN

HEYNE-BUCH Nr. 06/4092
im Wilhelm Heyne Verlag, München

Titel der amerikanischen Originalausgabe
THE PRISONER OF ZHAMANAK
Deutsche Übersetzung von Joachim Pente
Das Umschlagbild schuf Paul R. Alexander

Redaktion: Friedel Wahren

Printed in Germany 1984
Umschlaggestaltung: Atelier Ingrid Schütz, München
Satz: Schaber, Wels
Druck und Bindung: Elsnerdruck GmbH, Berlin

ISBN 3-453-31108-6

Inhalt

1

Ehre

Auf dem Rasenplatz im Zentrum des abgeschlossenen Bereichs von Novorecife, dem terranischen Raumhafen auf dem Planeten Krishna, wogte eine Party. Die einheimischen Alkoholika, Kvad und Falat, flossen reichlich.

Aus dem Verwaltungsgebäude trat Herculeu Castanhoso, der eichhörnchenähnliche kleine Stellvertretende Sicherheitsoffizier, in der Hand ein Dokument, im Gesicht einen Ausdruck der Besorgnis. Sein Blick schweifte hurtig über das festliche Treiben, auf der Suche nach den Vorgesetzten, denen er diesen jüngsten Ärger melden mußte.

Er sah Ivar Heggstad, den Trainer, wie er gerade in seinem gebrochenen Gozashtando mit norwegischem Akzent auf eine krishnanische Angestellte des Raumhafens einredete. Als Turn- und Sportfanatiker, der er von Berufs wegen war, trank Heggstad nur Fruchtsaft; aber für diese Enthaltsamkeit entschädigte er sich um so ausgiebiger auf anderen Gebieten.

Richter Ram Keshavachandra, ein schmächtiger Mann mit graugelocktem Haarkranz um den kahlen braunen Kopf, unterhielt sich angeregt mit Masanobu Ishimoto, einem vierschrötigen, schwerzüngigen Japaner, der frisch zum neuen Konsul in Baianch, der Hauptstadt des Kaiserreiches Dur, ernannt worden war.

Schließlich blieb Castanhosos schweifender Blick auf dem gewellten Silberhaar von William Desmond Kennedy haften, dem scheidenden Comandante. Direkt neben Kennedy entdeckte Castanhoso die plumpe Gestalt seines unmittelbaren Vorgesetzten, Cristôvão Abreus, des ebenfalls scheidenden Obersten Sicherheitsoffiziers. Castanhoso faßte das

Dokument ein wenig fester und steuerte zielstrebig auf das letzte Paar zu.

Kennedy sagte gerade zu Abreu: »Cris, das gefällt mir gar nicht, wirklich gar nicht.«

Abreu schaute in die Richtung, in die Kennedys Finger deutete. »Du meinst, daß unser neuer Comandante ... ganz schön *embriagado* ist, eh? ... ihr würdet wohl besoffen sagen, nicht?« Er deutete mit dem Kinn auf einen untersetzten, kahlköpfigen Mann mit einem gewaltigen lenkstangenförmigen Schnauzbart, der mit einem Glas goldgelben Kvads in der Hand inmitten einer Gruppe weiblicher Angestellter des Raumhafens stand – sowohl Terranerinnen als auch Krishnanerinnen. Dieser Mann, der designierte Comandante Boris Glumelin, hatte sein besonderes Augenmerk auf Kristina Brunius gerichtet, die hochgewachsene honigblonde Sekretärin. Oswaldo Guerra, Kristinas fester Verehrer, stand abseits und starrte verdrießlich vor sich hin.

»Pois sim«, sagte Kennedy. »Keiner hat uns gewarnt, daß die WF uns einen Saufbold als Ablösung für mich schicken würde.«

Abreu stieß einen Seufzer aus. »Wollen wir hoffen, daß das nur ein einmaliger Ausrutscher ist. Alle mochten Senhor Glumelin, als er vor vier Monaten hier ankam. Die Arbeit, die wir ihm gaben, hat er jedenfalls immer ordentlich erledigt. Wenn was nicht klappte, sagte er bloß *›Eto nitschjevo!‹* und nahm sich den nächsten Vorgang vor. Nun ja, aber das ist jetzt Herculeus Problem.«

»Scheint, daß Gorschakow versucht, ihn aus der Schußlinie zu holen«, sagte Kennedy. Afanasij Gorschakow, der hünenhafte, stets finster dreinblickende schwarzhaarige Zollinspektor hatte Glumelin beim Ellbogen gefaßt und sagte ihm etwas ins Ohr. Einige Fetzen schweren, gutturalen Russischs drangen ans Ohr der Beobachter. Gleich darauf führte Gorschakow Glumelin mit sanftem Druck fort.

Abreu wedelte mit dem plumpen Zeigefinger. »Diesen Gorschakow muß man im Auge behalten. Der ist machthungrig. Wir sollten uns mal mit Keshavachandra unterhalten. Er scheidet erst nächstes Jahr aus, und als Richter ist er, wenn wir weg sind, der einzige, der über Autorität verfügt. Ja, Herculeu?«

Castanhoso hatte noch immer denselben gequälten Gesichtsausdruck, den er schon beim Verlassen des Gebäudes aufgesetzt hatte. »Senhores«, sagte er spannungsschwanger, »ich muß euch etwas mitteilen. Es ist gerade was von Gorbovast reingekommen.«

»Eh?« grunzte Kennedy. »Vielleicht der Kopf von noch so einem verrückten terranischen Missionar, eingelegt in Salz?«

Castanhoso schüttelte den Kopf. »Hier! Lesen Sie, *por favor.*« Er reichte dem Comandante ein Blatt aus gelbem Krishnapapier, auf dem ein Text im Brasilo-Portugiesisch der von Brasilien beherrschten terranischen Raumfahrtorganisation, den Viagens Interplanetarias, stand, aber in spinnenartig verschnörkelter krishnanischer Handschrift. Er lautete:

An den höchst erlauchten Senhor W. D. Kennedy,
Comandante
Raumhafen Novorecife
Hochverehrter Senhor,

Wie ich aus zuverlässiger Quelle erfuhr, wird eine gewisse Doutora *Alicia Dyckman, welche vor drei Monden Majbur auf dem Wege nach Kalwm durchquerte, daselbst wissenschaftliche Studien zu betreiben, von Khorosh, dem Heshvavu von Zhamanak, gefangengehalten. Weitere Einzelheiten sind mir nicht bekannt.*

Mit allervorzüglichster Hochachtung
Euer Gorbovast bad-Sár
Bevollmächtigter Gesandter von König Eqrar von Gozashtand in der Freien Stadt Majbur.

»Mist!« knurrte Kennedy. »Und das ausgerechnet zu einer Zeit, da die ganze Verwaltungsspitze wechselt!«

»Du bist noch bis Mitternacht Comandante«, sagte Abreu.

»Und morgen, wenn Glumelin mit einem Eisbeutel auf dem Kopf im Bett liegt, bist du noch so lange verantwortlicher Comandante, bis er seinen Rausch ausgeschlafen hat.«

»Da ist das blöde Weibsbild selbst schuld«, knurrte Kennedy mißmutig. »Ich hab sie gewarnt, daß sie ganz auf sich gestellt wäre, weil wir mit den Nationen im Süden keine Abkommen hätten. Aber nein, sie mußte ja unbedingt die Khaldoni-Dialekte aufzeichnen und den Schädelumfang der Leute ausmessen und ihr Sozialsystem mit dem von Dur vergleichen.«

»Und, was sollen wir jetzt tun?« meldete sich Castanhoso zu Wort.

»Sind wir denn verpflichtet, irgendwas zu unternehmen?« fragte Kennedy.

»Aber wir können doch nicht einfach dasitzen und nichts tun! Es wäre wirklich eine Schande, wenn wir zuließen, daß dieser primitive Tropen-Potentat eine so schöne Frau seinem Lieblings-Shan zum Fraß vorwirft!«

»Schön mag sie ja sein; aber sie ist auch ein unverbesserlicher Naseweis, und dazu temperamentvoll wie ein Eiszapfen. Geschähe ihr recht, wenn wir sie ihrem Schicksal überließen.«

»Aber ob uns der Charakter eines *Ertsu* paßt oder nicht, darf kein Kriterum dafür sein, ob wir ihm helfen, wenn er in der Patsche sitzt«, begehrte Castanhoso auf.

»Aber sein – in diesem Fall ihr – Aussehen darf auch kein Kriterium sein«, erwiderte Kennedy. »Nein, nein, wir haben sie gewarnt und damit unsere Hände in Unschuld gewaschen. Strenggenommen haben wir also keinerlei Verantwortung.«

Castanhoso: »Sie dürfen nicht so hartherzig sein, Comandante. Wir müssen zumindest diesem Korosh eine Protestnote schicken.«

»Nun gut«, lenkte Kennedy widerstrebend ein, »vielleicht sollten wir das tun, bevor die amerikanische Regierung von der Sache erfährt. Die Dame hat nämlich ein paar wichtige Organisationen im Rücken.«

»Ich bin einverstanden«, erklärte Abreu. »Das Problem ist nur: Wie kriegen wir die Note dorthin geschickt? Die Mejrou Qurardena befördert nämlich keine Sendungen so tief in den Süden.«

»Worum dreht's sich denn?« fragte eine tiefe, sonore Stimme. Sie gehörte einem hageren, hochaufgeschossenen Neger mit tiefschwarzer Haut und krausem Haar, der eben zu der Gruppe getreten war. »Sitzen Fergus und seine orientalischen Touristen schon in der Klemme?«

»Hallo, Percy!« begrüßte Kennedy den neu Hinzugekommenen. »Lies dir das mal durch!«

Percy Kuruman Mjipa, Dr. phil. (Universität Oxford), geboren als Mangwato in Botswana und jetzt terranischer Konsul auf Krishna, zur Zeit auf seine Versetzung auf einen neuen Dienstposten wartend, überflog das Schreiben und zog die Stirn kraus. Seine schwarze Frau, fast so groß wie er und von kolossalem Leibesumfang, spähte ihm über die Schulter und versuchte mitzulesen.

Mit einem Schnauben gab Mjipa den Brief zurück. »Verdammtes Miststück! Dieser Khorosh, meine ich. Wir halten uns diesen Lümmeln gegenüber vornehm zurück, und schon meinen sie, sie könnten mit unseren Leuten nach Gutdünken umspringen! Ich würde ... ich würde ... Also, ich würde was tun, das schwöre ich euch und pfeife auf die IR-Bestimmungen gegen den Imperialismus!«

Kennedy: »Kennst du diese Alicia Dyckman, Percy? Sie arbeitete in Dur, als du in Baianch warst.«

Mjipa zuckte die Achseln. »Ich bin ihr ein paarmal begegnet. Kann nicht gerade behaupten, daß ich sie besonders sympathisch fand, aber das tut absolut nichts zur Sache. Es geht hier allein ums Prinzip.«

»Wir haben uns gerade Gedanken darüber gemacht, wie wir es anstellen könnten, eine geharnischte Protestnote nach Zhamanak zu schicken«, meldete sich Abreu.

»Mein lieber Freund, das ist kein Problem. Ich werde den Brief persönlich überbringen; schließlich ist meine Versetzung nach Balhib noch nicht offiziell angeordnet.«

»Percy!« protestierte lautstark Mjipas Frau. »Du kannst doch nicht einfach hier abhauen!«

»Nein, kann ich das nicht? Wart's ab!«

»Aber du hast mir versprochen, daß du dich in Zukunft aus solchen Abenteuern raushältst!«

»Nichts zu machen, Darling«, erwiderte der schwarze Mann mit einem Achselzucken.

»Aber das ließe sich doch auch anders regeln. Wir könnten zum Beispiel einen Krishnaner anheuern, der ...«

»Nein, meine Teure, wir *Ertsuma* müssen zusammenhalten. Diese Halunken müssen wissen, daß sie nicht mit uns machen können, was sie wollen, verstehst du?«

»Aber du mußt doch nicht unbedingt selbst ...«

»Das ist eine Ehrensache für einen Terraner. Wenn du glaubst, ich bleibe ruhig auf meinem Hintern sitzen, während diese verfluchten Barbaren eine terranische Frau mißhandeln, dann bist du schief gewickelt!«

»Ach, du und dein alberner Ehrenkodex!«

»Na, na, Victoria«, mischte sich Kennedy beschwichtigend ein. »Wir wollen uns doch nicht wieder in aller Öffentlichkeit streiten! Das ist schlecht für unser Image bei den Krishnanern.« Der Comandante zeigte auf eine kleine Gruppe einheimischer Gäste: Sivird bad-Fatehán, der das Ausrüstungsgeschäft in Novorecife betrieb, und ein paar seiner in Novorecife ansässigen Freunde. Dann wandte er sich wieder Mjipa zu und fuhr fort: »Übrigens, Percy, ich glaube nicht, daß du der richtige Mann für diesen Job bist.« Mjipa öffnete den Mund, um zu protestieren, aber Kennedy fuhr besänftigend fort: »Du bist unser unerschrockener Held, aber diese Aufgabe erfordert diplomatische Finesse. Fingerspitzengefühl ist ja nun nicht gerade deine starke Seite. Du hast was gegen die Krishnaner ...«

»Das ist überhaupt nicht wahr!« fuhr Mjipa ihm wütend dazwischen. »Einige meiner besten Freunde sind Krishnaner!«

»Du wirfst sie alle in einen Topf als eine Bande dummer ›Eingeborener‹ und stampfst sturheil drauf wie ein wildgewordener Bishtar. Wenn du das mit den Khaldoniern versuchen würdest, ich meine, auf deine übliche Tour, ihnen sagen, sie sollen in die Banjao-See springen und versuchen, die Dyckman zu befreien, indem du sie an zusammengeknoteten Bettlaken aus irgendeinem Fenster herunterläßt, dann würdet ihr wahrscheinlich alle beide um einen Kopf kürzer wieder nach Hause kommen.«

Mjipa schluckte seine Entrüstung hinunter. »Wen könntest du denn sonst losschicken?«

»Mal überlegen ... Also, Ibn-Ayub ist in Katai-Jhogorai. Kline ist unterwegs nach Alvid in Suruskand ...« Kennedy runzelte angestrengt die Stirn. Dann hellte sich seine Miene auf. »Sieht so aus, als wäre Ishimoto der einzige, der zur Zeit verfügbar ist. He, Masanobu!«

Als der designierte Konsul für Dur nahte, murmelte Mjipa: »Wie ich Masanobu kenne, bringt er ein Dutzend gute Gründe vor, warum er unmöglich nach Kalwm fahren kann. Er ist gut für Routinesachen, aber für einen Job wie diesen ...«

Mjipa verstummte, als Masanobu Ishimoto zu ihnen trat. Als Kennedy die Situation erläutert hatte, verbeugte sich Ishimoto und sagte mit einem Ausdruck tiefsten Bedauerns auf dem Gesicht: »Oh, es tut mir schrecklich leid, Comandante! Aber wie Sie wissen, läuft mein Schiff nach Baianch in wenigen Tagen aus, und es sind schon alle Vorkehrungen getroffen. Ich habe geplant, morgen abzureisen, und wenn ich das Schiff verpasse, kann es Monate dauern, bis ich das nächste kriege. Und wir dürfen das Konsulat dort auf keinen Fall so lange unbesetzt lassen; Sie wissen ja, daß Tashian eine ständige Bedrohung für seine Nachbarn darstellt. Ich fürchte, eine Reise nach Kalwm kommt für mich nicht in Frage.«

»Vielleicht könnten wir ja Percy an Ihrer Stelle nach Baianch zurückschicken«, überlegte Kennedy. Aber beide Konsuln protestierten dagegen mit solcher Vehemenz, daß er diesen Plan wieder verwarf.

»Wann kann ich los, Bill?« fragte Mjipa.

»Nun ja, zuerst müssen da noch so einige Formulare ausgefüllt werden, und ich weiß nicht, wie lange es dauert, bis Glumelin dazu in der Lage ist ...«

»Ach, hör schon auf mit diesem Unfug! Wir gehen jetzt gleich in dein Büro und füllen alles aus. Noch bist du im Amt!«

Kennedy stieß einen Seufzer aus. »Und das, während die Party gerade so richtig in Schwung kommt! Aber laß mich eines klarstellen, Percy: Du bist nicht befugt, einen privaten Guerillakrieg gegen Khorosh anzuzetteln, nur weil dir nicht gefällt, wie er mit der Dyckman umspringt. Natürlich darfst du dich verteidigen. Wenn die Dyckman gegen die Landesgesetze verstoßen hat, darfst du ihr Rechtssystem – wie auch immer das beschaffen sein mag – ausschöpfen, um sie zu verteidigen. Aber solange sie sich an ihr eigenes Justizsystem halten, mußt du dasselbe tun.«

»Auch wenn man sie zum Tod auf dem Scheiterhaufen verurteilt – wegen Benutzens des falschen Löffels beim Abendessen?«

»Nun ja, in einem solchen Extremfall sähe die Sache natürlich etwas anders aus. Aber solange sie sich an halbwegs zivilisierte Rechtsgepflogenheiten halten ...«

»Es gab zivilisierte Völker, die Menschen für weniger schlimme Vergehen verbrannt haben.«

»Ach, Mann, laß deinen gesunden Menschenverstand walten! Das heißt, falls du welchen besitzt.« Als sie sich auf den Weg zum Verwaltungsgebäude machten, fügte Kennedy hinzu: »Wäre es nicht besser, du gingst als Krishnaner? Die Khaldoni-Nationen sind noch nicht an Erdenmenschen gewöhnt. Sie könnten sich möglicherweise vor ihnen fürchten.«

Mjipa schüttelte den Kopf. »Nein, nein, ich gehe so, wie ich bin. Ich würde ein ganzes Faß Schminke brauchen, um meine Haut und meine Haare auf krishnanisch zu trimmen, und das lohnt die Mühe nicht. Ich würde pro Tag mindestens eine Stunde brauchen, um mich anzumalen und mir die Fühler und falschen Ohren anzukleben, und soviel Freizeit wird mir bestimmt nicht vergönnt sein. Außerdem gibt es auf Krishna keine richtig schwarzhäutigen Rassen, und deshalb ist meine Hautfarbe gerade das richtige, um die Burschen gefügig zu machen. Sie jagt ihnen nämlich gehörig Furcht ein.«

»Paß nur auf, daß sie ihnen nicht soviel Furcht einjagt, daß sie dir einen Speer in den Bauch stecken!«

»Ich werd schon vorsichtig sein, keine Angst! Hast du zufällig einen Block mit diesen Geschenkgutscheinen für Sivirds Laden? Ich könnte sie vielleicht gebrauchen. Und wo steckt Angioletti? Ich brauche ein bißchen krishnanisches Bargeld. Außerdem kann er mir als Amerikaner vielleicht ein paar gute Tips geben, wie man mit einer bockigen Landsmännin umgeht.«

Karrim, der größte der drei Monde Krishnas, hatte dreimal den Planeten umrundet, als die *Jafez* aus Majbur in den Hafen von Kalwm einlief. Roqir leuchtete matt durch eine leichte Wolkendecke. Die gestreiften Segel killten schlaff in der fast stehenden Luft, und die Besatzung war dabei, die Riemen zu bemannen, um in den Hafen zu rudern. Die Luft war schwül und stickig.

Schweißtropfen perlten von der glänzenden schwarzen Stirn von Percy Mjipa, der mit den Ellenbogen auf der Reling des Vorderdecks lehnte und langsam seine Pfeife schmauchte. Er starrte auf die niedrige, flache Küstenlinie und die niedrigen graubraunen Häuser, die sich dahinter erhoben. Weiter hinten ragte ein riesiges Bauwerk über der Stadt auf. Es hatte die Form eines Kegelstumpfes, der sich nach oben nur schwach verjüngte, so daß Mjipa sich an einen der Kühltürme eines terranischen Kraftwerks erinnert fühlte. Zackenförmige Unregelmäßigkeiten am oberen Rand des Bauwerks deuteten darauf hin, daß die Arbeiten noch nicht vollendet waren.

Abgesehen von Sandalen war Mjipas einziges sichtbares Kleidungsstück ein weiß und purpurfarbig karierter, kurzer Kilt. Die Krishnaner aus Kalwm und seinen Nachbarländern trugen, wenn überhaupt etwas, dann dieses Kleidungsstück. An Mjipas Hals hing, an einer Kette befestigt, ein rechteckiges Schild aus synthetischem Jade, etwa handgroß, in welches Name und Titel des Trägers in fünf krishnanischen Sprachen eingraviert war.

Niemand hätte Mjipa für einen Krishnaner gehalten. Die Seeleute, ausnahmslos Daryava, liefen, außer bei kaltem Wetter, nackt herum. Im großen und ganzen von menschlicher Gestalt und Proportion, von hellbrauner Hautfarbe mit einem leicht grünlichen Einschlag und dunkelgrünem, ins Bläuliche spielendem Haar, unterschieden sie sich jedoch von Terranern in vielen kleineren anatomischen Details, wie den spitz zulaufenden Ohren, den externen Riechorganen, bestehend aus zwei federartigen Antennen, die wie ein Paar zusätzlicher Augenbrauen zwischen den eigentlichen Brauen über der Nasenwurzel hervorsprossen; und den weniger stark ausgeprägten Geschlechtsorganen. Waren die meisten Krishnaner durchschnittlich schon etwa so groß wie die größeren menschlichen Rassen, so überragte Percy Mjipa mit seinen zwei Metern sie alle miteinander.

Über Mjipas rechter Schulter hing ein Wehrgehenk aus purpurn gefärbtem Leder, an dem eine Scheide mit einem krishnanischen Schwert baumelte. Von der anderen Schulter hing, an einem Riemen über Kreuz mit dem Wehrgehenk, eine große Ledertasche, die solchen Kleinkram enthielt, den Mjipa in kühleren Klimazonen in der Hosentasche getragen hätte. Der Gürtel, der den Kilt hielt, bot zusätzlich einem mächtigen Dolch Halt. Zu Mjipas Füßen lag eine dickwulstige Segeltuchtasche.

Die Dreieckssegel waren inzwischen endlich heruntergeholt und aufgerollt. Kurz vor der Hafeneinfahrt verkündete Kettengerassel, daß der Anker ausgeworfen war. Die *Jafez* blieb stehen, sanft in der Dünung schaukelnd.

Mjipa, der fließend Gozashtando sprach, fragte Kapitän Takhril: »Warum diese Verzögerung?«

Mit mahlenden Kinnladen auf seinem Priem Salaf-Wurzel kauend, zeigte der krishnanische Skipper auf zwei andere

Schiffe, die gleichfalls in den nahegelegenen Untiefen vor Anker gegangen waren. Er spuckte über die Reling und sagte: »Zoll. Wir müssen warten, bis wir an der Reihe sind, wie alle anderen von See her kommenden Wichte von geringerem als königlichem Range.«

Die werden den ganzen Tag brauchen bei ihrer verdammten hinterwäldlerischen Umständlichkeit, dachte Mjipa. Und dann wollen sie womöglich noch ein Bestechungsgeld, ehe sie uns endlich durchlassen.

»Sagt, Kapitän«, fragte er den Skipper, »was ist das dort?« Er deutete auf das riesige Bauwerk am Ufer.

»Das?« rief der Kapitän. »Oh, jener Turm ist der, welchen der gegenwärtige Heshvavu, Vuzhov der Schwärmer, in der Hoffnung errichtet, den Himmel selbst zu erstürmen und einen Ehrenplatz in der Reihe der Götter zu fordern. Natürlich wissen Ihr und ich, daß der Planet so rund ist als wie ein Ball und daß der Himmel darüber nichts ist denn leerer Raum. Doch einmal an Land, hütet Euch, auch nur ein Sterbenswörtchen von solch einem gotteslästerlichen Dogma an unseres besessenen Monarchen oder seiner Spione Ohr dringen zu lassen, auf daß es Euch nicht so ergehen möge, wie Qarar es dem König von 'Ishk in der Legende ergehen ließ.«

»Ihr meint, er hackt jenen die Köpfe ab, die behaupten, die Welt sei rund?«

»So ist es, Herr. Ihre heiligen Bücher sagen, sie sei flach, so flach, daß es auf königlichen Befehl hin geschehen sein müsse. Während seiner gesamten Herrschaftszeit hat Vuzhov sein Volk zur Fron an diesem Turme getrieben, doch solange er auch baut und gleich, wie hoch er auch bauen mag, muß er erkennen, daß der Himmel sich immer noch und immer wieder seinem törichten Zugriff entzieht. Doch anstatt seine Meinung zu revidieren wie ein Mann von gesundem Verstand, wird er immer verbohrter und gereizter in seinem Wahnglauben und setzt immer wütendere Anstrengungen daran, doch noch das zu verwirklichen, was schon in dem, was er sein Hirn nennt, verrottet, obgleich es wahrscheinlicher ist, daß sein Schädel kein solches beherbergt, sondern nichts weiter denn einen Brei aus zerstampftem Tabid und Shaihanmilch. Verfallen Terraner auch bisweilen in solcherlei Wahn?«

»Ja«, antwortete Mjipa, wobei er dachte, daß die große Unart der krishnanischen Völker nicht die Parteisucht, sondern der Redeschwulst war. »Wir hatten einst einen großen Seefahrer, der, zu einer Zeit, da unser Planet noch nicht recht erforscht war, glaubte, er würde, indem er über das Meer segelte, auf einen Kontinent mit Namen Indien stoßen. Was er freilich nicht wußte: Zwei andere, durch eine Landenge miteinander verbundene Kontinente, lagen genau auf seiner Route. Und als er schließlich auf dieses Hindernis stieß, ließ er seine Besatzung ein Dokument unterzeichnen, daß sie Indien erreicht hätten. Aber das änderte natürlich nichts an der Realität.«

»Ah, 's ist klar wie die Berggipfel von Darya, daß ihr die gleichen Schwächen habt wie wir. Wie es schon Nehavend sagte, daß die Götter, die dem Menschen die Weisheit gaben, ihm auch die Torheit gaben, auf daß er nicht seine Weisheit dazu benutze, den Himmel zu erstürmen und die Götter von ihren goldenen Thronen zu werfen.« Kopfschüttelnd wandte Kapitän Takhril sich ab, um seinen Leuten Befehle zu geben.

Mjipa öffnete die Segeltuchtasche zu seinen Füßen und kramte zwei kleine Bücher heraus: ein Wörterbuch Gozashtando–Khaldoni und ein Wörterbuch Portugiesisch–Khaldoni mit den geläufigsten Redewendungen. Bestimmt fände er darin nicht solche Floskeln wie: ›Bewegt eure Ärsche, ihr Vollidioten!‹ Oder: ›Herr Wirt, da ist ein Vieh unter meinem Bett, das sieht aus wie eine armgroße Eidechse. Was, bitte schön, soll ich damit anfangen?‹ Aber dann wandte er seine Aufmerksamkeit wieder realistischeren Dingen wie dem Erlernen der wichtigsten Begrüßungs- und Höflichkeitsfloskeln zu. Beim Durchlesen murmelte er sie leise vor sich hin, um sie sich rascher einprägen zu können.

Kapitän Takhril kam zurück. Mjipa fragte ihn: »Ihr kennt

diese Stadt doch sicherlich von früheren Besuchen her, oder?«

»Ja, Herr. Die Stadt Kalwm und ich sind alte Bekannte. Ich kenne ihre Straßen und Gassen wie die Linien auf meiner Handfläche.«

»Dann sagt mir, wie kommt man zu Irants' Gasthof? Gorbovast in Majbur hat ihn mir empfohlen.«

»Am besten, Ihr laßt Euch von einem öffentlichen Straßenbahnschieber dorthin bringen.«

»Straßenbahn?« fragte Mjipa verblüfft.

»Ja. Seht Ihr sie nicht dort drüben?«

Der Kapitän reichte Mjipa sein messingnes Teleskop. Als Mjipa durch das Rohr blinzelte, konnte er in der Ferne eine Reihe etwa mannshoher Kästen auf Rädern ausmachen.

Jetzt kamen die Zollbeamten, die erst auf Mjipas dunkle Haut starrten und dann seine Tasche durchkramten. Sie waren kleiner und dunkler als die nördlicheren Krishnanerrassen, und ihre Riechantennen waren deutlich länger. Mjipa erprobte sein frisch erlerntes Khaldoni mit einem freundlichen »Guten Tag«, was das krishnanische Äquivalent eines Lächelns und einen mit der Geschwindigkeit eines Maschinengewehrs heruntergeratterten Redeschwall in kalwmianischem Dialekt auslöste, dem er natürlich nicht zu folgen vermochte.

»Etwas langsamer, bitte!« sagte Mjipa.

Der Mann fing noch einmal von vorn an: »Ich sagte, guten Tag. Möge Eure Leber leicht ...« Dann wurde sein Redefluß erneut so schnell, daß Mjipa sich hoffnungslos abgehängt sah. Nach mehrmaligem Hin und Her und drei neuen Anläufen begriff Mjipa endlich, daß der Mann ihn fragte, ob er Terraner sei.

»Wir haben nur selten welche in dieser Gegend«, erklärte der Krishnaner. »Bisweilen kommen sie als Eingeborene unserer Welt verkleidet, mit gefärbter Haut und nachgemachten Riechern. Doch inzwischen vermag jeder Tor am Klang der Stimme zu erkennen, ob es sich um ein wahrhaftiges Menschenwesen oder um eine fremde Kreatur von einer anderen Welt handelt. Sind jene merkwürdige Haut und Haare, welche Ihr zur Schau tragt, natürlichen Ursprungs oder das Ergebnis von Färbetinkturen und Lokkenwicklern?«

Mjipa warf einen raschen, verstohlenen Blick in sein zweisprachiges Wörterbuch. »Natürlich«, knurrte er mürrisch.

»Dann beantwortet mir eine weitere Frage: Habt auch ihr unsterbliche Seelen so wie wir, welche, nachdem ihr gestorben und im Hishkak für eure Sünden bestraft worden seid, in anderen sterblichen Leibern weiterleben?«

Mjipa: »Ist Frage umstrittene bei meinen Brüdern terranisch. Ich nicht weiß Antwort.«

»Wie viele Götter habt ihr?«

»Darüber auch gibt unterschiedliche Meinungen. Manche glauben an einen, manche an drei, manche an Hunderte und manche an gar keine.«

»Habt ihr Geister und Dämonen wie wir?«

»Manche glauben an sie. Schaut, mein Freund; ich nicht bin gebildete Mann; nur kleine Beamte. Einige meiner Brüder terranisch können antworten Eure Fragen viel besser.«

Als der Krishnaner sich schließlich abwandte und somit auf eine Weiterführung seiner theologischen Inquisition verzichtete, stieß Mjipa einen tiefen Seufzer der Erleichterung aus. Gleich darauf war die Zollkontrolle beendet, und die Beamten stiegen wieder in ihr Boot und fuhren zurück. Die *Jafez* wurde ins Hafenbecken gerudert und festgemacht. Die Seeleute gingen, Wein, Weib und Gesang im Visier, frohlockend von Bord; Schauerleute begannen die Ladung zu löschen.

Als Mjipa mit seiner Segeltuchtasche über der Schulter das Schiff verließ, sah er, was es mit den ›Straßenbahnen‹ auf sich hatte. Ein Paar Schienenstränge aus Qongholz liefen in einem Abstand von etwa einem Meter zueinander längs der Mitte der Uferstraße. Auf diesen Gleisen standen vier kastenförmige Vehikel, deren farbenfrohe Bemalung in kunstvollen Mustern aus Rot, Blau und Gold in scharfem Kontrast zum schmutzigen, uniformen Beigebraun der Häuser stand. Jedes der Vehikel stand auf vier Spurkranzrädern. Der kastenförmige Aufbau enthielt eine in Fahrtrichtung zeigende Bank mit zwei Sitzplätzen. Hinter den Pasagieren, an der Rückwand des Gefährts, war eine Querstange für den Schieber angebracht.

Mjipa steuerte auf den erstbesten Wagen zu, ein grünes Modell mit orangefarbenen Punkten. Ein nackter Kalwmianer erschien und ratterte sogleich in Khaldoni auf Mjipa ein. Als er des Terraners verständnislosen Gesichtsausdruck gewahrte, wiederholte er langsam, in gebrochenem Gozashtando: »Möchten – möchten Eure Exzellenz – äh – Fahrt?«

»Könnt Ihr mich zu Irants' Gasthof bringen?«

»Ja, Herr, das ich kann. Gleis geht fast bis vor Tür. Bitte einsteigen!«

»Wieviel?« Als alter Hase auf Krishna, der er war, war Mjipa nicht so dumm, der Einladung nachzukommen, ohne zuvor einen festen Preis auszuhandeln.

Nach einigem Gefeilsche war man sich einig, und Mjipa kletterte an Bord. Der Krishnaner schob das Gefährt über das Gleis, bis sie zu einer Seitenstraße kamen. Hier zweigte eine Spur ab. Der Abzweig besaß indes keine verstellbare Weiche. Mjipa, in seiner Jugend ein begeisterter Eisenbahnfan, war gespannt, wie der Schieber das Abbiegmanöver bewerkstelligen würde.

Der Krishnaner stemmte einen Fuß gegen den Querbalken am unteren Rand des Aufbaus und zog gleichzeitig an seiner Schiebestange, so daß sich die Vorderräder aus den Schienen hoben. Dann schwenkte er das ganze Gefährt so weit herum, bis die Vorderräder genau über dem abzweigenden Gleis hingen. Dann ließ er sie sanft herunter, und der Wagen rumpelte tadellos um die Kurve.

Nur wenige Fußgänger waren unterwegs. Mjipa vermutete, daß die meisten ihre mittägliche Siesta hielten; wie er später erfuhr, war es die Stunde des Mittagessens. Gelegentlich rollte ein Kalwmianer auf einem Dreirad vorbei, jenem simplen Fortbewegungsmittel, das in allen größeren Städten rings um die Drei Meere verbreitet war. Die wenigen, die an der Straßenbahn vorbeikamen, schauten erstaunt auf Mjipa, ein paar zuckten erschreckt zusammen und starrten ihm mit offenem Mund hinterher. Schließlich wurde es Mjipa zu bunt, und er zog trotz der großen Hitze die Vorhänge an den Seitenfenstern zu.

Jedesmal wenn sie an großen Privathäusern vorbeikamen, zweigte ein Schienenpaar ab und verschwand hinter den Türen dieser Häuser. Offenbar verfügten die betuchteren Bürger über muskelgetriebene Privat-Straßenbahnen. Wenig später passierte es, daß ein anderer Wagen um eine Ecke bog und Mjipas Gefährt auf demselben Gleis entgegenrumpelte.

Die Wagen hielten ein paar Meter voneinander an, und die zwei Schieber begannen sich gegenseitig anzubrüllen. Mjipa steckte den Kopf aus dem Seitenfenster und fragte, was los sei.

»Ich habe Vorfahrt«, sagte sein Schieber. »Aber jener Tölpel dort beharrt darauf, daß ich – und nicht er – zum nächsten Abzweig zurücksetze, und das mit der kecken Begründung, sein Passagier übertreffe den meinen an Rang und Stand. Ich werde dem Wicht zeigen, wer ...«

»Hört zu!« Mjipa erstickte den zu erwartenden Wortschwall im Keim, wobei er sich hastig seine mageren Khaldoni-Brocken aus dem Gedächtnis zusammenklaubte. »Fahrt Wagen auf Seitengleis wie dieses hier und laßt ihn vorbei.«

»'s wär nicht recht!« heulte der Schieber. »Seitenzweige sind Privatbesitz. 's wär unbefugtes Eindringen! Außerdem weiche ich vor diesem Wicht nicht einen einzigen *Yestu* zurück!«

»Fahr sofort auf Seitengleis!« brüllte Mjipa, dem der Geduldsfaden gerissen war. »Ich übernehme ... übernehme ...« Das Wort für ›Verantwortung‹ fiel ihm nicht ein; aber der Schieber war von seinem Ton so eingeschüchtert, daß er gehorchte. Der andere Wagen rollte vorbei. Sein Schieber machte eine unfeine Geste, was einen erneuten Schwall wüster Beschimpfungen von seiten seines Kontrahenten heraufbeschwor. Niemand zeigte sich oder erhob Beschwerde, als Mjipas Schieber von dem Seitengleis auf die Hauptstrecke zurückrangierte und seine Fahrt fortsetzte.

Angekommen an Irants' Gasthof, den Mjipa anhand eines über der Tür befestigten Tierschädels identifizierte, entlohnte er den Schieber und schleppte seine Tasche ins Innere des Gasthofs. Auf dem Fußboden saß hinter einem mit Rechnungen und anderem gastronomischen Papierkram übersäten Tisch ein ältlicher Krishnaner.

»Meister Irants?« fragte Mjipa.

Der Mann blickte auf, registrierte Mjipas Größe und Hautfarbe, fuhr sichtbar zusammen und wich mit angstvollem Blick zurück. »Seid Ihr ein Dämon, der gekommen ist, mich in den Hishkak zu schleppen? Ich bin immer ein guter Mann gewesen! Ich habe niemals meine Gäste betrogen! Ich habe niemals meine Frau geschlagen!«

»Es freut mich zu hören, daß Ihr ein solch tugendhafter Mann seid, aber ich bin kein Dämon. Hier, lest!« Mjipa reichte ihm das jadefarbene Medaillon. »Dort steht drauf, wer ich bin.«

Der Mann machte ein verdutztes Gesicht, nachdem er die Inschriften gelesen hatte. »Ein Terraner, sagt Ihr? Mich deucht, Ihr seid der erste Eurer Art, der meinem Etablissement die Ehre erweist. Es gibt Leute, die sagen, alle Terraner seien in Wahrheit Dämonen in der Vermummung von Sterblichen, und die Welten, aus denen diese Wesen zu kommen vorgeben, seien nichts anderes als die Hölle selbst.«

»Hört zu!« sagte Mjipa, mühsam sein Temperament zügelnd. »Ich will Zimmer, Ihr versteht? Kann bezahlen, versteht? Ich verspreche, daß mache keine Zauberkunststücke hier, versteht?«

»Sehr wohl, Herr.« Mjipa hätte schwören können, daß dem Krishnaner vor Angst die Zähne klapperten. »Ich werde Euch Nummer vierzehn geben. Ich hoffe, es wird Eurer Durchlaucht gefallen.«

»Das wird es sicher. Doch nun sagt mich, wer ist des Heshvavus erster Offizier ... ich meine, der, welche besorgt die ... die ... die Regierungsgeschäfte täglichen? Ich nicht weiß euer Wort dafür.«

»Oh, Ihr meint bestimmt den *Phathvum,* Lord Chanapar.«

»Ich will sprechen mit ihm. Wie machen?«

»Sucht des Phathvums Sekretär auf und bittet um eine Audienz.«

Ein paar Tage später wurde Mjipa in das Büro des Verwesers oder Premierministers Phathvum Chanapar im weitläufigen Stuckpalast vorgelassen. Wie üblich hatte man ihn gebeten, sein Schwert am Eingang des Gebäudes abzugeben.

Chanapar gehörte zu der echten Rarität der fetten Krishnaner. Er saß im Schneidersitz auf einem Kissen hinter dem üblichen kurzbeinigen Tisch und rauchte eine lange krishnanische Zigarre. Die Terraner hatten den Tabak nach Krishna eingeführt, bevor die Technologieblockade in Kraft getreten war. Der Minister deutete auf ein anderes Kissen und sagte: »Setzt Euch, mein Herr.« Dann reichte er seinem Sekretär Mjipas Ausweistäfelchen, und der gab es Mjipa zurück.

Mjipa faltete sein langes Fahrgestell in dem Versuch, die Sitzposition des Ministers zu kopieren. Als jemand, der in einem Haus großgeworden war, das wohl bestückt mit Stühlen, Sesseln und Sofas war, fand er es ziemlich unbequem, zu knien, zu hocken oder im Schneidersitz zu sitzen, aber er nahm diese kleine Unbequemlichkeit als unvermeidbaren Teil seines Jobs hin.

»Nun, mein Herr?« fragte der Minister. »Wir haben nur selten Terraner in diesen Regionen. Ihr seid in der Tat der erste seit mehreren Monden.«

»Bereiten sie Euch irgendwelchen Verdruß?« fragte Mjipa, dessen Khaldoni sich beträchtlich verbessert hatte. Zwar stockte er hier und da noch immer, machte den einen oder anderen kleinen Fehler oder suchte nach Worten, aber es gab nur wenige, die die Sprache in solch kurzer Zeit so sicher beherrscht hätten wie er. Ohne diese natürliche Sprachbegabung hätte er seinen Posten nicht ausfüllen können.

»Nichts, was der Rede wert wäre«, antwortete Chanapar. »Solange sie ihren Geschäften nachgehen und uns nicht durch die Verbreitung ketzerischer Irrlehren behelligen, welche den friedlichen Ablauf unserer Verwaltung stören, lassen wir sie ungestört schalten und walten.«

»Ist Euch eine Terranerin namens Alicia Dyckman bekannt, die auf ihrem Wege nach Zhamanak hier durchkam?«

»O ja! Ich dachte mir schon, daß Ihr gekommen seid, in dieser Angelegenheit Nachforschungen anzustellen. Diese goldhaarige Friedensstörerin ward empfangen von meinem Herrn, dem Heshvavu, auf welchen sie indes, wie ich fürchte, nicht den besten Eindruck machte.«

»Inwiefern?«

»Sie suchte ihn – ausgerechnet ihn! – zu dem heidnischen Irrglauben zu bekehren, daß die Welt rund sei. Doch sobald sie diese ihre verdammenswerten Anschauungen zur Sprache brachte, ließ Seine Kolossalität sie hinausführen.

Doch war das noch nicht alles. Schon bald darauf meldeten Spione, daß sie unsere Gelehrten aufsuchte und sie mit dem nämlichen subversiven Geistesgut zu erfüllen trachtete. Und da Seine Kolossalität weder tolerieren wollte, daß der wahre Glaube unseres heiligen Buches, welches der oberste aller Götter – Phaighost – einst dem Propheten Shadleiv diktierte, in den Schmutz gezogen und untergraben wurde, noch Er sich den Unwillen Novorecifes zuziehen wollte, verwies er sie des Reiches. Von hier aus ging sie nach Mutabwk; aber wie uns zugetragen wurde, war auch dort ihres Bleibens nicht lange.

Bald darauf verbreitete sich, den Samen der *Hyusis*pflanze gleich, welche, vom Winde getragen, in alle Himmelsrichtungen davonschweben, allenthalben das Gerücht von dem Mißgeschick, welches sie, aus Gründen, die sich meiner Kenntnis entziehen, in Zhamanak ereilte. Diese Kunde beunruhigte uns; denn keiner der Khaldoni-Nationen – so ihre Herrscher bei Verstand sind – ist an einem Hader mit den Terranern gelegen. Doch hielten wir es andererseits auch nicht für unsere Pflicht, uns in die Zwistigkeiten zwischen dem souveränen Herrscher von Zhamanak und seiner lästigen Besucherin einzumischen. Was gedenkt Ihr nun zu unternehmen?«

»Ich werde dieser Terranerin nachreisen.«

»Aber seid achtsam, guter Mann! Lord Khorosh ist kein Gimpel, den man ungestraft verspotten kann.«

»Das will ich gern glauben, aber ich bin meinen terranischen Artgenossen verpflichtet. Kann ich ein paar Leute anheuern: einen Führer, einige Hilfskräfte und dergleichen, und Tiere und Proviant für die Reise kaufen?«

»Gewiß, mein guter Herr, wenn Ihr nur nicht vergeßt, die geringe Steuer zu entrichten, die auf solcherlei Transaktionen lastet. Doch hütet Euch, Irrlehren unter unserem Volk zu verbreiten! Ich weiß, daß man von Euch als einem Fremden nicht erwarten kann, daß Ihr unseren erleuchteten Glauben teilt; doch behaltet Eure ketzerischen Ansichten bei Euch, und alles ist gut. Kommt in drei Tagen hierher zurück, und die erforderlichen Dokumente werden bereitliegen.«

Drei Tage später trat Mjipa wieder in Chanapars Büro. »Willkommen, mein guter Herr!« begrüßte ihn der Minister, um gleich darauf fortzufahren: »Leider muß ich Euch mitteilen, daß Eure Papiere noch nicht fertig sind; denn wichtige Staatsgeschäfte bedrängen mich, so wie einst die von der Hexe der Va'-andao-See heraufbeschworenen Phantome den Helden Qarar bedrängten. Doch seid getrost: Eure Dokumente werden alsbald bereitliegen. Inzwischen begehrt Seine Kolossalität, in Kenntnis gesetzt von Eurer Anwesenheit, daß Ihr ihm Eure Aufwartung macht. Er wünscht sich mit Euch zu unterhalten.«

»Oh!« sagte Mjipa. »Ich bin zu seinen Diensten. Wann ist Audienz?«

Lord Chanapar wuchtete mühsam seine Massen vom

Fußboden hoch. »Jetzt gleich, mein guter Herr. Kommt bitte mit mir!«

Mjipa folgte dem Minister durch ein Labyrinth von Korridoren und Gemächern. Verglichen mit anderen Palästen, die er gesehen hatte, kam ihm die Einrichtung ärmlich und schäbig vor. Er fragte den Minister: »Sagt, wie muß man sich verhalten, wenn man Eurem Herrscher entgegentritt?«

»Kniet nieder und berührt mit der Stirn den Fußboden. Tut es mir einfach nach. Alsdann überreicht Ihr dem Heshvavu Euer Geschenk. Ihr habt doch sicher eines?«

Mjipa schluckte. Da er nicht damit gerechnet hatte, dem König vorgestellt zu werden, hatte er sich natürlich auch nicht um einen geeigneten Schnickschnack bemüht. Da fiel ihm der Block mit den Geschenkgutscheinen in seiner Umhängetasche ein.

Schließlich gelangten sie zu einem Raum, vor dessen geschlossener Tür zwei kalwmianische Wachtposten standen, nackt bis auf flitterverzierte Lendenschurze, vergoldete Helme, Schilde und Sandalen. Die olivbraunen Oberkörper waren mit goldfarbenen Mustern bemalt. Sie muteten Mjipa eher dekorativ als martialisch an. Anders als die Soldaten der nördlicheren Nationen, verzichteten sie auf Brustpanzer zugunsten von großen Schilden.

Chanapar sagte etwas zu einem der Wachtposten, worauf dieser sich verneigte und in den Raum ging. Nach einer endlosen Wartezeit – Mjipa schätzte eine gute Stunde – kam der Wachtposten wieder zurück und bat sie herein.

Sie fanden König Vuzhov auf einem Kissen auf dem Fußboden eines kleinen Zimmers sitzend, flankiert von zwei weiteren Wachtposten. Daneben saß ein Sekretär, bewaffnet mit Schreibtafeln und Griffel. Die Körperbemalung des Heshvavu bestand aus schmucklosen schwarzen Streifen, wie bei einem irdischen Zebra. Dem Beispiel des Ministers folgend, sank Mjipa auf die Knie und berührte mit der Stirn den Fußboden, nur mit Mühe ein Ächzen wegen des Schmerzes in den Knien unterdrückend.

»Erhebt Euch!« sagte der Heshvavu. Vuzhov war ein kleiner ältlicher Krishnaner. Bei dieser Spezies zeigten sich Altersspuren weniger deutlich als bei Terranern; jedoch war Vuzhovs Haar zu einem stumpfen Jade verblaßt, seine Riechantennen waren zottig und ausgefranst, und bei näherem Hinsehen konnte man deutlich die feinen Runzeln erkennen, die sein Gesicht netzartig überzogen.

»Eure Kolossalität«, ergriff der Minister das Wort, »Ich habe die Ehre, Euch Percy Mjipa vorzustellen, einen Terraner aus Novorecife. Er befindet sich auf einer Mission der Barmherzigkeit um einer von seiner Art willen. Meister Mjipa, wisset, daß Ihr dem Heshvavu von Kalwm und Herrscher der Drei Meere, Vuzhov dem Einundzwanzigsten, gegenübersteht.« Der Minister warf Mjipa einen eindringlichen Blick zu und zischelte durch die Zähne: »Das Geschenk!«

»Eure Kolossalität«, setzte Mjipa zu seinem sorgfältig zurechtgelegten Satz an, »zweifellos werdet Ihr verstehen, daß die Fährnisse des Reisens über eine solch lange Distanz und die Gefahr, Opfer eines räuberischen Überfalls zu werden, mich davon abgehalten haben, Geschenke mit mir zu tragen, wie sie für den Herrscher der Khaldoni-Nation angemessen wären. Ich werde Euch statt dessen einen – eh – Geschenkgutschein auf das Ausstattungsgeschäft in Novorecife überreichen. Er berechtigt den Besitzer zur freien Auswahl unter allen Artikeln, die dort feilgeboten werden.«

Mjipa füllte das oberste Formular auf dem Block aus, unterzeichnete es, trennte es heraus und überreichte es dem König, der es an seinen Sekretär weiterreichte.

Dann sprach der Heshvavu: »Meine Kolossalität dankt Euch, Meister Mjipa. Es ist fürwahr ein außergewöhnliches Geschenk, auch wenn wir im Moment noch nicht übersehen können, wie wir, in Anbetracht der Ferne Novorecifes, je in seinen Genuß gelangen sollen. Wir hoffen, daß es vielleicht gegen Rotgold eingelöst werden kann; denn unser großes, himmelstürmendes Lebenswerk verschlingt unsere Münze, so wie einst der Riese Damghan seine unglückseligen Opfer verschlang.

Ihr dürft Euch auf jenem Kissen niederlassen. Ihr seid also jener Terraner, von dem Chanapar uns berichtet hat?«

»Ja, Eure Hoheit«, antwortete Mjipa.

»Und Euer Name ... wir haben ihn wieder vergessen. Wie lautete er doch gleich?«

»Percy Mjipa.«

»Puh-sie Um-jih-pah. Yeluts!« wandte sich der König an seinen Sekretär. »Hol diesen Herren etwas zu trinken. Nun, Meister – mit welchem Namen redet man Euch im normalen Gespräch an?«

»Mit dem letzteren, Eure Hoheit: Mjipa.«

»Sehr schön, Meister – umm – Mujipa. Ist dies Euer erster Besuch in unserer Stadt?«

»Ja, Hoheit.«

»Und wie findet Ihr sie?«

»Em – sehr beeindruckend.«

»Habt Ihr unseren Turm gesehen? Was habt Ihr gedacht?«

Mjipa sah, daß sowohl der König als auch der Minister ihn eindringlich musterten. Eine falsche Antwort konnte ihn in Teufels Küche bringen, ihm unter Umständen sogar den Kopf kosten. »Er ist ein großer Triumph der Baukunst«, sagte er schließlich. »Ich bin weitgereist, doch nie zuvor habe ich ein so hohes Bauwerk gesehen.«

Zu Mjipas Erleichterung brachte der Heshvavu das Gespräch nicht auf den Zweck des Turmes. Statt dessen sagte König Vuzhov: »Nun, Meister Emjipa ... Majipa ... wie spracht Ihr das doch gleich aus?«

»Mjipa, Eure Hoheit. Selbstverständlich darf Eure Kolossalität es aussprechen, wie es Ihr beliebt.«

»Nun, Meister Terraner, beantwortet uns doch bitte einige Fragen betreffs Eurer Art. Wir haben schon andere Terraner gesehen, doch noch nie einen von solch düstrer Haut. Wie kommt das? Wurdet Ihr in einem Feuer geröstet?«

»Wenn ich es Eurer Kolossalität erklären darf: Ich komme aus einem Teil meiner Welt namens Afrika, wo alle Menschen diese Hautfarbe haben.« Er erwog einen Moment, die Erklärung hinzuzufügen, daß seine Hautfarbe ein Produkt evolutionärer Anpassung an die afrikanische Sonne war, entschied dann jedoch, das zu unterlassen. Eine solche Diskussion konnte den König nur zu leicht wieder auf sein Lieblingsthema bringen, den Wahnglauben, die Welt sei flach.

»Und, wenn wir recht verstanden haben, wünscht Ihr sicheres Geleit nach Mejvorosh, nach dem Verbleib und Los dieser Terranerin, Dyckman geheißen, zu forschen?«

»Das ist richtig, Eure Hoheit.«

»Wir werden Euch keinerlei Steine in den Weg legen – unter einer Bedingung. Gehen wir recht in der Annahme, daß Ihr auf dem Rückweg nach Novorecife mit dieser Person durch unser Reichsgebiet reisen wollt?«

»Ja, Eure Hoheit.«

»Wir wünschen nicht, daß sie sich länger im Kalwm aufhält, als es die Notwendigkeit gebietet. Wir betrachten sie als störendes Element. Seid also gewarnt. Bei Eurer Rückkehr – falls Ihr überhaupt zurückkehrt – sollt Ihr bei der Durchreise durch unser Gebiet die gebotene Eile walten lassen. Darüber hinaus ist es dieser Person auf das strengste untersagt, mit Angehörigen unseres Volkes Kontakt aufzunehmen oder Gespräche zu führen. Wir übertragen Euch die Verantwortung dafür, daß sie dieser unserer Anordnung Folge leistet. Habt Ihr mich voll und ganz verstanden?«

»Ja, Eure Hoheit.«

»Doch nun zu einem erfreulicheren Thema. Seht Ihr die Karte dort an der Wand?« Der König zeigte auf ein großes gerahmtes Blatt Schreibpapier, das mit einem wahren Spinnengewebe von Linien und winzigen Schriftzeichen bedeckt war.

»Ja, Eure Hoheit. Was ist das?«

»Das«, erklärte König Vuzhov, »ist eine Tafel unserer Vorfahren. Sie verfolgt die Linie des Königshauses zweiundvierzig Generationen zurück. Seit alters her tragen die Thronerben von Kalwm abwechselnd die Namen Vuzhov und Roshetsin. Kommt, laßt es uns Euch zeigen.«

Mjipa erhob sich mit den anderen und mußte dann eine Stunde lang stehend die Geschichten der Mitglieder des

Königshauses von Kalwm über sich ergehen lassen, während Vuzhov die Linien auf der Karte mit dem Finger entlangfuhr. »... wir kommen nun zu diesem hier, Roshetsin dem Neunten, welcher berüchtigt war für seine Grillen, die in ihrer Exzentrik sogar noch die von König Gedik in der Legende übertrafen. Besessen von der Vorstellung, er sei ein Renn-Shomal aus den königlichen Stallungen, verfügte er, daß man ihn beim alljährlich stattfindenden Renn-Zehntag aufstelle.

Doch, o Jammer, er fiel schon in der ersten Runde, vergeblich auf allen vieren mit den anderen Bewerbern Schritt zu halten trachtend, tot um, dahingerafft von Herzversagen. Sein Nachfolger, Vuzhov der Zehnte, war von nüchternerer Art. Sein Sohn ... was gibt es, Chanapar?«

»Hoheit, der Gesandte der Republik Suruskand wartet draußen.«

»Ach, verflucht, gerade jetzt, wo wir zum spannendsten Teil kommen! Nun, Meister Mm ... Meister Terraner, es war eine höchst lehrreiche Audienz. Ihr dürft gehen.«

Mjipa und der Minister verließen unter zahlreichen Verbeugungen das Audienzzimmer. Den Rest des Tages verbrachte Mjipa damit, mit Minyev, seinem neuen Faktotum, Reittiere und Proviant zu kaufen. Die Umsatzsteuer, mit der diese Transaktionen belastet waren, fand er mit ihren stolzen 20 Prozent alles andere als ›gering‹, wie Chanapar sich vornehm ausgedrückt hatte. Er prägte sich die Zahl ein und beschloß, nach Novorecife zu melden, daß die Regierung von Kalwm instabil war und auf Grund horrender Steuern, die für einen sinnlosen Zweck verschleudert wurden, umsturzgefährdet war.

Mjipa hatte sich für die Indienstnahme Minyevs viel Zeit genommen. Er war durch die ganze Stadt gezogen, um die früheren Herren aufzusuchen, die Minyev als Referenz angegeben hatte. Minyev war einer von drei Kalwmianern, die Irants, der Gastwirt, ihm empfohlen hatte. Die einzelnen Adressen abzuklappern, hatte sich als ein mühsames Unterfangen erwiesen, da Mjipa sich immer wieder in dem Gewirr von Straßen und Gassen verlaufen hatte. So etwas wie ein Stadtplan schien nicht zu existieren. Mit seinen begrenzten Sprachkenntnissen hatte Mjipa immer wieder Schwierigkeiten gehabt, Passanten nach dem richtigen Weg zu fragen. Einige hatten es bei seinem Anblick mit der Angst zu tun bekommen und waren weggerannt, bevor er hatte zu Ende fragen können: »Entschuldigung, mein Herr oder meine Dame, könntet Ihr mir vielleicht zeigen ...«

Seine Wahl war schließlich auf Minyev gefallen, weil die Erwähnung seines Namens die meisten positiven und die wenigsten negativen Erinnerungen bei den von Minyev als Referenz genannten Personen wachgerufen hatte, die er hatte ausfindig machen können. Bei einem der Kandidaten fand er nicht eine einzige der angegebenen Referenzpersonen. Er schloß daraus, daß der Kalwmianer sich die Namen einfach ausgedacht hatte. Ein anderer Punkt, der zu Minyevs Gunsten sprach, war die Tatsache, daß er, weil er in seiner Jugend zur See gefahren war, fließend Gozashtando sprach. Somit konnte er Mjipa beispringen, wenn dieser mit seinem Khaldoni nicht weiterkam.

Mit Minyevs Hilfe hatte Mjipa seinen Einkauf von zehn Ayas erfolgreich beendet, als der Kalwmianer fragte: »Wollt Ihr sofort aufbrechen, Herr?«

»Sobald ich die Dokumente vom Phathvum bekommen habe. Dies ist keine Vergnügungsreise, und je eher wir ankommen, desto besser.«

»'s würde uns beiden sicherlich Vergnügen bereiten, würdet Ihr noch bis zum Prozeß ausharren. Das wird ein denkwürdiges Ereignis werden.«

»Was für ein Prozeß?«

»Nun, der Prozeß gegen den berüchtigten Ketzer Isayin.«

»Was wird ihm vorgeworfen?« wollte Mjipa wissen.

»Seine Klasse in der Akademie die verbotene Doktrin gelehrt zu haben, nämlich, daß die Welt rund sei. Auch wenn er so wortgewaltig ist wie der Poet Saqqiz, ist seine Verurteilung gewiß; denn er soll sogar, dem Agitator Khostavorn gleich, unsres Herrn großes Unternehmen, den himmelstürmenden Turm, als Vergeudung des Reichtums unseres Königreiches mit schmählichen Reden verunglimpft haben. Doch ist dieser hochgelehrte Doktor ein gefürchteter Disputant, der des Heshvavus Anklägern ein hitziges Duell liefern wird, scharfzüngig und bissig. Und die Hinrichtung wird ein Ereignis sein, von dem man noch seinen Kindeskindern berichten wird. Es heißt, die Henker des Heshvavu hätten eine Todesart ersonnen, so erfindungsreich und langdauernd wie jene, der Dezful der Piratenkönig erlag.«

Mjipa wäre um ein Haar in eine Schimpftirade gegen solches Barbarentum ausgebrochen, aber er rief sich rechtzeitig ins Bewußtsein, wo und wer er war, und hielt seine wulstigen Lippen fest zusammengepreßt. »Ich bin froh genug, diesen Prozeß nicht mit ansehen zu müssen«, knurrte er. »Und jetzt kommt; wir müssen noch einen Koch anheuern.«

2

Hemmnisse

Die Straße von der Stadt Kalwm nach Mejvorosh in Zhamanak führte durch das Territorium von Mutabwk, einer anderen Khaldoni-Nation. Neun Tage, nachdem sie die Stadt Kalwm verlassen hatten, erreichten Percy Mjipa und sein Gefolge bei Nieselregen die Grenze. Sie hatten einen langen, beschwerlichen Ritt auf Mjipas zehn Ayas hinter sich. Dieses Reittier trug seinen Sattel über dem mittleren Beinpaar, was zur Folge hatte, daß der Reiter bei jedem Schritt einen kräftigen Stoß gegen das Hinterteil versetzt bekam, der ihm das ganze Rückgrat hinauffuhr, besonders dann, wenn das Tier im Trab ging. Und wenn er eine lange Distanz möglichst schnell überwinden wollte, blieb ihm nichts anderes übrig, als diese Gangart anzuschlagen.

Sie waren von aufregenden Erlebnissen verschont geblieben, bis auf einmal, als sie, kurz nachdem sie die kultivierteren Regionen hinter sich gelassen und in den tropischen Dschungel eingetaucht waren, zufällig in den Pfad einer Herde wilder Bishtare gerieten. Einheimische Jäger hatten die Tiere durch Feuer in wilde Panik versetzt. Diese Kreaturen ähnelten einem terranischen Tapir, nur daß sie so groß waren wie ein Elefant. Sie besaßen einen kurzen gegabelten Rüssel und bewegten sich auf sechs säulenartigen Beinen vorwärts. Mjipas Krishnaner waren drauf und dran gewesen, in Panik auszubrechen und blindlings direkt in den Pfad der herandonnernden Tiere zu stieben. Mit Mühe und Not, unter Flüchen und Drohungen war es ihm gelungen, sie zusammenzutreiben und mit ihnen hinter dem nächstbesten Baum, einem wahren Monstrum von acht oder neun Meter Dicke, in Deckung zu gehen und sie und die völlig verängstigten Ayas dort beisammenzuhalten, während die Stampede links und rechts an ihnen vorüberdonnerte.

Die Grenze wurde markiert von zwei parallel verlaufenden Zäunen mit ein paar Meter Zwischenabstand, die zu beiden Seiten in einem Wald verschwanden. Beide Zäune wiesen an der Stelle, wo sie die Straße überquerten, ein Tor auf, und jedes dieser Tore wurde von einer Abteilung Soldaten bewacht, auf deren nackte Oberkörper farbige Symbole aufgemalt waren. Diese, so nahm Mjipa an, zeigten Dienstgrad und Einheit an. Das Muster auf der Haut der Soldaten auf der kalwmianischen Seite war gelb; das der Mutabwkier war blau.

Mjipas Gruppe setzte sich zusammen aus ihm selbst und sechs Kalwmianern, so daß sieben der zehn Ayas als Reittiere dienten. Außer Minyev, dem Faktotum, hatte Mjipa noch zwei Führer, zwei Helfer und einen Koch angeworben. Die drei restlichen Tiere trugen Zelte und sonstiges Gepäck.

Als Mjipas Gruppe sich näherte, hockten die Soldaten beider Nationen in einem Kreis in der Niemandslandzone zwischen den Zäunen und spielten die lokale Variante des Würfelspiels. Aufgescheucht vom Klang der sechzig Hufe, brüllte einer der Zocker einen Befehl. Die gelbbemalten Krishnaner rappelten sich auf, griffen nach ihren Speeren und Schilden, die am Zaun lehnten, und formierten sich an ihrem Tor.

Mjipa suchte sich den Hauptmann der Abteilung heraus und reichte ihm den von Minister Chanapar ausgestellten Paß. Der Offizier überflog ihn, gab ihn Mjipa zurück und sagte: »Ihr könnt passieren, Herr.«

Inzwischen hatten die Mutawbkianer auf ihrer Seite Posten bezogen. Ihr Hauptmann blies in eine Pfeife, und weitere Soldaten stolperten aus einer nahegelegenen Hütte heraus.

Erneut zeigte Mjipa seinen Paß vor; aber diese Krishnaner schienen argwöhnischer als die lässigen Kalwmianer. Der Offizier las den Paß zweimal durch, und dann blaffte er Mjipa an: »Wartet hier!«

Vier lange Minuten zappelte Mjipa nervös auf seinem Aya, während der Offizier sich leise mit einem anderen beriet. Schließlich kam er zurück und sagte: »Befehl des Heshvavu: Ihr müßt uns in die Hauptstadt begleiten.«

»Aber warum?« begehrte Mjipa auf. »Mein Ziel ist Zhamanak!«

»Das spielt keine Rolle; Befehl ist Befehl. Wartet, bis wir Eure Eskorte zusammengestellt haben.«

»Idioten! *Masilo!*« knurrte Mjipa in seinen terranischen Muttersprachen.

»Was sagtet Ihr?« bellte der Offizier.

»Nichts, Herr General. Wie weit ist es bis zu dieser Hauptstadt?«

»Yein liegt ungefähr hundert *Regakit* von hier.«

»Wieviel ist das in *Hoda*?«

»Das weiß ich nicht. Eine Tagesreise, so man sich sputet.« Der Offizier wandte sich ab, um die Zusammenstellung der Eskorte zu beaufsichtigen. Mjipa und seine Begleiter blieben zurück, umzingelt von blaubemalten Soldaten mit stoßbereit erhobenen Speeren und gespannten Armbrüsten.

Mjipa verwarf rasch den aufkeimenden Gedanken, mit Gewalt durchzubrechen. Die Mutabwkianer hatten eine größere Streitmacht an der Grenze stationiert, als es zunächst den Anschein gehabt hatte. Und diese Grenzposten schienen nervös und ängstlich, wie viele Krishnaner beim ersten Anblick des riesigen schwarzen Terraners. Vielleicht wähnten auch sie in ihm einen Dämon. Der Konsul war peinlich darauf bedacht, keine hastige Bewegung zu machen, damit ein überängstlicher Soldat ihn in seiner Panik nicht erschoß oder aufspießte.

Eine Gruppe von Krishnanern führte jetzt eine Reihe von aneinandergebundenen Ayas von irgendeiner Koppel oder Weide. Unter viel Geklapper und Geschnatter sattelten die Mutabwkier die Tiere, legten ihre Waffen an und saßen auf. Die Eskorte bestand aus zwölf Reitern. Jeder einzelne von Mjipas Gruppe wurde vermittels eines Stricks, der am Horn seines Ayas festgeknotet wurde, mit einem der Reiter verbunden.

Schließlich brüllte der Unteroffizier, der das Kommando über die Eskorte innehatte, ein Mann namens Spisov, »Marsch!« und schwenkte sein Schwert. Die Kolonne setzte sich in Bewegung. Nach kurzer Zeit kam sie an eine Weggabelung, an welcher ein verwittertes Holzschild mit zwei Pfeilen nach links und nach rechts wies. Unter jedem Pfeil war ein Wort in das Holz geritzt. Mjipa konnte zwar kein Khaldoni lesen, aber er nahm an, daß eines ›Yein‹ lautete und das andere ›Mejvorosh‹.

Die Kolonne bog nach links und beschleunigte zum Galopp. Als das Tempo nach einer Weile nicht langsamer wurde, rief Mjipa, der befürchtete, daß die Tiere die schnelle Gangart nicht mehr lange durchhalten würden, Spisov zu: »Solltet Ihr den Tieren nicht eine Verschnaufpause gönnen?«

Der Offizier, in dessen versilbertem Helm sich die Sonne spiegelte, ließ die Kolonne in Schritt fallen. Die Ayas stapften erschöpft dahin, schnaubend und schwer atmend. Doch schon kurze Zeit später spornte der Offizier die Kolonne erneut zum Galopp an. Als Mjipa protestierte, schnauzte Spisov ihn an: »Ich habe keine Lust, die ganze Nacht hindurch im Sattel zu sitzen!«

Es folgten lange Galopps und nur kurze Schritt- und Trabphasen. Roqir ging unter; es wurde dunkel, das Grün und Purpur der Bäume verblaßte zu einem trüben Grau. Bei der nächsten Schrittphase ließ der Offizier einige seiner Männer Fackeln anzünden. Und schon ging's wieder weiter im Galopp; geisterhaft beleuchtet von den flackernden gelben Feuerschweifen der Fackeln, die im Fahrtwind Funken sprühten.

Die Sternbilder waren schon Stunden über ihnen am Himmel entlanggewandert, als sie endlich in bebaute Landstriche kamen und schließlich die Hauptstadt Yein erreichten. Mjipa, der vor Erschöpfung in seinem Sattel schwankte, versuchte vergeblich, sich die Route, die in die Stadt führte, einzuprägen für den Fall, daß er sie einmal brauchte. Aber seine Erschöpfung war so groß, daß die Stadttore, Mauern, Straßen und Gebäude vor seinen Augen zu einem konturlosen Wirrwarr verschwammen.

Ehe Mjipa noch so recht begriff, wo er war, hielt die Kolonne vor einem kastenförmigen, großen Gebäude an. In einem Ton, der eine Spur weniger feindselig klang, verkündete der Offizier: »Wir sind da. Da es zu spät ist, um Ihrer Grandiosität noch seine Aufwartung zu machen, werdet ihr die Nacht in der Kaserne verbringen.«

Ob die Unterkunft luxuriös oder armselig war, vermochte Mjipa nicht mehr wahrzunehmen. Er war so erschlagen, daß er, kaum daß sein Kopf die Rolle am Ende der Pritsche berührt hatte, in Schlaf sank. Obgleich ein kräftiger Mann, schlief er den Schlaf der Erschöpfung, keinerlei Notiz mehr von den Mutabwkianern nehmend, die an seine Pritsche traten und neugierig die seltsame Kreatur anstarrten, die so plötzlich bei ihnen aufgetaucht war.

Mjipa hatte das alles schon oft genug mitgemacht: verdutzten Palastwachen seinen Namen und Titel nennen; geduldig ausharren, während Boten hin und her rannten, um die Richtigkeit seiner Angaben zu überprüfen und zu bestätigen; von einem Bürokraten zum nächsten weitergereicht werden; und schließlich zu dem jeweiligen Herrscher oder zumindest zu seinem Kanzler oder Verweser oder was auch immer vorgelassen werden. Die meisten Krishnaner wären, wie er wußte, vor Neid auf seine Beziehungen zu solch hochherrschaftlichen Kreisen noch grüner geworden, als sie es ohnehin schon waren, aber für Percy Mjipa hatte dieser Glanz schon lange seinen Reiz verloren.

Auch gab er sich nicht der trügerischen Vorstellung hin, daß derlei Intimität mit den Großen dieser Welt auf seiner Schönheit oder seinem Charme begründet war. Die Krishnaner empfanden sein Aussehen als fremdartig und furchterregend, im günstigsten Falle als abstoßend. Aber sie wußten auch um die Überlegenheit der terranischen Technologie, besonders um die der Waffen. Also nahmen sie

Mjipa für gewöhnlich ernst, egal, welche Mischung aus Bewunderung, Neid, Groll oder Furcht der jeweilige Herrscher auch für die Terraner hegen mochte.

Der Konsul konnte nie sicher sein, welche Art von Empfang man ihm bescherte. Es konnte passieren, daß er zu einem königlichen Gelage eingeladen wurde, mit Tanz und Mädchen und allem Drum und Dran; genausogut konnte er aber auch aus dem Palast geworfen werden oder sich sogar im Kerker wiederfinden.

Mjipa wurde vor Sonnenaufgang zum Palast gebracht. Die Khaldonier pflegten sowohl früh aufzustehen als auch spät zu Bett zu gehen, während sie den Nachmittag über zumeist schliefen. Er war beeindruckt von dem Kontrast zwischen diesem Palast und dem von Vuzhov. War die königliche Bleibe in Kalwm schlicht bis schäbig, so prunkte die in Yein mit allen Merkmalen von Üppigkeit und bestätigte damit den Ruf Mutabwks als reichste der Khaldoni-Nationen. Dieser Reichtum gründete sich auf üppige Gold-, Silber- und Kupferminen. Überall im Palast waren Geschwader von Bediensteten damit beschäftigt, Fußböden zu schrubben, Möbel abzustauben, schmuckvolle Gefäße aus Gold und Silber zu polieren, Gemälde abzuwischen und Topfpflanzen zu gießen. Kalwm, dachte Mjipa, hätte durch seinen Seehafen genauso wohlhabend sein können; aber sein Reichtum war seit vielen Jahren fast ausschließlich in Vuzhovs verrückten Turm geflossen.

Der Minister, zu dem Mjipa schließlich geführt wurde, hörte auf den Namen Zharvets. Er saß auf einem Kissen hinter dem unvermeidlichen niedrigen Tisch, auf welchem ein Stundenglas Besucher gemahnte, sich kurz zu fassen. Ein Strahl Morgensonne, der durch eines der hohen Fenster hereinfiel, entlockte dem Stundenglas ein metallisches Glänzen, was darauf hindeutete, daß es Goldstaub anstelle des üblichen Sandes enthielt.

Mjipa verzichtete auf die üblichen Artigkeiten und kam sogleich zur Sache: »Herr, ich protestiere auf das schärfste gegen diese empörende Behandlung!«

»Empörende Behandlung?« fragte Zharvets erstaunt, wobei sich seine Riechfedern zusammen mit den Augenbrauen hoben. »Offizier Spisov, habt Ihr diesen Terraner geschlagen oder auf andere Weise mißhandelt?«

»Nein, Eure Hoheit«, antwortete der Leutnant.

Der Minister wandte sich wieder Mjipa zu. »Dann, mein guter Herr, sagt mir, worin diese empörende Behandlung, von der Ihr sprecht, bestehen soll.«

»Trotz meines Passes, ausgestellt von Heshvavu Vuzhov«, fauchte Mjipa, »wurde ich festgenommen und mit Gewalt um eine Tagesreise von meinem Wege abgebracht, was meine Mission in Zhamanak aufs höchste gefährdet. Selbige Mission hat ohnehin schon viel zu viel Zeit in Anspruch genommen, und weitere Verzögerungen könnten fatale Folgen für die Terranerin zeitigen, um deretwegen ich diese Reise unternommen habe.« Er hielt dem Minister das blaßgrüne Schild unter die Nase. »Wenn irgendwelche Zweifel an meiner Person bestehen sollten – hier ist mein Ausweis.«

Der Minister setzte das krishnanische Äquivalent eines Lächelns auf. »Zweifelsohne spielt Ihr auf jenes Terranerweib an, welches vor einigen Monden durch diese Gegend kam. Ich hörte, daß es in Zhamanak arrestiert wurde, und wunderte mich schon, wie lange es wohl dauern würde, bis Novorecife jemanden senden würde, Nachforschungen anzustellen. Mein Souverän warnte Khorosh, aber dieser Hitzkopf schlug die Warnung geringschätzig in den Wind.«

»Wie lange war sie in Mutabwk?«

»Nur einige Tage. Bei ihrer Ankunft hatte sie eine Audienz beim Heshvavu. Mich dünkt, er bot ihr einen Ehrenplatz in seinem Harem an, ist er doch ausgestattet mit einer bemerkenswerten Manneskraft. Was zwischen den beiden geschah, entzieht sich meiner Kenntnis; jedenfalls verließ sie bald den Palast. Nicht lange danach hörten wir, daß sie in der Stadt herumlaufe und unserem Volk fremdartige, höchst zerrüttende Geschichten über Eure terranischen Regierungsformen erzähle. Daß solche auf Eurer Welt von

Nutzen und Vorteil sind, soll beileibe nicht in Abrede gestellt sein; doch auf unserer Welt wären derartige Regierungssysteme höchst unangemessen.

Und da Seiner Grandiosität nicht daran gelegen ist, seinen Thron als Folge solcher anarchistischen Grillen unter sich wanken zu spüren, expedierte er sie hurtig nach Zhamanak. Dortselbst muß sie sich den Unmut des Heshvavu Khorosh zugezogen haben, welcher sie seither in Gewahrsam hält.

Doch nun zu Euch: Seine Grandiosität ist inzwischen von Eurem Eintreffen unterrichtet worden und verlangt Euch zu sehen. Spisov wird Euch zu ihm geleiten.«

Ainkhist, der Heshvavu von Mutabwk, war jünger als Vuzhov; nach irdischen Maßstäben war er das, was man als einen Mann in den besten Jahren bezeichnet. Er saß auf einem Haufen Kissen auf dem Fußboden hinter seinem niedrigen Tisch und schrieb auf einem langen Streifen einheimischen Papiers. Das angenehm gedämpfte Licht glänzte auf seinem juwelenbesetzten Halsband, seinen Ringen und anderen Juwelen.

Er schaute auf und sagte: »Ihr seid also der terranische Beamte aus Novorecife. Willkommen in unserer Stadt! Wie geht es Euch?«

Mjipa: »Ich tue lediglich meine Pflicht, Eure Grandiosität, so gut ich kann. Ihr wißt von der Gefangennahme Alicia Dyckmans durch Euren Nachbarmonarchen, den Heshvavu Khorosh. Ich habe die Absicht, sie zu finden, zu erfahren, warum sie festgehalten wird, und sie zu befreien – durch Überzeugungskraft und Vernuft, wenn möglich; wenn nicht, dann mit anderen Mitteln. Deshalb muß ich gegen diese sinnlose Verzögerung protestieren. Sie könnte schuld daran sein, daß sie vielleicht zu Schaden oder gar zu Tode gekommen ist, ehe ich sie erreichen kann. Warum bin ich arrestiert worden?«

»Weil wir, zu des Reiches Nutzen, soviel wie möglich erfahren möchten über Völker aus fernen Ländern und von anderen Welten. Wir haben nichts Böses mit Euch im Sinn, wenn Ihr nur unsre Neugier stillt. Um gleich anzufangen: Ihr unterscheidet Euch sehr deutlich von den anderen Terranern, denen wir begegnet sind. Wie kommt das?«

Mjipa wiederholte das, was er schon dem anderen Heshvavu über seine afrikanische Herkunft erzählt hatte.

»Hmmm«, brummelte der Monarch. »Seid Ihr von derselben Art wie andere Terraner? Oder gehört Ihr einer anderen Gattung an, welche sich mit den übrigen nicht kreuzen kann? Wir haben diese Frage mit einem befreundeten Herrscher disputiert.«

»Wir sind alle von einer Art, Hoheit. Wir können uns so frei paaren, wie Gesetz, Sitte und der Grad der Verwandtschaft es erlauben.«

»Dann sagt mir«, fuhr der Heshvavu fort, »wie dieser Paarungsakt vollzogen wird. Wir hören darüber voneinander abweichende Geschichten; und nun wollen wir ein für allemal die authentische Version wissen.«

Mjipa wand sich nervös auf seinem Kissen. »Ihr meint, Eure Hoheit, Ihr wollt wissen, wie der ... eh ... wie der terranische Mann sein Weib ... eh ... befruchtet?«

»Genau das. Welches ist die Form ihrer jeweiligen Organe, und wie benutzen sie sie? Unter den Wesen dieser Welt gibt es verschiedene Methoden.«

Mjipa schluckte. Wenn er dazu in der Lage gewesen wäre, wäre er rot geworden. »Nun ... eh ... em ...«

»Sprecht lauter, Mann! Wir können Euch nicht verstehen.«

»Unser Gast scheint sich unwohl zu fühlen«, sagte der Minister. »Sind, Meister Mjipa, bei Eurer Art solche Dinge ein dunkles und furchtbares Geheimnis, daß Ihr nicht darüber sprechen mögt?«

»Nein, Herr. Es ist nur, daß meine Erziehung ... aber schon gut. Ich werde es Euch erzählen.« Er holte tief Luft und stürzte sich in einen ausführlichen Bericht über menschliche Genitalien, Begattung und Entbindung.

Als er fertig war, wechselten der König und der Minister einen kurzen Blick. Ainkhist sagte: »'s ist ganz ähnlich wie bei uns, nur daß unsere Weiber Eier legen, statt lebende Junge zu gebären wie die sechsbeinigen Tiere. Doch sagt, habt Ihr je gehört, daß das weibliche Organ das des Mannes beim Koitus abgebissen hat?«

Mjipa fuhr erschrocken zusammen, dann brach er in schallendes Lachen aus. »Bei allen Göttern, Hoheit, was für ein schauriger Gedanke! Die Antwort ist nein; unsere Weiber haben keine Zähne oder Schnäbel in jenen Gefilden. Euer Informant muß die Terraner meiner Art mit jenen kleinen Kreaturen, Spinnen genannt, verwechselt haben, bei denen das Weibchen das Männchen auffrißt, sobald es seinen Zweck erfüllt hat.«

»Aha!« sagte Ainkhist. »Ich dachte mir schon, daß es nichts anderes denn Flunkerei wäre. Laßt uns hoffen, daß dieser Brauch Eurer Eh-spa-in-nan niemals in diese unsre Welt Einzug hält. Noch eine Frage: Ist es wahr, daß der Koitus zwischen Terranern beiderlei Geschlechtes und normalen Menschenwesen vollzogen werden kann?«

»Ich glaube schon, Hoheit. Ich habe davon gehört, daß solche Kopulationen erfolgreich stattgefunden haben, auch wenn ich es nie selbst ausprobiert habe.«

»Aha! Wir möchten gerne eines Eurer terranischen Weiber ausprobieren. Unser Harem beherbergt Weiber von nah und fern, und wir würden gern unsere Erfahrung erweitern, bevor wir für solche Genüsse zu alt werden. Wir glaubten schon, wir hätten alle Tiefen ausgelotet, als wir jenes wilde geschwänzte Weib aus Fossanderan begatteten. Stellt Euch vor, diese Wilden hatten noch nie von der Missionarsstellung gehört! Als wir zum ersten Male versuchten, sie zu besteigen ...«

Der König schweifte in einen langatmigen Vortrag ab über das, was, abgesehen von der Geschichte, offenbar sein Lieblingsthema war. Er beschrieb seine Erlebnisse mit den Frauen aus seinem Serail bis ins winzigste Detail, den sittenstrengen Mjipa von einer Verlegenheit in die andere stürzend.

Doch da die Krishnaner mit der terranischen Körpersprache nicht vertraut waren, bemerkten sie des armen Konsuls Qualen nicht. Der Heshvavu schwelgte weiter in seinen amourösen Anekdoten, bis ein Lakei hereintrat und dem Minister etwas ins Ohr flüsterte. Zharvets hob die Hand, und als der Heshvavu das nächste Mal Luft holte, sagte er rasch:

»Die Audienz mit der Gilde der Lederhandwerker, Grandiosität.«

»Oh, ah, ja, richtig, das hätten wir beinahe vergessen. Bitte entschuldigt uns.«

»Eure Grandiosität«, sagte Mjipa hoffnungsvoll, »bedeutet das, daß ich meine Reise nach Zhamanak fortsetzen darf?«

Der Heshvavu sah Mjipa forschend an. »Nicht so hastig, mein guter Herr Terraner! Mir ist soeben der Gedanke gekommen, daß wir vielleicht einander von großem Nutzen sein könnten. Sehr Ihr das hier?« Ainkhist hielt den langen Papierstreifen hoch.

»Ja, Hoheit. Was ist das?«

»Ihr müßt wissen, daß wir dabei sind, eine Geschichte der Khaldoni-Nationen zu verfassen, unsere glorreiche Vergangenheit für immer in der Leber unseres Volkes lebendig zu halten, und zwar vermittels jener nützlichen, aber gefährlichen terranischen Erfindung, genannt Druckerpresse, von welcher wir mancherlei erstaunliche Kunde erhielten. Sie ist, wie uns zugetragen ward, in Mikardand und anderswo schon in Gebrauch. Nun besitzt der Heshvavu Vuzhov etwas, dessen wir dringend bedürfen. Hattet Ihr eine Audienz bei ihm?«

»Ja, Grandiosität.«

»Zeigte er Euch jene Karte seiner Vorfahren?«

»Ja. Wie hat Eure Grandiosität das erraten?«

»Weil seit Jahren kein Besucher seinem Audienzzimmer entkommen ist, ohne daß Vuzhov vor ihm mit seiner Karte protzte und ihm Vorträge über seine Vorfahren, bis zurück zum ersten Menschenpaar, gezeugt von Phaighost mit einem *Phwchuv* zum Anbeginn der Schöpfung, hielt. Und nun bedürfen wir einer Kopie jener Ahnentafel für unsere Geschichte, um bestimmte Daten zu entwirren und die zeitliche Übereinstimmung von Herrschaftsperioden herauszufinden.«

»Könnt Ihr ihn nicht einfach um eine Kopie bitten?«

»Das taten wir, aber der selbstsüchtige Knicker ignorierte unsere Bitten. Ihr müßt wissen, o Terraner, nächst dem albernen Turm ist jene Tafel das Ding, worauf der alte Griesgram in seinem ganzen Königreich am stolzesten ist. Ließe er einem anderen eine Kopie davon, dann wäre sie nicht mehr einzigartig, und die Befriedigung, die er daraus gewinnt, daß er vor anderen damit angibt, wäre geschmälert. Er fühlt sich noch immer als Herrscher des großen Kalwmianischen Reiches, daher auch jener längst überholte Titel: Herrscher der Drei Meere. *Pah!* Er herrscht nicht einmal mehr über ein Meer, geschweige denn drei!

Als wir einen Gesandten zu Vuzhov schickten, um ihn zu bitten, eine Kopie anfertigen zu lassen, schlug der alte Knaster uns nicht nur unsere höfliche Bitte ab, sondern sagte sogar, er hätte die Absicht, die Tafel mit ins Grab zu nehmen. Er tönte: ›Wenn ich einst sterbe, soll dieses Wissen mit mir sterben!‹ Solch eine sündige Verschwendung von unersetzlichem Wissen!«

»Was soll ich nun tun?«

»Nach Kalwm zurückeilen und Vuzhov zur Herausgabe einer Kopie überreden. Bringt sie her, und der Weg nach Zhamanak steht Euch offen.«

»Bei den Gedärmen Dupuláns! Wie soll ich das anstellen?« ächzte Mjipa. »Wenn schon Euer Gesandter, der doch mit den Umständen viel besser vertraut war, als ich es je sein könnte ...«

»Beruhigt Euch, mein guter Terraner!« sagte Ainkhist und machte eine beschwichtigende Handbewegung. »Immerhin genießt Ihr das Privileg eines Lehnsmannes aus Novorecife. Und Eure selbst für einen Terraner ungewöhnliche äußere Erscheinung dürfte Euren Forderungen zusätzlich Gewicht verleihen.«

Eine halbe Stunde lang argumentierte Mjipa mit allem, was ihm an Gründen einfiel, gegen diesen Plan. Aber der Heshvavu blieb eisern: »Ihr wißt nun unser Angebot, Meister Wie-hießet-Ihr-doch-noch-gleich. Nehmt es an, oder laßt es bleiben. Und laßt Euch nicht einfallen, so zu tun, als brächet Ihr nach Kalwm auf, um dann die Straße zu verlassen und Mutabwks Territorium hinterrücks zu umgehen. Unsere Grenze zieht sich viele Regakit nach Westen hin; sie wird gut bewacht; und meine Männer werden Anweisung erhalten, jeden solchen Versuch zu vereiteln.

Doch nun dürfen wir nicht länger die Geduld der Lederhandwerker strapazieren. Als eine kleine Aufmerksamkeit werden wir Euch ein Sklavenmädchen für die Nacht in Euer Quartier schicken. Nach dem, was Ihr uns berichtetet, müßten Eure jeweiligen Organe kompatibel sein. Auf diese Weise habt auch Ihr die Gelegenheit, Eure Erfahrungen zu mehren. Wir freuen uns auf Euren detaillierten Bericht über die Eindrücke, die Ihr von dieser Probe haben werdet. Meine Herren, ihr seid entlassen.«

In seiner Bestürzung brachte Mjipa nur ein atemlos gemurmeltes: »Eure Grandiosität ist zu gütig!« zustande. Er hatte von diesem Brauch gehört, war aber noch nie selber Adressat einer solchen Offerte gewesen. Daher wußte er auch überhaupt nicht, was man bei so einer Gelegenheit antwortete.

Zurück in der Kaserne, berichtete Mjipa Minyev von seiner Unterredung. Der Kalwmianer verdrehte die Augen und hob die Hände. »Euren terranischen Göttern sei gedankt, daß dieser Heshvavu ein milder, aufgeklärter und gelehrter Monarch ist! Hättet Ihr versucht, den Herrn Khorosh auf solche Weise zu bedrängen und seinem Willen zu widersprechen, dann würde Euer Kopf schon bald die Welt von einem rostigen Dorn über dem Haupttor herab betrachten, und wärt Ihr zehnmal ein terranischer Beamter.«

Mjipa grunzte und tastete sich nach dem Kopf. »Er scheint noch dran zu sein«, teilte er Minyev mit. Im stillen dachte er, daß er vielleicht doch zu sehr auf seine Immunität als terranischer Beamter gepocht hatte. Andere Terraner hatten den gleichen Fehler gegenüber diesen feurigen, leicht aufbrausenden Krishnanern begangen und dafür mit dem Leben bezahlt. Er mußte versuchen, etwas mehr Vorsicht walten zu lassen.

Am Nachmittag, während er seine Ausrüstung inspizierte, zerbrach sich Mjipa den Kopf darüber, wie er sich dem krishnanischen Sklavenmädchen gegenüber verhalten sollte, wenn es in seinem Zimmer erschien. Ein Teil seines Ichs drängte ihn, die Gelegenheit beim Schopf zu ergreifen und sie ordentlich herzunehmen, egal, was das für Folgen haben würde. Er würde sanft mit ihr umgehen, um ihr nicht wehzutun, und die Gefahr einer Schwangerschaft existierte auch nicht, da terrano-krishnanische Mischlinge genetisch unmöglich waren. Unter den Terranern auf Krishna ging die Redensart: ›Es ist leichter, einen Menschen mit einer Geranie zu kreuzen.‹ Und nach drei Monaten, seit er von Novorecife aufgebrochen war, forderte Mjipas Sexualtrieb nachdrücklich sein Recht.

Als das Produkt einer prüden Erziehung jedoch, das er war, hielt ihn der andere Teil seines Ichs zurück. Die Bamangwato waren ein Volk mit strengen Prinzipien, welche durch die Einflüsse des Neopuritanismus noch verstärkt wurden. Hinzu kam, daß Percy hinter dem Mädchen einen Spitzel des Palasts vermutete, das vielleicht sogar die Aufgabe hatte, ihn im Schlaf umzubringen. Und selbst wenn das nicht der Fall war, wer garantierte ihm, daß Victoria nicht doch durch irgendeinen dummen Zufall dahinterkommen und ihm die Hölle heiß machen würde?

Nach dem Abendessen zog Mjipa sich rechtschaffen müde zurück. Er hatte kaum seine Sandalen ausgezogen, als ein Klopfen an der Tür das Sklavenmädchen ankündigte.

»Ich heiße Ovanel«, sagte sie mit einer anmutigen Verbeugung. Dann löste sie ihren spärlichen Kilt und warf ihn beiseite. Jetzt war sie nackt bis auf die Sandalen und die

Halskette. »Wünscht mein Gebieter, jetzt in mich einzudringen?«

»Nein, Ovanel«, knurrte Mjipa. »Keiner dringt heute nacht in irgend jemanden ein. Sag Seiner Grandiosität, ich danke ihm, aber ...«

Während Mjipa krampfhaft nach einer Ausrede suchte, brach das Sklavenmädchen in Tränen aus. »Wenn ich Euch nicht gefalle, Herr, werden sie mich schlagen, so wie Qarar den König von 'Ishk schlug!«

»Das wollen wir ja nun auch wieder nicht«, brummelte Mjipa verlegen. »Sag ihnen, ich hätte Kopfschmerzen.«

»Ich höre und gehorche.« Sie streifte ihre Sandalen ab und streckte sich auf dem Fußboden neben Mjipas schmaler Pritsche aus. »Möchte mein Gebieter mich lieber morgen in der Frühe besteigen?«

»Nein!« brüllte Mjipa. »Zieh dein Fähnchen wieder an und geh zurück in den Palast! Hier!« Er gab ihr einen Silberkard aus Majbur, wobei er sich fragte, wie er diese Ausgabe auf seinem Spesenkonto verbuchen sollte. Pierce Angioletti, ein sehr korrekter Bostoner, war in solchen Dingen ungeheuer streng und pingelig. »Sag ihnen, ich hätte es so wild mit dir getrieben, daß ich befürchtet hätte, ein zweites Mal nicht lebend zu überstehen. Und nun geh, mein Kleines!«

Einen Augenblick schien Ovanel hin und her gerissen zwischen gekränkter Eitelkeit, daß man sie unbenutzt wieder fortschickte, und Freude über das Geld. Schließlich sagte sie: »Wollt Ihr mir einen kleinen Gefallen tun, Herr?«

»Nun, sprich.«

»Zeigt mir jenen terranischen Brauch, genannt ›Küssen‹, von welchem wir im Palast Gerüchte hörten.«

Mjipa krallte seine kräftigen schwarzen Finger in sein Kraushaar. »Jesus Christus, allmächtiger Gott!« ächzte er auf Englisch und fügte ein stoßgebetartiges *»Modimo wa kgolo!«* auf Setswana hinzu. Dann sagte er auf Khaldoni: »Nein, meine liebe Ovanel, das kann ich nicht. Ich habe ein religiöses Gelübde abgelegt. Und nun geh, bevor ich dich schlage, wie Qarar den König von 'Ishk schlug!«

Endlich ging sie. Schweißüberströmt lehnte sich Mjipa gegen die Tür. Dann sagte er zu sich selbst: Nun, Percy, du hast es mal wieder geschafft, deine verdammte Moral unversehrt durch alle Klippen zu steuern, auch wenn sie zeitweilig verflucht nahe am Kentern war. Wenn du sie angefaßt hättest oder ihr gezeigt hättest, was ein Kuß ist, oder sie über Nacht bei dir behalten hättest ... Vielleicht bist du bloß ein verdammter Esel. Vielleicht hat Vicky recht, wenn sie dich mit deinen albernen moralischen Prinzipien aufzieht; aber sie wäre die erste, die einen Heidenstunk machen würde, wenn du diese Prinzipien aufgeben würdest. Wie heißt es so schön? Was man auch macht, es ist falsch. Also machst du das Beste draus und legst dich schlafen.

Nachdem Mjipa seinen Leuten und den Tieren noch einen Tag Ruhepause gegönnt hatte, brach er nach Kalwm auf. Als die Gruppe an die Grenze kam, überreichte Spisov dem Offizier der kalwmianischen Grenzwache ein Schriftstück, und die beiden sprachen kurze Zeit leise miteinander. Mjipas Leute verbrachten die Nacht in einer Hütte der Grenzpatrouille und setzten am nächsten Morgen ihren Marsch nach Kalwm fort, eskortiert von einem anderen Unteroffizier. Mjipa vermutete, daß die Botschaft, die Spisov übergeben hatte, von Ainkhist persönlich aufgesetzt worden war, mit der Bitte an die Kalwmianer, den Terraner und seine Begleiter scharf zu bewachen.

In Kalwm angekommen, suchte Mjipa unverzüglich Minister Chanapar auf und trug ihm Ainkhists Anliegen vor. Der Phathvum schlug die Hände über dem Kopf zusammen. »Bei allen Göttern im Himmel! Ihr kennt des Heshvavus Standpunkt bezüglich dieser Tafel. Eher hebt Ihr ein Bishtar mit einer Hand empor, als daß Ihr sie verändern könntet.«

»Hoheit«, sagte Mjipa, »Ihr wißt um die Macht der Terraner. Wir haben Anweisung, uns nicht in die Angelegenheiten der krishnanischen Staaten einzumischen, aber das heißt nicht, daß wir jede Ausschreitung gegen unsere Landsleute stillschweigend hinnehmen müssen.«

Chanapar zuckte die Achseln. »Was Ihr gegen Khorosh unternehmt, ist Eure Sache. Wir in Kalwm sind für seine Taten nicht verantwortlich.«

»Aber Ihr – oder besser: Euer Heshvavu hält den Schlüssel zur Lösung des Problems in der Hand. Ohne diese Tafel kann ich nicht einmal nach Zhamanak, um gegen das Unrecht, das Khorosh jener Terranerin zufügt, einzuschreiten.«

»Das ist in der Tat mißlich; aber es ändert nichts an dem Entschluß Ihrer Kolossalität.«

»Darüber hinaus«, setzte Mjipa nach, »dürfte Euch bekannt sein, daß der terranische Einfluß auf die Khaldoni-Nationen in dem Maße wachsen wird, wie der Reiseverkehr zwischen dieser Region und Novorecife sich entwikkelt. Ein weitsichtiger Herrscher würde sich darum bemühen, sich gut mit Novorecife zu stellen, bevor die Probleme manifest werden, die aus solchen Kontakten naturgemäß erwachsen.«

Chanapar stieß einen Seufzer aus. »Ihr seid so hartnäckig wie Gedik, als er versuchte, die Monde mit einem Wurfseil einzufangen! Aber ich fürchte, unseres Heshvavus Geist schert sich nicht sonderlich um die Frage künftiger wirtschaftlicher Vorteile ...«

Mjipa erschien am nächsten Tag erneut im Büro des Phathvum, und am darauffolgenden Tag abermals. Er argumentierte, schmeichelte, äußerte verhüllte Drohungen. Aber was er auch versuchte, der Minister – oder vielmehr der König, der sicherlich vom ersteren auf dem laufenden gehalten wurde – ließ sich nicht erweichen.

Zwischendurch lotete Mjipa die Möglichkeiten direkteren Vorgehens aus. Theoretisch konnte man, wenn man die Straße nach Mejvorosh verließ, bevor man an die mutabwkianische Grenze gelangte, über einen weiten Umweg durch den Wald die Grenze von Zhamanak erreichen, ohne mutabwkianisches Territorium zu berühren. Mjipa studierte Landkarten, aber was er sah, war nicht gerade dazu angetan, ihn optimistisch zu stimmen. Außer der einzigen Straße und dem Streifen zwischen den Zäunen, die die Grenze markierten, führten keinerlei Wege durch das Gebiet. Sicherlich gab es irgendwelche Wildpfade, aber man mußte schon ein paar Jahre in der Region leben, um sie genau zu kennen.

Wenn man die Zeit mitrechnete, die man dafür brauchen würde, sich mit einem Hackmesser einen Weg durch einen pfadlosen Tropendschungel zu bahnen, dann würde der Umweg mehrere Monate in Anspruch nehmen. Auch sah Mjipa keine Möglichkeit, genügend Proviant für ihn und die Eskorte mitzunehmen. Er wußte, daß es in solch einem Dschungel nur wenige Tiere gab, die für einen Terraner eßbar waren, und es würde Jahre brauchen, bis man gelernt hätte, sie zu jagen oder auch nur aufzuspüren. Nein, es würde wohl doch die weniger heroische, dafür aber praktischere Reise über die Straße sein müssen.

Mjipa sah seinem vierten Besuch beim Phathvum mit einiger Besorgnis entgegen. Bei seiner letzten Audienz hatte Chanapar untrügliche Symptome einer gewissen – verständlichen – Reizbarkeit an den Tag gelegt, so als wollte er seinen lästigen Besucher möglichst schnell wieder loswerden. Diesmal, befürchtete Mjipa, würde der Minister ihn vielleicht gar nicht erst vorlassen.

Doch Chanapar empfing ihn zu seiner angenehmen Überraschung beinahe überschwenglich: »Ah, Meister Terraner, da seid Ihr ja! Sagtet Ihr nicht bei Eurem gestrigen Besuch, Ihr würdet uns als Gegenleistung für die Tafel jeden Gefallen tun, der in Eurer Macht steht?«

»Ja, Herr.« Mjipa befürchtete, daß der Phathvum ihn um terranische Waffen angehen würde, ein Ansinnen, das Mjipa natürlich zurückweisen müßte. Aber der Minister wollte etwas anderes.

»Ich habe mich mit Seiner Kolossalität beraten«, sagte er nämlich, »und er hat mich huldvoll darauf hingewiesen, daß es in der Tat einen solchen Gefallen gibt, welchen Ihr uns erweisen könntet.«

»Und der wäre?«

»Habt Ihr gehört von Doktor Isayin, dem Ketzer, welchem in Kürze der Prozeß wegen Verbreitung subversiver Gedanken über die Form der Welt gemacht werden soll?«

»Ja, das habe ich. Was ist mit ihm?«

»Der Prozeß wird morgen eröffnet. In Anbetracht der heiklen politischen Lage, welcher sich der Heshvavu gegenübersieht, ist ihm sehr daran gelegen, daß nichts den glatten Ablauf dieses Prozesses beeinträchtigt. Es geht das Gerücht, daß die Terraner, denen das gemeine Volk übertriebene Weisheit andichtet, der gleichen Irrlehre anhängen wie Isayin, nämlich daß die Welt rund sei. So etwas können wir in einem ordentlichen, durchorganisierten Königreich nicht zulassen.«

»Ja, und?« fragte Mjipa, den ein mulmiges Gefühl beschlich.

»Um diesem Gerücht entgegenzuwirken, möchte Seine Kolossalität, daß ein Terraner bei dem Prozeß als Zeuge auftritt, zu bestätigen, daß eine beträchtliche Anzahl von Terranern der nämlichen Anschauung anhängt wie der in unserem Reiche amtlichen. Und dieser Terraner sollt Ihr sein.«

»Soll das heißen«, ächzte Mjipa, »Ihr wollt, daß ich bei diesem Prozeß als Zeuge auftrete und aussage, ich sei der Meinung, Eure Welt wäre flach?«

»Daß Ihr und eine beträchtliche Zahl anderer von Eurer Art dieser Meinung seid.«

Als Mjipa den Mund öffnete, um lautstark zu protestieren, hob Chanapar die Hand. »Nein, sagt mir nicht, ob Ihr mit dieser Auffassung übereinstimmt. Ich möchte es lieber nicht wissen. Beantwortet lediglich alle Fragen, die der Ankläger Euch stellen wird, mit ›ja‹, und Ihr werdet Eure Kopie der Ahnentafel bekommen.«

Mit zusammengebissenen Zähnen starrte Mjipa auf den Fußboden. Der Vorschlag war in höchstem Maße widerlich. Vor Gericht wissentlich einen absurden Schwachsinn zu beeiden, war zutiefst unehrenhaft, um so mehr, als diese seine Zeugenaussage wesentlich zur Verurteilung eines tüchtigen, aufgeklärten krishnanischen Gelehrten beitragen würde. Schließlich fragte Mjipa:

»Wenn Isayin verurteilt wird, was geschieht dann mit ihm?«

»Das zu entscheiden, ist Sache der Richter. Es kann alles sein zwischen zehn Jahren Haft und Todesstrafe.«

Mjipa überlegte fieberhaft. Weigerte er sich, dann bestand kaum noch eine Chance, daß er nach Zhamanak kommen würde, und nur die Götter Krishnas wußten, was dann aus Alicia Dyckman wurde. Zwar war Mjipa stets bemüht, fair gegenüber den Krishnanern zu sein; wenn jedoch das Leben eines Terraners gegen das eines Krishnaners stand, dann mußte der Terraner schon ein wahrhaftiger Schurke sein, bevor Mjipa Partei gegen seine eigene Spezies ergriff.

»Ich mache mit«, sagte er grimmig.

»Sehr gut! Ich war sicher, daß Ihr das Angebot annehmen würdet«, frohlockte der Phathvum.

»Ist die Kopie schon fertig?«

»Yerkus, unser führender Kalligraph, ist gerade dabei, sie anzufertigen.«

»Darf ich sehen, wie weit das Werk schon fortgeschritten ist? Nicht, daß ich Euch mißtraute, Hoheit, aber ich möchte unvorhergesehenen Hindernissen vorbeugen.«

»Das ließe sich wohl einrichten. Wartet hier!« Der Minister verließ das Zimmer, kam jedoch schon nach kurzer Zeit zurück. »Kommt!«

Mjipa folgte dem Phathvum durch dasselbe Labyrinth von Gängen wie schon einmal. Dieses Mal war König Vuzhov nicht in seinem Kabinett. Statt dessen saß ein anderer Krishnaner am königlichen Schreibtisch, der in mühevoller Kleinarbeit die Linien und Namen von der Tafel auf einen Bogen einheimischen Papiers übertrug.

Mjipa schaute dem Kalwmianer über die Schulter und nickte. »Ich werde Eurem Prozeß beiwohnen. Wann und wo soll ich mich einfinden?«

Als er aufgerufen wurde, sich auf dem Zeugenkissen niederzulassen, schlenderte Mjipa langsam an dem Podium vorbei, auf dem die drei Richter hockten. Bei seinem Anblick ging ein Scharren und Raunen durch die Reihen der Zuschauer. Von der anderen Seite des Saales starrte der Angeklagte, ein kleiner runzliger Krishnaner, zu ihm herüber. Der Konsul glaubte, Vorwurf aus seinem Blick herauszulesen, auch wenn es schwer für einen *Ertsu* war, das Mienenspiel von Krishnanern zu interpretieren.

»Meister Mjipa«, hub der Ankläger an, »da Ihr Terraner seid, können wir nicht verlangen, daß Ihr Euren Eid auf unsere Götter ablegt. Es soll genügen, wenn Ihr auf die terranischen Götter schwört.«

Mjipa unterdrückte ein Lächeln. »Ich denke, das kann ich.«

»Sehr gut. Dann schwöret nun bei diesen Göttern – Ihr müßt ihre Namen aufsagen –, daß Ihr die Wahrheit sprechen werdet, die reine Wahrheit und nichts als die Wahrheit.«

»Ich schwöre bei Gott, Jehovah, Allah, Brahma ... eh ... Modimo, Odin und Zeus, daß ich die Wahrheit sage, die reine Wahrheit und nichts als die Wahrheit.«

»Seid Ihr Peh-sie Um-jie-pah?«

»Ja.«

»Eingeborener der Welt, welche Ihr ›Erde‹ nennt?«

»Ja.«

»Und zur Zeit wohnhaft in Novorecife?«

»Ja.«

»Ein Lehnsmann der Regierung Eurer Heimatwelt?«

»Wenn Ihr darunter einen offiziellen Repräsentanten versteht, ja.«

»Seid Ihr vertraut mit dem offiziellen Glauben Kalwms, daß unsere Welt flach und scheibenförmig ist, so wie es geschrieben steht in unserem heiligen Buche, welches der Gott Phaighost dem Propheten Shadleiv diktierte?«

»Ja.«

»Und habt Ihr auch von der ketzerischen Doktrin gehört,

die der Beklagte seinen Schülern gelehrt haben soll und welche besagt, die Welt sei rund wie eine Kugel, so daß alles Wasser von ihr herunterlaufen würde?«

»Ja.«

»Ist es wahr, daß viele Eurer terranischen Landsleute einer Doktrin anhängen, welche, der offiziellen Lehre Kalwms gleich, besagt, daß die Welt eine flache Scheibe sei?«

»Ja.«

»Ich danke Euch. Der Advokat des Beklagten wird Euch jetzt befragen.«

Mjipa stieß einen leisen Fluch aus. Chanapar hatte ihm nichts davon gesagt, daß er ins Kreuzverhör genommen würde. Wenn Isayins Verteidiger ihn darauf festnagelte, zugeben zu müssen, daß unter den *Ertsuma* nur noch eine Handvoll Trottel darauf beharrte, daß die Erde flach sei, dann würde das den Effekt seiner ersten Aussage zunichte machen, und der Heshvavu hätte einen Vorwand, die Tafel nicht herausrücken zu müssen. Grimmig rückte er das Kissen unter sich zurecht und bereitete sich auf das Wortgefecht mit seinem neuen Widersacher vor.

Der Verteidiger, ein junger, intelligent aussehender Krishnaner, schaute ihn einen Moment intensiv an, bevor er sagte: »Ihr behauptetet, Meister Mjipa, daß unter Euren terranischen Landsleuten viele der Flachwelt-Theorie anhängen, nicht wahr?«

»Ja.«

»Hängen auch viele der Rundwelt-Theorie an, gleich jener, welche Doktor Isayin zugeschrieben wird?«

»Es gibt wohl solche.«

»Wie zahlreich sind diese ›Rundweltler‹?«

»Das weiß ich nicht.«

»Ich meine, in welchem Verhältnis stehen die Größen der jeweiligen Gruppen zueinander, die der Flachweltler und die der Rundweltler?«

»Auch das vermag ich nicht zu sagen.«

»Könntet Ihr es ungefähr raten?«

»Nein, Herr.«

»Welches ist Euer persönlicher Glaube bezüglich der Form der Welt?«

»Ich habe keinen.«

»Was? Ein weitgereister Terraner, und Ihr wollt mich glauben machen, daß Ihr Euch noch nie Gedanken über die Gestalt der Welt gemacht habt?«

»Ich habe schon darüber nachgedacht, doch ich bin zu keinem endgültigen Ergebnis gekommen.«

»Wenn Ihr das bitte näher erläutern wolltet.«

»Ich habe Argumente zugunsten beider Anschauungen gehört. Die Argumente beider Richtungen scheinen mir wohl begründet, also warte ich schlüssigere Beweise ab, ehe ich mich festlege.«

»Glaubt Ihr, daß ein gelehrter Mann wie mein Klient Zeugnis ablegen sollte für das, was er für die Wahrheit hält, auch wenn jene, die die Macht ausüben, anderer Meinung sind?«

»Ein solcher Glaube wird von vielen meiner terranischen Landsleute vertreten; aber das bezieht sich nur auf meine Heimatwelt. Was dieser Angeklagte und seine Regierung tun oder lassen sollten, ist allein ihre Angelegenheit. Ich habe keine Meinung zu dieser Frage.«

»Angenommen, Doktor Isayin wäre ein Terraner. Würdet Ihr dann meinen, daß er seinen Überzeugungen Ausdruck verleihen sollte?«

»Herr Verteidiger, ich kann nicht auf eine hypothetische Frage antworten. Was er auf meiner Welt tun sollte, wenn er einer von meiner Spezies wäre, sagt nichts darüber aus, was er hier und jetzt tun sollte.«

»Ihr glaubt also nicht an einen absoluten Maßstab für das, was richtig und was falsch ist?«

»Ich habe keine Meinung zu solchen profunden philosophischen Problemen. Ich bin kein Priester oder Philosoph, sondern bloß ein Beamter, der bemüht ist, seine Pflicht zu tun.«

Der Verteidiger gab es auf. »Sehr gut; keine weiteren Fragen. Ihr dürft Euch wieder zurückziehen.«

Der nächste Zeuge war der Hohepriester des Phaighost, gewandet in eine wallende Robe aus schwarzem Flor. Nach den üblichen einleitenden Fragen fragte ihn der Ankläger: »Ehrwürden, welches ist die offizielle Lehre unserer Religion bezüglich der Gestalt der Welt?«

»Daß die Welt die Form einer kreisförmigen flachen Scheibe hat, über welcher der Himmel eine halbkugelförmige Kuppel bildet.«

»Gibt es einen Beweis für die Richtigkeit dieser Lehre?«

Der Hohepriester setzte seine Brille auf und zog ein Buch aus den Falten seiner Robe. Es bestand – wie alle krishnanischen Bücher – aus einem zickzackförmig gefalteten langen Streifen Papier, der von zwei Deckeln aus dünnem Holz gehalten wurde. Er löste die Schnur, die das Buch geschlossen hielt, und schlug es an einer der Falten in der Mitte des Streifens auf. Mjipa vermutete, daß der Priester die Seite mit einer Klammer oder einem Lesezeichen gekennzeichnet hatte, um die Stelle auf Anhieb finden zu können.

Mit sonorer, salbungsvoller Stimme verkündete der Hohepriester: »Ich habe hier ein Exemplar des *Vetsareph,* unseres heiligen Buches, welches euch allen bekannt ist. Ich zitiere nun aus Kapitel vierzehn, Vers neun: ›Und die Götter des Himmels sitzen auf ihren goldenen Thronen über der Kuppel des Firmaments; und die Kreaturen, die da unter ihnen leben und weben auf der Scheibe der Welt, erscheinen ihnen wie winzige Käfer.‹ Das ist eine Aussage über die Form der Welt, wie man sie eindeutiger nicht finden kann.

Sollte dennoch irgendein Zweifel an der Aussagekraft dieses göttlich inspirierten Passus bestehen bleiben, dann will ich eine weitere Stelle zitieren, und zwar aus dem zweiundzwanzigsten Kapitel, Vers dreiundvierzig: ›Und der Herr Phaighost, König der Götter und Herrscher über das Universum, führte seinen treuen Jünger Shadleiv hinauf auf den Gipfel des Berges Meshaq und zeigte ihm alle Länder der Welt mit ihren Königreichen, Republiken, Stämmen und unbewohnten Wüsteneien.‹ Es ist ganz einleuchtend, daß, wiese die Welt die Gestalt eines Würfels, einer Halbkugel, einer Pyramide oder eines anderen geometrischen Körpers auf, der Prophet Shadleiv nicht alle Teile der Welt zugleich und von einer Stelle aus hätte überschauen können.

Schließlich möchte ich noch aus dem siebenundzwanzigsten Kapitel, Vers drei, vorlesen: ›Und der Herr Phaighost sprach zu Shadleiv: *Fürwahr, mein Sohn, meine Worte sollen ausgehen von dir und deinen Jüngern, auf daß ihr sie bis ans Ende der Welt verbreitet, bis zum äußersten Rand derselben.*‹ Nun, 's ist völlig klar, was auch immer von Dämonen inspirierte Fremdlinge aus den Schlünden der Hölle selbst behaupten mögen, eine Kugel kann weder Ende noch Rand haben ...«

Mjipa stand auf, wischte sich den Schweiß von der glänzenden schwarzen Stirn und ging aus dem Gerichtssaal. Obwohl es bereits zu spät am Tag war, um noch nach Zhamanak aufzubrechen, verspürte er kein Verlangen danach, noch länger in dem Saal auszuharren und sich den Rest dieses mittelalterlichen Ketzerprozesses anzuhören. Zwar hatte er die Fragen des Verteidigers erfolgreich pariert, aber das Gefühl tiefer Scham überschattete die Befriedigung darüber. Er hielt es nicht länger an dem Ort aus, an dem man ihn gezwungen hatte, heuchlerisch Lügen als seine wahren Ansichten auszugeben.

Später, in Chanapars Büro, sagte der Minister: »Ihr seid nicht so überzeugend für die Lehre der flachen Welt eingetreten, wie mein Herr, der das Prozeßprotokoll des heutigen Tages studiert hat, es gern gesehen hätte.«

»Ihr habt mir vorenthalten, daß man mich ins Kreuzverhör nehmen würde. Und so mußte ich diesen unvorhergesehenen Fragen ausweichen, so gut ich das ohne Vorbereitung vermochte.«

»Gewiß, das war ein Versäumnis. Der Heshvavu wollte die Kopie der Ahnentafel zuerst nicht herausgeben, aber ich überzeugte ihn, daß es, nun, da die Kopie einmal gefertigt war, sinnlos sei, sie Euch nicht zu geben. Bitte, hier ist sie.«

»Danke«, brummte Mjipa und faltete das große Blatt sorgfältig zusammen, so daß er es in seine Tragtasche stecken konnte. »Mit Eurer freundlichen Erlaubnis werde ich morgen früh bei Tagesanbruch nach Zhamanak aufbrechen.«

Zehn Tage später erreichten Mjipa und seine Krishnaner zum zweiten Mal die Grenze zu Mutabwk. Als die blaubemalten Grenzposten ihn erkannten, zog er die zusammengefaltete Kopie der Ahnentafel aus seiner Tasche.

»Hier! Dies ist, was der Heshvavu als Preis dafür verlangt hat, daß ich passieren darf. Kann ich jetzt weiterreisen?«

»Noch nicht«, beschied ihm der diensthabende Offizier. »Zuerst muß dieses Papier zur Prüfung nach Yein gebracht werden.«

Mjipa stöhnte auf. »Heißt das, noch einmal so einen halsbrecherischen Ritt durch die Nacht mitmachen zu müssen?«

»Ihr braucht nicht zu reiten. Spisov! Bring dieses Papier sofort zu Minister Zharvets. Wenn er es gutheißt, kehre eiligst mit einer schriftlichen Ermächtigung zurück, daß dieser Terraner und seine Begleiter passieren dürfen.« Der Offizier wandte sich wieder Mjipa zu. »Ihr könnt ebensogut absitzen und es Euch bequem machen, Meister Terraner. 's wird mindestens zwei Tage dauern, bis Spisov mit Eurem Bewilligungsschreiben wieder hier ist.«

Innerlich kochend, ließ Mjipa sich von seinem Aya gleiten. Dann fragte er entnervt: »Kriege ich hier irgendwo einen guten, starken Kvad? Ich glaube, ich habe mir redlich einen verdient.«

3

Konfrontation

Bei seiner Audienz beim Heshvavu von Kalwm hatte Mjipa sein Schwert bei einem Türwächter hinterlegen müssen – eine bei krishnanischen Herrschern übliche Vorsichtsmaßnahme. Dagegen hatte er nichts einzuwenden, da er sich ohnehin immer ziemlich tolpatschig beim Tragen dieser mittelalterlichen Waffen vorkam, etwa so, als wäre er auf einem Karnevalsball, dem er nicht entrinnen konnte. Als er den Heshvavu von Mutabwk besucht hatte, war ihm außer seinem Schwert auch noch der Dolch abgenommen worden.

Die Wachtposten vor dem Audienzzimmer von Khorosh, dem Heshvavu von Zhamanak, nahmen ihm nicht nur sein Schwert und seinen Dolch ab, sondern filzten ihn auch gründlich, wobei sie es nicht bei einem kurzen Blick unter seinen Kilt bewenden ließen, sondern sich mit geradezu hemmungslosem Entdeckungsdrang in die Details seiner Anatomie vertieften. So kam es, daß Mjipa nicht gerade in bester Stimmung war, als er in das Zimmer geführt wurde. Schweißperlen standen ihm auf der schwarzen Stirn, nicht nur wegen der drückenden Schwüle, die im Palast herrschte, sondern auch wegen der Schwierigkeit der Aufgabe, die ihm bevorstand.

Wie die meisten anderen Zhamanakianer war auch Khorosh nackt bis auf einen Gürtel, an dem ein paar persönliche Dinge hingen, und eine prunkvolle Körperbemalung aus Scharlachrot und Gold. Sein Schädel war glatt rasiert. Als alterfahrener ›Krishnaner‹ war Percy Mjipa an Nacktheit gewöhnt. Aber den zhamanakianischen Brauch, sich die Geschlechtsteile in kontrastierenden Farben anzumalen, fand er – Verklemmtheit hin, Verklemmtheit her – denn doch reichlich geschmacklos.

Mjipa berührte pflichtgetreu den Boden mit der Stirn. Als er die Erlaubnis bekam, sich wieder zu erheben, studierte er den Krishnaner genauer.

Seiner Schätzung nach war Khorosh relativ jung. Er war von schlankem, fast zerbrechlich wirkendem Körperbau. Wie bei anderen Khaldoniern waren Khoroshs Riechorgane, die federartigen Antennen, länger und üppiger als die der nördlicheren Rassen. Selbige waren jetzt gesenkt, so daß der Heshvavu unter einer dichten Hecke aus Augenbrauen und Antennen hervorspähte. Nach einem langen Schweigen, während dem Mjipa das Gefühl hatte, als würde er von dem bohrenden Blick des Königs geradezu geröntgt, sagte Khorosh unvermittelt:

»Was begehrt Ihr, o Terraner?«

Die Spannung, die in der Stimme lag, ließ Mjipa ahnen, daß er es hier mit einem Exemplar von Krishnaner zu tun hatte, mit dem nicht gut Kirschen essen war. Er schob die breiten Schultern ein wenig vor und sagte: »Mit Verlaub, Eure Superiorität, ich bin von Novorecife gesandt, dem Gerücht nachzugehen, daß Ihr eine Terranerin gegen ihren Willen gefangenhaltet.«

Der Heshvavu schwieg erneut eine ganze Weile, ehe er sagte: »Wir hören Euch. Wir riechen Euch auch. Sonst noch etwas?«

»Und? Haltet Ihr sie nun gefangen oder nicht?« fauchte Mjipa, innerlich kochend wegen der Anspielung auf seinen Körpergeruch.

Schlagartig richteten die Riechfedern sich auf. »Das geht Euch nichts an. Als Souverän dieses Reiches halten wir gefangen, wen wir wollen.«

»Meine terranischen Landsleute fassen solche Inhaftnahmen sehr ernst auf. Sie haben mich dazu ermächtigt, Euch förmlich zu fragen, ob Ihr Alicia Dyckman gefangenhaltet.«

Der Anflug eines krishnanischen Lächelns huschte über

das Gesicht des Heshvavu. »Und was ist, wenn ja? Sie kam hierher aus eigenem Antrieb. Wir haben sie weder eingeladen noch ihr sicheres Geleit gewährt.«

»Ich habe hier«, erwiderte Mjipa, »einen Brief vom Comandante in Novorecife, in dem er gegen diese Behandlung eines terranischen Bürgers protestiert. Er ist in Gozashtando abgefaßt, da niemand in Novorecife in der Lage war, ihn in gutes Khaldoni zu übersetzen.« Er überreichte dem Heshvavu den Brief, wobei er hinzufügte: »Erlaubt mir, die Frage zu stellen, Hoheit, was die Terranerin Dyckman getan hat, daß Ihr sie in den Kerker werft. Bei uns Terranern verhängt man eine solche Strafe gewöhnlich gegen Personen, die sich eines Verbrechens schuldig gemacht haben.«

»Wir haben von euren merkwürdigen Auffassungen von Gerechtigkeit gehört. Wir in Zhamanak machen das billiger, schneller und wirksamer. Wenn wir einen Verbrecher fangen, schlagen wir ihm einfach einen Fuß, eine Hand oder – in schweren Fällen – einen Kopf ab. Nichts von diesem Unsinn, ihn einsperren, jahrelang durchfüttern und ihn dann wieder freilassen, damit er seine Mitbürger gleich wieder von neuem berauben kann. Wärt ihr Terraner nicht so aufgeblasen, daß ihr in eurem Dünkel glaubt, ihr hättet das Recht, das Universum zu unterjochen und zu versklaven, dann könntet ihr fürwahr einiges von uns wahren Menschenwesen lernen.«

»Aber das hat nichts mit Alicia Dyckman zu tun.«

Der Heshvavu hob die Hand. »Wir dulden keine Spitzfindigkeiten, Terraner! Wir sind, wer wir sind! Hütet also Eure kecke Zunge, wollt Ihr nicht in den Genuß einer unserer Formen von Gerechtigkeit kommen. Doch ruft Euer Gerede mir einen Gedanken in den Geist, wie die Trompete des Qarar die Geister der Toten rief, auf daß sie gegen die Phantome kämpften, welche die Hexe von der Va'andao-See heraufbeschworen hatte.

Bei der letzten Zusammenkunft der khaldonischen Könige gerieten wir mit Vuzhov in einen Disput bezüglich der Terraner. Er behauptete, sie gehörten verschiedenen Spezies an, und führte zur Untermauerung dieser seiner These die Unterschiede in Größe und Farbe an. Ich widerlegte das, indem ich auf gleichartige Unterschiede zwischen – sagen wir, den Khaldoniern und den Bewohnern von Dur hinwies. Aber der wortreiche Greis verfocht starrsinnig seine These, daß die Kluft zwischen Personen wie Euch und anderen Terranern vielmehr so geartet wäre wie die zwischen uns hier und den geschwänzten Wilden.

Wir haben Vuzhovs Urteil niemals getraut, da er, wie einige andere Monarchen dieser Welt, blind ist für die Bedrohung, welche die Terraner darstellen. Und Ihr kommt nun gerade zur rechten Zeit, uns den Schlüssel zu diesem Geheimnis zu liefern. Und wir haben auch noch besonderes Glück insofern, als die Unterschiede zwischen Euch und den anderen Terranern, die wir gesehen haben, größer sind als die, welche wir zwischen diesen anderen beobachtet haben. Wenn Ihr Euch mit diesen anderen kreuzen könnt, dann besteht nur noch wenig Zweifel daran, daß alle Terraner von einer Spezies sind.

Daher sollt Ihr sogleich mit dieser Terranerin zusammentreffen. Darüber hinaus sollt Ihr uns zu unserer Zufriedenheit vorführen, ob Ihr sie erfolgreich befruchten könnt. Packt ihn!«

Drei Wächter stürzten sich auf Mjipa und packten ihn bei den Armen. Mit lautem Wutgeheul schüttelte er sie wieder ab, wobei er einen mit solcher Wucht gegen die Wand schleuderte, daß die zierliche Struktur des Palasts wackelte. Aber sofort kamen weitere auf ihn losgestürzt, bis er gleich mehrere an jedem Arm und Bein hängen hatte und sich nicht mehr rühren konnte.

»Das wird Euch teuer zu stehen kommen!« brüllte er. »Novorecife wird davon erfahren!«

Der schlanke, jugendliche Heshvavu lächelte kalt. »Werft ihn in das Arrestzimmer zu der Terranerin. Und daß ihr mir die Tür gut verriegelt!«

Mjipa fand sich hochgehoben und von acht oder neun Zhamanakianern an allen vieren in Rückenlage durch den

Korridor geschleppt. Nach mehreren Biegungen und weiteren Zimmern und Gängen wurde er in ein kleines Zimmer getragen, das von Tageslicht erhellt wurde. Er hörte den spitzen Schrei einer terranischen Frauenstimme.

Die Krishnaner, die Mjipa festhielten, begannen ihn seitwärts hin und her zu schwingen, wobei einer schrie: *»Bur ... aka ... wch!«* Bei *»wch«* ließen alle los. Mjipa flog in hohem Bogen durch die Luft und landete krachend auf dem Fußboden in der Mitte des Zimmers.

Er rappelte sich auf und sah nur noch, wie die Krishnaner aus dem Zimmer stürmten und die Tür hinter sich zuknallten. Dann hörte er, wie schwere Riegel vorgeschoben wurden. Hinter ihm sagte eine Stimme – dieselbe, die den Schrei ausgestoßen hatte – auf Englisch:

»Großer Gott! Sind Sie nicht Percy Mjipa, dem ich in Baianch begegnet bin?«

Mjipa drehte sich mit schmerzverzerrtem Gesicht um und rieb sich das gestauchte Hinterteil. Vor ihm stand Alicia Dyckman, eine schlanke junge Frau von einer Größe etwas über dem Durchschnitt – etwa knapp einen Meter siebzig. Sie hatte honigblondes Haar und blaue Augen. Weiße Männer, dachte Mjipa mürrisch, hielten sie zweifellos für das schönste Geschöpf auf zwei Beinen. Ihre wohlgeschwungenen Wangenknochen, die schmale, gerade, in einem kleinen, kecken Stups endende Nase und die harmonisch geschnittenen Gesichtszüge waren genau das, was Kaukasoide in Zeitungsreklamen und Filmen attraktiv fanden. Auf Mjipa freilich machte das wenig Eindruck. Seine Vorstellungen von weiblicher Schönheit, geformt in seiner Jugend in Botswana, waren ganz anders.

Alicia war barfuß und trug ein kurzärmliges Khakihemd, dazu Shorts aus demselben Material. Die Kleidungsstücke waren nicht sehr sauber, und eine Hemdentasche war so stark eingerissen, daß sie nicht mehr zu gebrauchen war.

Mjipa schaute sich um. Der Raum war ungefähr vier mal sechs Meter groß – das heißt, der innere Teil. Eine ähnlich große Fläche schloß sich nach außen hin an, in den Palastgarten hineingebaut. Dieser Anbau war mit Metallstäben eingefriedet, die gleichzeitig sein Dach trugen. Ein System von Vorhängen und Blenden, die jetzt bis zur Decke hochgerollt waren, trennte den Anbau vom inwärtigen Teil des Raums.

In einer Ecke stand ein flaches Bett mit einem Holzrahmen, der mit über Kreuz verlaufenden Seilen bespannt war. Eine andere Ecke war von einem Verschlag aus rohen Brettern ausgefüllt, durch dessen Tür Mjipa das primitive khaldonische Äquivalent von sanitären Einrichtungen erkennen konnte. Eine schlichte Sitzbank vervollständigte das Mobiliar.

Mjipas Rundblick dauerte nur ein paar Sekunden. Dann antwortete er: »Ja, ich bin Mjipa.«

»Aber wieso ... warum ...«

»Ich bin geschickt worden, um Sie zu retten, aber jetzt sieht es ganz danach aus, als ob sie noch jemand losschicken müßten, der uns beide hier rausholt.«

»Sie armer Kerl! Welchen Grund hat Khorosh, Sie auch einzusperren? Meistens sind sie äußerst vorsichtig, was die Behandlung von terranischen Offiziellen anbetrifft. Haben Sie denn keine diplomatische Immunität?«

»Diese Burschen haben davon noch nie was gehört. Aber jetzt erzählen Sie mir mal, wieso er Sie eigentlich eingebuchtet hat. Haben Sie ihn provoziert, wie Sie es offenbar mit Vuzhov und Ainkhist gemacht haben?«

»Ich hatte gar nicht die Zeit, überhaupt irgendwas zu machen. Ich war kaum angekommen, da packten mich Khoroshs Soldaten auch schon und steckten mich hier rein.«

»Haben sie Ihnen denn keinen Grund genannt?«

»Oh, Khorosh besuchte mich und sagte, jetzt hätte er endlich einmal die Möglichkeit, einen Terraner eingehend zu studieren; er wäre nämlich sicher, daß wir seine Feinde wären und danach trachteten, sein Volk zu unterjochen und auszubeuten.«

»Hört sich an, als hätte er irdische Geschichte gelesen.«

»Vielleicht hat er das tatsächlich. Er sieht in uns dasselbe wie in den europäischen Imperialisten des neunzehnten Jahrhunderts.«

»Oder in Mohammeds Arabern oder Cäsars Römern; es ist im Grunde alles dasselbe. Weder Bill Kennedy noch ich hatten jemals imperialistische Anwandlungen; aber woher wollen wir wissen, wie die Politik von Novorecife in hundert Jahren aussieht?«

»Tja, wer weiß das schon? Aber sehen Sie die Löcher da oben in der Decke?« Sie zeigte nach oben. »Das sind Gucklöcher, durch die Khorosh oder seine Günstlinge uns beobachten können. Deshalb habe ich auch auf einem privaten Badezimmer bestanden und sie schließlich soweit gekriegt, daß sie mir das Ding da gebaut haben.« Sie zeigte auf den Verschlag. »Es zahlt sich manchmal aus, wenn man eine Quasselstrippe ist. Ich glaube, sie haben das Ding bloß gebaut, weil ihnen mein ewiges Gequengel auf die Nerven ging. Aber warum sind Sie hier?«

»Wenn Khorosh ein Erdenmensch wäre, würde ich sagen, er ist ein verdammter Paranoiker, der nicht den leisesten Widerspruch vertragen kann. Außerdem ... ahem ...« Mjipa starrte verlegen zu Boden. »Wenn ich ihn richtig verstanden habe ... wissen Sie, mein Khaldoni ist nicht sehr gut, und wenn sie drauflosrattern, kriege ich immer nur die Hälfte mit ... nun, jedenfalls, also, ich glaube, er hat so was gesagt von wegen, er wolle rauskriegen, ob Ihre und meine Rasse ... eh ... gekreuzt werden können.«

Alicia starrte ihn einen Moment verdutzt an, dann brach sie in schallendes Lachen aus. »Sie meinen, er will zugukken, wie wir miteinander ficken, und dann warten, was dabei rauskommt?«

Mjipa zuckte sichtlich geschockt zusammen. »Ach, kommen Sie, Percy!« rief Alicia fröhlich. »Erzählen Sie mir nicht, daß ich ein ausgewachsenes, kräftiges und erfahrenes Mannsbild wie Sie schockiert habe!«

»In Botswana, bei meinem Volk, wo ich aufgewachsen bin«, sagte Mjipa pikiert, »verwenden Damen solche Wörter nicht. Aber bei euch Amerikanerinnen scheint das offensichtlich anders zu sein.«

»Na schön, dann nenne ich es eben Beiwohnung oder Geschlechtsverkehr oder Koitus, wenn Sie das glücklicher macht. Nun, jedenfalls scheinen sich diese Leute gewisse Gedanken bezüglich der Unterscheidung zwischen Arten und Varietäten gemacht zu haben. Ich fürchte nur ...«

Die Riegel quietschten, und die Tür ging auf. Zwei kahlrasierte Zhamanakianer, verstärkt von mehreren bewaffneten Gardisten, traten zaghaft in den Raum. Der eine warf ein aufgerolltes Strohbett auf den Fußboden, der andere Mjipas Segeltuchtasche. Dann gingen sie rückwärts wieder hinaus, den Blick ängstlich auf Mjipa geheftet, schlugen die Tür zu und verriegelten sie wieder.

»Entschuldigen Sie mich!« bat Mjipa, kniete sich hin und öffnete seine Tasche. Nachdem er rasch mit erprobten Händen den Inhalt untersucht hatte, stand er wieder auf und fluchte: »Diese gottverdammten Eingeborenen! Sie haben mir jedes Stückchen Metall abgenommen, aber auch wirklich jedes! Alles, wovon sie glauben, daß ich es dazu benutzen könnte, um hier rauszukommen. Sogar meinen Rasierapparat haben sie mir weggenommen!« Mjipa stopfte sich wütend seine Pfeife, wollte sie anzünden und hielt inne. »Stört es Sie, wenn ich rauche?«

»Absolut nicht.« Mjipa steckte die Pfeife an und blies eine gewaltige Rauchwolke in das Zimmer. »Dann werden Sie sich wohl einen Bart wachsen lassen müssen«, bemerkte Alicia mit einem Lächeln.

»Das Dumme daran ist, mein Bartwuchs ist fast so spärlich wie der der Krishnaner. Es sieht also ziemlich jämmerlich aus.«

»Bei mir haben sie das gleiche getan. Ich kann mir nicht mal mehr meine Sachen flicken, weil sie mir mein Nähzeug nicht lassen wollten. Haben Sie denn wenigstens noch Ihre Langlebigkeitspillen? Meine sind fast alle.«

»Ja, hier sind meine LPs, Bákh sei Dank! Jetzt werden wir wenigstens nicht alt und sterben schon mit siebzig wie unsere armen Vorfahren. Aber um auf diese verrückte Idee von Khorosh zurückzukommen ...«

»Gucken Sie mich nicht mit so lüsternen Blicken an, Percy! Das mag ich nicht. Ich habe weder die Pille noch sonst irgendwelche Verhütungsmittel mitgenommen, weil ich wußte, daß ich, solange ich allein unter den Krishnanern wäre, keine Angst vor einer Schwangerschaft haben mußte, selbst wenn man mich vergewaltigt hätte. Gott sei Dank ist das bisher noch nicht passiert.«

»Sie meinen, weil Sie von Krishnanern nicht befruchtet werden können. Da muß ich Ihnen von Fergus Reiths interplanetarischer Romanze erzählen; da ging es nämlich genau um diesen Punkt.«

»Und ich werde ganz sicher nicht das Kind eines Fremden austragen«, fügte sie hinzu, »nur um die Neugier irgendeines Tropen-Radschas zu befriedigen.«

»Also, bitte, Miß Dyckman – Doktor Dyckman, sollte ich wohl sagen ...«

»Sie dürfen gern Alicia sagen, oder ›Lish‹, das ist kürzer.«

»Also gut, Alicia, wenn Sie darauf bestehen. Ich versichere Ihnen, daß ich keinerlei derartige Absichten hatte. Das soll keine Herabsetzung sein, verstehen Sie! Es ist nur so, daß ich versuche, nach meinen eigenen Maßstäben von Sitte und Moral zu leben.«

»Prima für Sie! Aber wie sollen wir sonst hier rauskommen?«

»Wir sollten etwas leiser sprechen, wenn wir über Flucht reden.«

»Ach, das ist nicht nötig. Ich habe an diesen Burschen sämtliche mir bekannten terranischen Sprachen ausprobiert, und keiner scheint auch nur ein Wort von irgendeiner davon zu kennen. Aber wenn Sie anfangen, an der Tür herumzufummeln oder die Eisenstäbe draußen durchzusägen, dann können sie uns durch die Gucklöcher da oben sehen.«

»Ist denn ständig einer da oben auf Beobachtungsposten? Guckt Khorosh selbst auch?«

Sie zuckte die Achseln. »Das weiß ich nicht. Aber als ich

anfing, mich hier unten ein bißchen umzusehen, ob es nicht vielleicht eine Möglichkeit gäbe, sich nach draußen durchzugraben oder sowas, da kamen sie mir sofort auf die Schliche. Zur Strafe mußte ich einen Tag ohne Essen und Trinken auskommen.«

»Drecksäcke!« knurrte Mjipa zwischen den Zähnen. Dann entrollte er mißmutig sein Strohbett und breitete es auf der gegenüberliegenden Seite von Alicias Bett auf dem Fußboden aus. »Wir bräuchten so eine Art Einsatzkommando aus Novorecife. Aber wie sie benachrichtigen? Bis wir sie erreicht haben, wird die Station schon von diesem Trunkenbold Glumelin geleitet, und nichts wird geschehen. Und wenn sie uns bloß einen einzigen Mann hinterherschicken, wird Khorosh ihn ganz schlicht und einfach einbuchten, genau wie uns. Sind wir eigentlich die ersten Terraner, mit denen Khorosh so umspringt?«

»Nein«, antwortete Alicia. »Ich hörte, daß ein Missionar namens Hanson oder so ähnlich einmal in Schwierigkeiten geriet, weil er gegen den herrschenden Polytheismus zu Felde zog.«

»›Schwierigkeiten‹ ist gut«, sagte Mjipa grimmig. »Sein Name war Jensen – Amerikaner wie Sie. Letztes Jahr kam in Novorecife ein Paket an, zugestellt durch die Mejrou Qurardena. Als man es öffnete, fand man darin eine Holzkiste, und darin war der Kopf von Reverend Jensen, in Salz eingelegt.«

»Uh! Wie scheußlich!«

»Man gewöhnt sich an sowas. Wir wußten, daß Jensen irgendwo im Süden missioniert hatte, aber auf dem Paket stand kein Absender. Jetzt ist klar, was passierte. Geschieht dem Idioten recht.«

»Sie mögen Missionare wohl nicht?«

»Sie machen uns Konsulatsbeamten eine Menge Ärger. Einerseits sind wir ewig damit beschäftigt, diese Trottel davor zu bewahren, daß sie in irgendwelche Klemmen geraten, und wenn sie dann drinstecken, haben wir alle Hände voll zu tun, die Regierungen der Länder, aus denen sie kommen, zu beschwichtigen. Aber mein Vorurteil gegen Missionare ist auf andere Weise entstanden, schon viel früher. Um 1880 herum kam ein Bursche namens Hepburn aus Großbritannien und bekehrte die Bamangwato zum Christentum. Das war zur Zeit von Kgama dem Großen, und die beiden arbeiteten zusammen. Natürlich taten Hepburn und seine Mit-Missionare auch manch Gutes, zum Beispiel, daß sie die Sklavenstämme und die Buschmänner befreiten.

Andererseits brachte er Kgama dazu, eine Menge harmloser und sogar nützlicher Dinge abzuschaffen, wie unsere Tänze, die die ganze Nacht dauerten, und unseren Beschneidungsritus, Bräuche, die er als heidnisch verdammte. Er zwang die Männer, die mehr als eine Frau hatten, alle bis auf eine fortzujagen, und die armen Frauen hatten nur die Wahl, Huren zu werden oder zu verhungern. Er ließ uns Mäntel und Krawatten tragen – in dem Klima! Er verbot das Brauen unseres einheimischen Biers, eine Reform, die unserer Gesundheit erheblichen Schaden zufügte, weil wir unsere Vitamine aus dem Bier bekamen. Natürlich wußte damals noch niemand was von Vitaminen.

Eine Sache war echt lustig. Die Bamangwato glaubten seit alters her, daß die Menschen von den Affen abstammten. Dann kam Hepburn und sagte uns, das sei völlig falsch, der Mensch stamme von Adam und Eva ab, natürlich Weiße wie er selbst. Viele Jahre später kamen europäische Wissenschaftler und Lehrer und sagten: Falsch, Kommando zurück! Wir hätten doch recht gehabt. Alle Menschen würden in der Tat von Affen abstammen. Und wenn ich so überlege, was ich so alles erlebt habe, dann drängt sich mir die Vermutung auf, daß manche sich seither nicht sonderlich weiterentwickelt haben.

Und so kommt es, daß ich ziemlich negativ gegen alle diese eifernden Christen und Moslems und Hindus und Buddhisten eingestellt bin, die hier auf Krishna herumlaufen, die Einheimischen gegen sich aufbringen, indem sie auf diese unerträgliche Art und Weise gegen ihren Glauben wettern und sich dann wundern, wenn man ihnen ihren dummen Kopf abhackt. Letztes Jahr hatten wir einen Kerl hier, der predigte etwas, das er ›Jüdischen Schintoismus‹ nannte.«

»Junge, das beißt sich aber! Aber ich finde, diese Ideen sind auch nicht abstruser als Khoroshs Kreuzungsexperiment oder Vuzhovs Himmelsturm.«

Mjipa grunzte beifällig. »Ich habe den Eindruck, daß alle Khaldoni-Könige einen Sprung in der Schüssel haben. Vuzhov hat seinen Scheibenwelt-Tick, Ainkhist ist sexbesessen, und Khorosh leidet unter Verfolgungswahn.«

»Wenn Vuzhov solch ein Aufheben um seine Flachwelt-Theorie macht, was würde dann eigentlich passieren, wenn einer käme und moderne Evolutionstheorie predigen würde?«

»Das würde sie weniger schockieren als die Rundwelt-Theorie. Sie glauben ja sogar schon, daß die Krishnaner hervorgegangen sind aus der Paarung ihres Hauptgottes mit einem weiblichen ... wie heißen diese Viecher noch, die aussehen wie ein Affe? Klingt so ähnlich wie ein Niesen.«

»Auf Khaldoni: *phwchuvit.* Sie sind also fast schon so etwas wie Semi-Evolutionisten?«

»So habe ich's gehört. Der Professor, der in Reiths erster Touristengruppe war, erklärte mir, wie die Krishnaner sich aus den Phwchuvit entwickelt haben, so wie die Menschen aus den Affen. Wir Bamangwato lagen schon ganz richtig, bevor eure weißen Missionare aufkreuzten und uns ihre Flöhe ins Ohr setzten.«

Alicia schaute Mjipa nachdenklich an. »Sagen Sie mal, Percy, sind Sie sicher, daß Sie keine tiefverwurzelten Vorurteile gegen die kaukasoide Rasse überhaupt haben? Bei Ihrem Background wäre das praktisch unvermeidbar.«

»Hab ich aber nicht!« raunzte Mjipa und hieb eine Faust in die geöffnete Handfläche. »Ich mache den Briten nicht zum Vorwurf, daß sie gekommen sind und uns die Zivilisation eingebleut haben. Wenn sie es nicht getan hätten, hätte es jemand anderes getan. Ein paar tausend Jahre früher waren auch sie Barbaren, bis die Römer aus Italien kamen und ihnen die Zivilisation einbleuten. Wer sie den Römern eingebleut hat, weiß ich nicht mehr. Außerdem wurde ich in Oxford absolut anständig behandelt.«

»Trotzdem!« beharrte sie. »Jeder trägt irgendwelche irrationalen Vorurteile in seinem Unterbewußtsein mit sich herum, und ich sehe nicht ein, wieso Sie da eine Ausnahme sein sollten. Sie kommen gar nicht umhin, antiweiße Vorurteile zu haben, auch wenn sie vielleicht nur unbewußt sind.«

»Ach, scheren Sie sich zum Teufel!« knurrte Mjipa, der von seinen kurzen früheren Begegnungen mit Alicia Dyckman noch sehr gut in Erinnerung hatte, daß sie einen tot argumentieren konnte. Sie würde es, dachte er bei sich, glatt fertigbringen, dem Messingstandbild des Dashmok in Majbur die Eier wegzuquatschen. »Noch immer dieselbe von sich eingenommene kleine Zicke, die ich schon in Baianch kennengelernt habe! Aber gut, ich gebe zu, daß ich ein Vorurteil habe. Ihr Nachname stammt aus dem Niederländischen, nicht wahr?«

»Ja. Aber er ist schon mehrere Jahrhunderte in Amerika zurückverfolgbar.«

»Nun, ich bin gegen eine weiße Nation voreingenommen: gegen die Niederländer.«

»Und warum?«

»Weil zu den Zeiten Kgamas des Großen die maTabele zweimal in unser Stammesgebiet einfielen und wir sie nur mit Mühe und Not wieder hinausjagen konnten. Und warum fielen sie bei uns ein? Weil die verdammten Holländer – das heißt, die Buren – sich ihr Land unter den Nagel gerissen und sie hinausgeworfen hatten. Wenn Sie sich also schon unbedingt über Vorurteile auslassen wollen, dann müssen Sie erst mal bei dem anfangen, was ich gegen Ihren Namen habe.«

»Wurden Sie im christlichen Sinne erzogen?«

»Sicher. Die Bamangwato waren über Jahrhunderte glühende Christen. Das Ganze wurde zeitweilig ein wenig lokkerer, als fortschrittliches Gedankengut von Amerika her bei uns einsickerte. Aber dann kam die neopuritanische Reaktion, und jetzt sind wir prüder als je zuvor. Was mich persönlich betrifft, so haben mich meine Erlebnisse hier auf Krishna mit der Zeit zynisch gegenüber allen Göttern und Religionen gemacht. Ich will ja nicht vom Thema abweichen, aber wann kriegt man hier was zu beißen?«

Nachdem sie gegessen und die Wärter das leere Tablett wieder abgeholt hatten, brach die Nacht herein, und im Schutz der Dunkelheit, die es den Zhamanakianern unmöglich machte, ihre Gefangenen durch die Gucklöcher zu beobachten, inspizierte Mjipa das Zimmer.

Die massive Tür, die den innenliegenden Teil des Raums, dessen einziges Fenster im übrigen vergittert war, mit dem Flur verband, war nicht nur durch ein Schloß, sondern zusätzlich durch zwei schwere Riegel auf der Außenseite gesichert. Wenn er einen Keil zwischen Tür und Pfosten trieb, dann könnte er mit einer guten Metallsäge diese Riegel durchsägen. Eine andere Möglichkeit, an sie heranzukommen, gab es nicht. Aber er hatte natürlich keine Metallsäge, und außerhalb seines Gefängnisses gab es niemanden, den er hätte ansprechen und dazu überreden können, ihm solche Werkzeuge hereinzuschmuggeln.

Der außenliegende Teil des Raums, eine Art Veranda oder Terrasse, schaute hinaus auf den Palastgarten. Im Licht der zwei kleineren Monde sah er niedrige Gebäude des Palastkomplexes hinter den Büschen und Springbrunnen aufragen. Von der zinnenbewehrten Außenmauer, die den königlichen Bezirk von der Stadt Mejvorosh trennte, konnte er nur ein winziges Stück ausmachen. Die Nacht war erfüllt vom Zirpen und Summen krishnanischer Arthropoden, den entsprechenden Gegenstücken terranischer Insekten.

Die Gitterstäbe, die die Terrasse umgaben, waren aus vierkantigem Schmiedeeisen und standen so eng beieinander, daß nicht einmal die schlanke Alicia auch nur annähernd die Chance gehabt hätte, hindurchzuschlüpfen. Ein prüfender Griff verriet Mjipa, daß die Stangen so dick waren, daß selbst ein Mann von seiner Körperkraft sie nicht hätte verbiegen können. Außerdem waren sie zum Schutz gegen Rost eingeölt, und als er die Finger an ihnen entlanggleiten ließ, mußte er feststellen, daß sie nirgends eine vom Rostfraß brüchig gewordene Stelle aufwiesen. Ohne eine Metallsäge und viel Zeit zum ungestörten Werkeln sah Mjipa auch hier keinen Weg in die Freiheit.

Der Fußboden bestand aus Holzbohlen, die auf einer Unterlage aus Zement ruhten. Rings um den Rand der Terrasse, wo die Bohlen an die Gitterstäbe stießen, entdeckte Mjipa ein paar angefaulte Stellen, als er mit dem Daumennagel an dem Holz herumbohrte. Aber die darunterliegende Steinmörtelschicht machte einen soliden Eindruck und konnte meterdick sein. Von daher standen die Chancen für den Versuch, einen Tunnel zu graben, ebenfalls schlecht.

»Kriegt man hier nicht mal eine Kerze?« brummte er, während er sich durch den inwärtigen Teil des Raumes tastete.

»Nein«, antwortete Alicias Stimme. »Wahrscheinlich haben sie Angst, wir könnten den Palast in Brand stecken und die allgemeine Verwirrung zur Flucht nutzen.«

»Nun, wie heißt es doch so schön: Was man nicht ändern kann, muß man aushalten. Gute Nacht, Alicia!«

Die rot aufgehende Sonne Roqir sah Percy Mjipa beim Absolvieren seiner allmorgendlichen Liegestütze. Als er sich auf den Rücken rollen ließ, beide Beine in die Luft hob und sie auf den Fußboden hinunterfallen ließ, wurde Alicia von dem rhythmischen Bumsen seiner Fersen auf die Holzbohlen wach.

»Wir müssen uns in Form halten«, preßte Mjipa hervor. »Es kann sein, daß wir verdammt lange hier bleiben müssen. Und falls wir tatsächlich einmal die Chance zum Ausbrechen kriegen sollten, dann werden wir froh sein, wenn wir körperlich in guter Form sind. Hier, halten Sie mal meine Fußknöchel fest, seien Sie so nett. Ja, so ist's richtig.«

Als er mit seinen Übungen fertig war, sagte er: »So, und jetzt sind Sie dran.«

Alicia seufzte. »Ja, Sie haben schon recht. Ich war mal eine ganz passable Leichtathletin, aber Gymnastik fand ich immer fürchterlich langweilig.«

»Hier rumzusitzen und nichts zu tun, ist auf die Dauer noch viel langweiliger; also, raffen Sie sich auf!«

Sie wuschen sich in dem primitiven Badezimmer. Als Mjipa an der Reihe war und er in den Bretterverschlag trat, rief er frohlockend: »Beim Jupiter, echte Seife! Erinnern Sie sich noch, als wir in Dur waren und es dort noch keine Seife gab?«

»Und ob ich mich daran erinnere! Mein Gott, wie wir damals alle gestunken haben! Die Seife beziehen sie übrigens von dieser Fabrik im Sunqar.«

Die Wärter kamen herein mit ihrer üblichen bewaffneten Hilfstruppe und einem Frühstückstablett. Während sie aßen, fragte Alicia: »Nun, haben Sie bei Ihrer Suche letzte Nacht irgendeinen schwachen Punkt entdeckt?«

»Nicht einen einzigen. Wer immer diese Arrestkammer, wie sie es nennen, angelegt hat, verstand was von seinem Geschäft. Ich vermute, es ist der bestgebaute Teil von dem ganzen verdammten Palast.«

»Wenn wir uns also weder rausbuddeln noch auf Hilfe aus Novorecife rechnen können, dann heißt das, wir hängen vielleicht bis in alle Ewigkeit hier drin!«

»Sie haben es erfaßt, meine Liebe. Wenn der Heshvavu alt wäre, könnten wir wenigstens hoffen, daß wir ihn vielleicht überleben; aber das ist nicht der Fall.«

»Ich versuche, vorwärts zu denken. Vielleicht ist der einzige Weg, hier wieder rauszukommen, das zu tun, was der Heshvavu von uns verlangt.«

»Meinen Sie das im Ernst?« fragte Mjipa erstaunt. »Für mich wäre das der letzte, verzweifelte Ausweg. Sie würden sich doch wohl nicht einer Eingeborenen-Hebamme oder einem Medizinmann anvertrauen? Abgesehen davon – was sollten wir mit dem Kind machen?«

»Das würde ich mit Freuden in Ihre Obhut geben. Ich habe nicht vor, mir durch ein Kind meine Karriere verderben zu lassen.«

»Sie würden Ihre Meinung bestimmt ändern, wenn Sie das kleine Würmchen erst im Arm liegen hätten. Aber meine Frau würde einen Mordsstunk machen, besonders wenn ich ihr mit einem Mischlingsbaby nach Hause käme, für das sie dann auch noch die Mutter spielen sollte. Wir Bamangwato haben ein Vorurteil für rein schwarze Abstammung, obwohl einer der Kgamas ein englisches Mädchen zur Frau nahm.«

»Ich hörte, wie sie in Novorecife von Ihnen als ›Percy, dem Pantoffelheld‹ sprachen«, sagte Alicia mit einem boshaften kleinen Lächeln.

»Gottverdammich!« explodierte Mjipa. »Nichts daran ist wahr. Vicky und ich haben unsere Differenzen wie jedes Ehepaar. Aber wir kommen miteinander aus, und das seit Jahrzehnten. Was ist übrigens Ihr Familienstand? Verheiratet, geschieden, oder was?«

»Ich war nie verheiratet; Sie hatten also recht, als Sie mich mit ›Miß‹ Dyckman anredeten.«

»Oh, ich glaube, daß ich es ohnehin nicht fertiggebracht hätte, eine Jungfrau zu deflorieren ...«

»Wer hat denn was von ›Jungfrau‹ gesagt? Ich habe einige Erfahrung. Nicht viel, aber genug, um sagen zu können, mir reicht's.«

»Oh!« sagte Mjipa. »Was ist passiert?«

»Percy! Ich bin sicher nicht prüde; aber Sie sind nicht mein Psychiater, und ich rede nicht mit jedem über meine intimen Angelegenheiten.«

»Oh, tut mir leid.«

»Ist schon gut. Erzählen Sie mir was von Ihren Erfahrungen als Konsul.«

»Mit Vergnügen, aber zuerst muß ich einmal Kontakt mit meinen Krishnanern aufnehmen – ich meine die, die ich in Kalwm angeheuert habe. Sie werden sich sicher schon fragen, wo ich abgeblieben bin.«

Mjipa ging zur Tür und klopfte. Sofort öffnete sich die Fensterlade hinter dem kleinen Fenster, und ein behelmter Krishnanerkopf erschien in der Öffnung. Mit lauter, gebieterischer Stimme sagte Mjipa: »Im Namen der Terranischen Weltföderation, deren diplomatischer Repräsentant ich bin, verlange ich, den Heshvavu zu sehen!«

Der Fensterladen schloß sich wieder. Mjipa ging zu der Sitzbank zurück und murmelte: »Wenn in einer Stunde noch keiner da sein sollte, mach ich echt Terror.«

»Seien Sie vorsichtig!« mahnte Alicia. »Wenn Sie Ärger machen, bestrafen die Sie bestimmt. Und die hätten mit Sicherheit keine Hemmungen, Sie verhungern zu lassen oder zu peitschen oder zu verstümmeln.«

»Man darf diese Halunken auf keinen Fall den Eindruck gewinnen lassen, daß man Angst vor ihnen hätte«, belehrte sie Mjipa. »Während wir warten, erzähle ich Ihnen die Geschichte von diesem französischen Schwindler, Felix Borel. Der endete auch einen Kopf kürzer ...«

Mjipa war mitten in der Geschichte von Felix Borel, dem Schwindler, als er hörte, wie die Riegel zurückgeschoben wurden. Die Tür ging auf, und herein kam ein kleiner dikker, am ganzen Körper mit grünen Sternen bemalter Krishnaner, gefolgt von drei Gardisten mit gezogenen Schwertern.

Der Zivilist sagte: »Guten Tag, Meister Mjipa und Meistrin Dyckman. Ich bin Khateluts, der ...« Es folgte ein langer Titel, dessen Bedeutung Mjipa nicht so ganz verstand; aber er meinte, daß es so etwas gewesen war wie ›Dritter Hilfssekretär für Auswärtige Angelegenheiten‹ oder so ähnlich. »Der Wärter teilte mir mit, Ihr begehrtet Seine Superiorität zu sehen. Das jedoch geht nicht an. Der Heshvavu stellt Forderungen; er duldet sie jedoch nicht von anderen. Wenn Ihr etwas zu sagen habt, dann sagt es mir.«

»Ich muß den Männern, die ich aus Kalwm mitbrachte, eine Botschaft zukommen lassen. Sie sind in der Stadt einquartiert und harren meiner Anweisungen.«

»Das ist unmöglich. Wir sind gehalten, Euch ganz von der

Außenwelt abzuschneiden, auf daß Ihr Eure Gedanken ganz auf Euren Part in des Heshvavus großem Experiment richtet.«

»Ihr habt kein Recht, einen akkreditierten Diplomaten an der Kontaktaufnahme mit seiner Regierung zu hindern! Was sind das für barbarische Zustände hier?«

»Mein guter Herr, Eure Rechte hier sind die, welche der Heshvavu Euch zubilligt.«

»Dann sagt Eurem Heshvavu, sein Experiment kann nicht durchgeführt werden, solange die Versuchsobjekte eingesperrt sind. Der terranische Geschlechtsakt bedarf einer Atmosphäre der Freiheit und Behaglichkeit, sonst kann er nicht stattfinden. Khorosh durchkreuzt also seine eigenen Ziele.«

»Ich werde es Seiner Superiorität ausrichten; aber ich kann Euch vorweg schon versichern, daß es nichts nützen wird. Er sagt, da alle Terraner notorische Lügner seien, solle nichts von dem, was sie sagen, irgendwelche Bedeutung beigemessen werden. Und nun wünsche ich Euch einen guten Morgen. Möge Euch die Leber leicht sein!«

Der Hilfssekretär verschwand und ließ Mjipa und Alicia nachdenklich dreinblickend zurück. Nach einem Moment des Schweigens sagte die letztere: »Und jetzt? Was werden Ihre Leute machen, wenn sie nichts von Ihnen hören?«

Mjipa zuckte die Achseln. »Ich denke mir, sie werden noch ein paar Tage in der Stadt herumhängen und sich dann auf den Nachhauseweg machen. Minyev hat genug Geld, um Proviant für die Reise zu kaufen. Da wir also keinerlei Besuch zu erwarten haben, erzähle ich Ihnen jetzt am besten die traurige Geschichte von Felix Borel zu Ende ...«

In der folgenden Nacht, als die Dunkelheit hereinbrach und die Bijars auf der Jagd nach dem krishnanischen Äquivalent von Insekten durch den Garten sausten, stellten ein paar von Khoroshs Dienern Laternen vor der vergitterten Terrasse auf. Sie deponierten sie weit weg von den Stäben, so daß Mjipa sie selbst mit einer Stange nicht hätte erreichen können. Das trübe, gespenstische Licht warf den Schatten des Gitters gegen die Wand der Arrestkammer.

Gleich am Morgen verlangte Mjipa, Khateluts zu sehen. Als der Hilfssekretär erschien, fragte der Konsul ihn: »Warum habt Ihr die Laternen draußen im Garten aufstellen lassen? Sie stören uns beim Schlafen.«

»Ihr werdet euch daran gewöhnen«, erwiderte Khateluts. »Sie wurden aus zwei Gründen aufgestellt: Erstens hörten wir Euch in der ersten Nacht in der Dunkelheit herumtappen. Wir konnten Euch nicht sehen, aber wir argwöhnten, daß Ihr nach einer schwachen Stelle in unseren Absperrungen fahndetet, durch welche Ihr zu entrinnen Euch erhofftet. Zweitens vermögen wir in völliger Dunkelheit nicht zu erkennen, ob ihr beide meines Herrn Geheiß befolgt und kopuliert.«

Mjipa versuchte zu argumentieren, aber es fruchtete nichts. Die Laternen waren fortan ein konstanter Faktor ihrer Gefangenschaft, bis auf eine Nacht, als der Zhamanakianer, dem es oblag, sie anzuzünden, diese Pflicht vergaß. Mjipa konnte das Zischen und Knallen der Peitsche und das Schreien des armen Teufels hören, als dieser irgendwo in einem anderen Teil des Gartens für sein Versäumnis bestraft wurde.

Die Tage dehnten sich zäh dahin. Um sich die Zeit zu vertreiben, erzählten sich die Gefangenen ihre Lebensgeschichte und danach die Geschichten ihrer Freunde und Verwandten. Mjipa sagte:

»Es ist nichts Komisches daran, daß ich akzentfreies Englisch spreche. Wir haben es zu Hause gesprochen, obwohl sie uns in der Schule Setswana beibrachten. Sie wissen ja, unbezahlbares Kulturerbe und dieser Kram. Ich spreche nicht gut Setswana; das einzige Mal, wo ich es gebraucht habe, war, als wir unsere Verwandten in Afrika besuchten.«

Als sie so ziemlich alle anderen Themen ausgeschöpft hatten, kamen sie, wie von unsichtbarer Hand geführt, wieder auf ihr jeweiliges Liebesleben zu sprechen. Mjipa sagte:

»Ich will ja nicht als Voyeur erscheinen wie unser königlicher Gastgeber, aber ich finde, Sie könnten es mir ruhig erzählen. Wir haben ja sonst nichts Besseres in diesem verdammten Eingeborenenknast zu tun.«

Nach einer Pause des Schweigens sagte Alicia: »Okay. Unter den gegebenen Umständen ... Als Jungstudentin verlobte ich mich mit einem jungen Kommilitonen; aber er war Neopuritaner, und es kam zwischen uns nie weiter als bis zu einem bißchen Fummeln auf dem Sofa. Dann machte er sein Examen und bekam einen Job in Burma. Das nächste und letzte, was ich von ihm erfuhr, war, daß er eine Burmesin geheiratet hatte.

Nach einer Weile fing ich naturgemäß an, mich mit Burschen zu treffen. Und nachdem ich ein Jahr lang alle Knaben im entscheidenden Moment vor der Haustür hatte abblitzen lassen, dachte ich mir, daß es nun langsam an der Zeit wäre, rauszufinden, was ich eigentlich bis dahin verpaßt hatte – ob es wirklich so himmlisch war, wie die Männer immer behaupteten. Also ließ ich mich eines Tages von einem Dozenten mit auf seine Bude nehmen. Aber es war eine einzige Enttäuschung. Er muß genauso unerfahren gewesen sein wie ich, denn kaum war er in mir drin, drückte er ab, und da lag ich nun, nackt und frustriert, neben ihm auf dem Bett und mußte mir auch noch sein Schnarchen anhören.

Am nächsten Morgen startete er einen erneuten Versuch, und diesmal schaffte er es tatsächlich, mich zum Höhepunkt zu bringen. Aber irgendwie war ich trotzdem enttäuscht und dachte mir, das soll schon alles gewesen sein? Ganz nett, ja, aber dafür ein Semester wiederholen?

Es gab noch einen. Als ich meine Dissertation einreichte, ließ mich ein Professor, der mir die Mündliche abnehmen sollte, wissen: Wenn ich meinen Doktor kriegen wollte, täte ich gut daran, ›nett zu ihm zu sein‹, wie er sich auszudrükken beliebte. Nun gut, dachte ich, vielleicht kann dir dieser Knabe mit seinem Alter und seiner Erfahrung etwas von dieser Ekstase vermitteln, von der immer alle reden. Aber der alte Bock war auch keine Verbesserung gegenüber dem

Jungdozenten. Er hatte Mundgeruch und einen Spitzbauch und drückte auch ab, bevor ich auch nur halbwegs meinen Höhepunkt erreicht hatte. Als er es ein zweites Mal probieren wollte, schlaffte ihm das Ding ab, bevor er es reinkriegte. Spätestens da kam ich für mich zu dem Schluß, daß Sex ja gut und schön ist für die Arterhaltung, aber mich nicht weiter interessiert.«

»Und was ist mit Liebe?« forschte Mjipa weiter. »Nach allem, was ich gehört habe, verliebt ihr Amerikanerinnen euch pausenlos in irgend jemanden. Ihr sollt darauf genauso verrückt sein wie die Französinnen auf Geld und die Engländerinnen auf sozialen Status.«

»Oh, ich war fürchterlich in Jack verliebt – das war der, der nach Burma ging –, und die Nachricht von seiner Heirat hat mich unheimlich getroffen. Seither war ich nur noch in meine Karriere verliebt.«

»Würden Sie sagen, daß Sie ... eh ... ich weiß nicht so recht, wie ich es ausdrücken soll ... in dieser Hinsicht normal sind?«

»Sie meinen, ob ich lesbische Neigungen habe?«

»Nun ... also ... ich will Sie nicht in Verlegenheit bringen ...«

»Keine Sorge, mein lieber Percy. Soweit ich weiß, bin ich nicht lesbisch; und was die Verlegenheit anbetrifft, das scheint mir wohl eher ein Problem von Ihnen als von mir zu sein. Ich glaube ganz einfach, mein Sexualtrieb ist überhaupt ziemlich unterentwickelt. Ein Psychiater würde wahrscheinlich sagen, ich hätte ihn sublimiert in einen Trieb nach beruflichem Fortkommen.«

»Und was ist mit den Eingeborenen? Sie streifen hier auf dem Planeten herum, ganz allein und auf sich gestellt. Sie sehen nicht gerade schlecht aus, selbst nach krishnanischem Standard, und Sie sind nicht gerade gebaut wie ein Ringer. Es würde mich sehr überraschen, wenn sich noch keiner an Sie herangemacht hätte.«

Sie lächelte. »O doch, das kommt vor. Ich warne sie dann immer vor irgendeiner scheußlichen Krankheit, was bisher noch immer schlagartig ihr Interesse an mir erlahmen ließ. Eigentlich bin ich auf Krishna viel häufiger von Terranern angemacht worden als von Krishnanern. Das ist einer der Gründe dafür, warum ich es vorziehe, allein unter den Krishnanern zu arbeiten.«

»Oh!« sagte Mjipa. »Das ist eins der Dinge, die die Neopuritaner nie haben unterbinden können. Jemand Spezielles?«

»Fast jedes gesunde Mannsbild, dem ich begegnet bin! Einer zum Beispiel war dieser schottische Ingenieur in Dur.«

»Ah, Ken Strachan! Ja, dessen Ruf kennt jeder. Er probiert's bei jeder, egal ob Terranerin oder Krishnanerin.«

Alicia lachte. »Wie jener legendäre Bursche, von dem sie sich in Amerika erzählen, der jedes Mädchen, das er trifft, als erstes fragt: ›He, wie wär's mit einer Nummer?‹ Und wenn man ihn fragt, ob er sich nicht viele Körbe einhandelt, dann sagt er: ›Sicher, aber du würdest überrascht sein, wie viele sagen: Okay, zu dir oder zu mir?‹«

Mjipa lächelte und verkniff sich eine tadelnde Bemerkung zu Alicias loser Sprache. »Ich kann mir Strachan so richtig vorstellen, wie er sich vor Ihnen aufgebaut und dann in seinem knorrigen Schottisch gesagt hat: ›Na, Miß Dyckman, schon mal so einen richtigen schottischen Dudelsack geblasen, har har?«

»Klang schon ganz echt. Und dann war da noch Ihr Comandante, der mit dem wunderschönen silbernen Haar.«

»William Desmond Kennedy? Großer Gott! Wo der doch immer so auf seinen Anstand und seine Moral pocht!« (Mjipa ahmte dabei Kennedys irischen Akzent nach, so wie er vorher Strachans Schottisch imitiert hatte.) »Das also war der Grund für seinen plötzlichen Anfall von bürokratischer Lähmung, als wir beratschlagten, was wir in Ihrer Angelegenheit unternehmen sollten!«

»Was sagen Sie da? Er wollte mich tatsächlich meinem Schicksal überlassen?«

»Jedenfalls drückte er sich dahingehend so ein bißchen aus; obwohl ich nicht glaube, daß er es so meinte – zumindest will ich das hoffen. Aber wir anderen kriegten ihn rum. Trotzdem, ich bin von Bill enttäuscht. Da haben wir alle so eine hohe Meinung von ihm, und dann stellt sich raus, daß auch er es faustdick hinter den Ohren hat.«

»Ich glaube, ich habe ihn mit meinem Korb ganz schön in seiner Eitelkeit verletzt«, sagte sie. »Ich fürchte, ich war dabei nicht gerade sehr taktvoll. Aber ich finde, jemand in seiner Position darf sich nicht zu solchen Rachegedanken hinreißen lassen.«

»Da haben Sie verdammt recht, und wenn ich ihn je wiedersehen sollte, werde ich ihm das auch deutlich sagen. Er ist jetzt in den Ruhestand getreten, und an seiner Stelle haben wir jetzt einen fetten, leutseligen russischen Grobian mit einem Alkoholproblem. Aber hören Sie, Sie sollten besser auf sich aufpassen! Sonst kommt eines Tages ein lüsterner Krishnaner daher, der Ihnen Ihre Geschichte mit der Krankheit nicht abkauft und Sie mit Gewalt nimmt.«

Alicia: »Ein paarmal bin ich tatsächlich nur um Haaresbreite davongekommen. Aber das ist eben mein Berufsrisiko, genau wie es Ihres ist, von irgendeinem Kannibalenhäuptling verspeist zu werden.« Sie kicherte. »Als der Heshvavu von Mutabwk scharf wurde ...«

»Dieser schmierige alte Lüstling!«

»Ja, genau der. Er wollte mich auch einsperren, um seinen ... nun, man könnte es seinen männlichen Charme nennen, wenn ein Organ Charme haben kann ... an mir zu erproben. Aber ich legte ihn rein. Ich erzählte ihm, meine Mö ..., pardon, meine Vagina hätte Zähne, und beim Höhepunkt könnte es durchaus passieren, daß ihm sein männlicher Charme abgebissen würde. Er wagte es nicht, es drauf ankommen zu lassen, ob ich eine Lügnerin wäre. Es gibt da so eine männliche Psychoneurose, müssen Sie wissen ...«

»Deshalb fragte mich Ainkhist also danach!« rief Mjipa lachend. »Ich versicherte ihm, daß es sich um ein Märchen handelte.« Plötzlich wieder ernst, fuhr er fort: »Aber das kann uns noch ganz schön in Schwierigkeiten bringen. Wenn wir jemals wieder hier rauskommen, müssen wir durch Ainkhists Territorium, wenn wir zu einem Seehafen wollen, und er wird es bestimmt nicht freundlich aufnehmen, an der Nase herumgeführt worden zu sein.«

Sie zuckte die Achseln. »Vielleicht kann ich mich ja als Junge verkleiden oder sowas in der Art. Ich kann ja schon mal damit anfangen, mir was auszudenken. Aber jetzt erzählen Sie doch mal, Percy! Sie müssen doch eine Menge bemerkenswerter Erlebnisse gehabt haben – nicht nur mit terranischen Frauen, sondern auch mit Krishnanerinnen.«

Mjipa, der gerade dabei war, sich mit seinem hölzernen Kolbenfeuerzeug die Pfeife anzuzünden, stieß ein schnaubendes Lachen aus. »Sie werden es kaum glauben, Lish, aber Sie haben einen Mann von vollkommener sexueller Sittsamkeit vor sich. Ich weiß nicht, ob ich stolz darüber sein oder mich schämen soll, aber ich habe noch nie Unzucht getrieben oder Ehebruch begangen. Ich habe jung geheiratet, und ich habe seither von Victoria immer alles bekommen, was ich brauchte. Vielleicht ist es keine echte Tugendhaftigkeit, sondern bloß Faulheit und Schüchternheit.«

»Haben Sie denn nicht wenigstens ein Laster?«

»Oh, ich trinke ein bißchen, und ich schmauche mir gern mein Pfeifchen.«

»Haben Sie und Vicky Kinder?«

»Wir haben einen Sohn auf der Erde, den wir seit Ewigkeiten nicht mehr gesehen haben. Wenn wir jetzt zurückgingen, wäre er genauso alt wie wir – Sie wissen ja, der Fitzgerald-Effekt.«

»Und andersherum macht Raumreisenden, die auf ihre Heimatwelten zurückkommen, so eine Art Rip van Winkle-Effekt zu schaffen«, erklärte Alicia. »Ich hab das selbst erlebt, als ich einmal wieder auf die Erde zurückging. Ich war entsetzt, wie sehr sich in den zwei Jahren, in denen ich weg war, alles verändert hatte – nur, daß inzwischen auf der Erde ein Vierteljahrhundert ins Land gegangen war.«

Mjipa nickte. »Dasselbe passiert natürlich auch, wenn man von der Erde nach Krishna zurückkommt. Vicky und ich würden sicher gern mal zur Erde fliegen, um unseren

Sohn und seine Familie zu besuchen. Aber wenn wir das täten, dann wären, bis wir wieder hier wären, alle meine mühselig angeeigneten Kenntnisse in krishnanischer Politik und Ökonomie hoffnungslos überholt. Also begnügen wir uns damit, uns regelmäßig Holokassetten zu schicken.« Mjipa sog an seiner Pfeife. »Jedenfalls können Sie jetzt verstehen, warum ich nicht gerade begeistert von Khoroshs Schnapsidee bin. Vicky wäre echt geknickt, und ich hätte ein schlechtes Gewissen, selbst wenn sie nie was davon erfahren würde.«

Sie legte nachdenklich die Stirn in Falten. »Aber es gibt Formen der sexuellen Erleichterung, bei denen die Gefahr einer Schwangerschaft ausgeschlossen wäre, und die außerdem die Krishnaner ganz schön verwirren würden ...«

»Oi!« rief Mjipa. »Wenn Sie irgendeine dieser geschmacklosen Perversionen im Sinn haben, dann sag ich Ihnen gleich: ohne mich! Ich mache es entweder auf die normale Art oder überhaupt nicht.«

Alicia seufzte. »Sie sind wirklich ein Neopuritaner!«

»Na und? Den hab ich mir auch ehrlich erworben. Ihr Weißen denkt immer noch, wir Schwarzafrikaner wären fröhliche, ungehemmte Naturburschen; aber das ist ganz und gar nicht so. Selbst zu den Zeiten, bevor die Weißen kamen, hatten die meisten südlichen Bantu-Stämme äußerst strenge Sittencodizes. Bei den amaZulu zum Beispiel stand auf Ehebruch die Todesstrafe, und zwar für beide daran Beteiligten. Natürlich hat sich seitdem vieles geändert; aber es existieren noch immer eine Menge dieser alten Einstellungen.«

»Ich dachte dabei eigentlich an etwas anderes – ich nehme an, Sie wissen, daß die Krishnaner sich ein wenig mit Verhütung auskennen?«

»Ja, das weiß ich; aber das hilft uns auch nicht weiter.«

»Wenn wir jemanden dazu bringen könnten, uns vielleicht was reinzuschmuggeln ...«

»Erstens würde das Khoroshs Experiment ruinieren; er wird also aufpassen wie ein Luchs. Zweitens haben wir nichts, womit wir einen der Wärter schmieren könnten. Wenn ich schon irgendwas hier reinschmuggeln wollte, dann eine Metallsäge – falls die sowas haben.« Jetzt seufzte zur Abwechslung Mjipa. »Kommen Sie, machen wir ein paar tiefe Kniebeugen.«

Die Tage schleppten sich dahin. Die Gefangenen spielten krishnanische Dame. Sie machten Ratespiele. Sie machten Gymnastik. Sie studierten durch die Gitterstäbe der Terrasse die Pflanzen- und Tierwelt des königlichen Gartens. Sie fragten einander khaldonische Vokabeln und Grammatik ab.

Trotz alledem fühlte sich Mjipa zunehmend unausgefüllt und frustriert. Aus Alicias Verhalten schloß er, daß es ihr ähnlich erging. Sie wurden immer reizbarer, stritten sich wegen Nichtigkeiten und fauchten sich bei jeder passenden oder unpassenden Gelegenheit an. Alicia ließ keine Gelegenheit aus, Mjipa wegen seines Puritanismus und seiner, wie sie es nannte, idealistischen Naivität aufzuziehen. Dazu nervte sie ihn mit ihren ständigen Vorträgen, welche Politik Novorecife gegenüber den Krishnanern betreiben sollte, bis er schließlich aus der Haut fuhr:

»Verdammt noch mal, Frau, wenn Sie nicht ewig allen Leuten erzählen müßten, was sie zu tun und zu lassen haben, dann säßen wir jetzt nich hier eingesperrt!«

»Sie sind nicht ganz bei Trost, Percy! Ich habe Ihnen doch gesagt, ich bin gar nicht erst dazu gekommen, irgend jemandem in Zhamanak irgendwas zu erzählen!«

»Aber dafür haben sie den anderen Khaldoniern Vorträge gehalten. Haben Sie zufällig auch mit einem gewissen Doktor Isayin in Kalwm über Geographie diskutiert?«

»Jetzt, wo Sie es erwähnen, fällt es mir wieder ein. Er hatte von der Theorie gehört, daß der Planet rund wäre, und wollte dazu meine Meinung als Raumreisende hören. Also beantwortete ich ihm seine Fragen wahrheitsgemäß. Aber warum fragen Sie?«

»Der arme Kerl sitzt jetzt im Knast und wartet auf seine

Hinrichtung wegen Ketzerei. Sie haben ihn offenbar von der Rundwelt-Theorie so sehr überzeugt, daß er anfing, sie seinen Schülern zu lehren.«

»Oh, wie schrecklich! Können wir denn gar nichts für ihn tun?«

»Ich befürchte, nein. Sie können noch von Glück reden, daß man Sie nicht auch in den Kerker geworfen oder Ihnen gar Ihr hübsches Köpfchen abgehackt hat.«

»Ach, hören Sie auf! Ich habe lediglich eine klare Antwort auf eine klare Frage gegeben, wie es jeder Terraner getan hätte. Wenn Isayin so dumm ist, Dinge, die er in einem Gespräch unter vier Augen erfährt, gleich an die große Glocke zu hängen ...«

»Das wird sicherlich ein großer Trost für ihn sein, wenn man ihn pfählt oder was immer man hier mit Ketzern anstellt. In einer fremden Gesellschaft müssen Sie lernen, alles, was Sie äußern, vorher genau abzuwägen.«

»Aber wenn Sie sehen, wie jemand ganz offensichtlich in sein Unglück rennt, dann ist es nur recht und billig, daß Sie ihn warnen«, verteidigte sie sich. »Sie sehen ja auch nicht untätig zu, wie ein Blinder sich auf einen Abgrund zubewegt. Zum Beispiel hatte Khorosh gerade das Papiergeld entdeckt; also sagte ich ihm, was passieren würde, wenn er das Land damit überflutete ...«

»Ha! Gerade erzählen Sie mir noch, daß Sie niemanden in Zhamanak belehrt hätten, und jetzt kommt raus, daß Sie, kaum daß Sie hier angekommen waren, gleich dem König Vorträge darüber halten mußten, wo er hinkommen ...«

Sie sprang auf. »Sie verdammter Macho-Tyrann! Mit Ihnen kann man ja überhaupt nicht vernünftig diskutieren, Sie, Sie ...«

Mjipa verfiel in mürrisches Schweigen. Dann murmelte er, dicke Qualmwolken ausstoßend: »Warum zum Teufel mußte ausgerechnet ich meinen verdammten Hals riskieren, nur um so ein verrücktes amerikanisches Frauenzimmer zu retten ...«

Als Karrim die Hälfte seiner Kreisbahn um seinen Hauptplaneten zurückgelegt hatte, erschien der Herrscher, Khorosh von Zhamanak, in der glänzenden Pracht seiner scharlachrot-goldenen Körperbemalung im Garten vor dem Gitter der Terrasse. Bei ihm war ein anderer Krishnaner, von ähnlicher Größe und Statur und ebenfalls nackt, kahlgeschoren und bemalt. Nur war dieser Krishnaner eine Frau. Das Paar lustwandelte nach förmlich gespreizter Aristokratenart: Khorosh hielt seinen Arm leicht angewinkelt vom Körper, und die Dame stützte ihre Hand zart darauf. Vor ihnen schritt ein Krishnaner, der auf einer Flöte fistelte, und hinter ihnen folgte ein zweiter Lakai, der einen gewaltigen Sonnenschirm über ihre Köpfe hielt.

»Guten Tag, Eure Superiorität«, brummte Mjipa. Alicia wiederholte den Gruß.

»Seid ihr bei gutem Befinden, o Terraner?« fragte der schlanke Heshvavu.

»Es könnte schlimmer sein«, knurrte Mjipa. »Was uns wirklich verdrießt, ist der Verlust unserer Freiheit, so ganz ohne Grund.«

»Wir entscheiden hier, was gerecht ist und was ungerecht«, versetzte der Monarch. »Doch sagt: Unsere Männer haben euch zwei Tag und Nacht beobachtet. Nicht einmal, so berichten sie, habt ihr die Erquickung sexueller Vereinigung gesucht, welche letztere, wie uns berichtet wurde, von Terranern im allgemeinen ebenso häufig betrieben wird wie von uns wahren Menschen. Wie ist das zu erklären?«

»Unsere Prinzipien verbieten es«, sagte Mjipa. »Wir Terraner haben bestimmte Regeln, wer mit wem koitieren darf.«

»Fürwahr, auch wir haben solche Regeln. Doch eure Regeln besitzen hier ebensowenig Gültigkeit, wie unsre sie in eurer Welt besitzen würden.«

Jetzt mischte Alicia sich ein. »Dennoch, Hoheit, wir werden nur das tun, was *wir* für richtig halten. Ihr könnt mich dazu zwingen, mit Konsul Mjipa zu leben, aber nicht, mit ihm zu schlafen.«

»Schlafen?« Der Heshvavu machte ein erstauntes Gesicht. »Was, sagt an, hat das mit Schlafen zu tun? Kopulieren denn Terraner nur im Schlafe? Wenn das so ist, könnten wir euch vielleicht ein größeres Bett ...«

»Nein, nein. Es ist ein ...« Sie wandte sich an Mjipa. »Wie würden Sie ›Euphemismus‹ auf Khaldoni ausdrücken?«

Mjipa spreizte die Hände. »Lieber Gott, woher soll ich das wissen? Wahrscheinlich haben die diesen Begriff nicht einmal.«

Sie wandte sich wieder dem Heshvavu zu. »Es ist eine ... eine Redensart, Eure Hoheit. Wir Terraner verwenden bei vielen Dingen oft Begriffe, dic etwas anderes bedeuten.«

»Seltsam! Besitzt eure Sprache kein einfaches, schlichtes Wort für den Akt der Kopulation?«

»O doch, sie besitzt ein solches. Aber ich möchte es nicht gern in der Gegenwart von Konsul Mjipa sagen. Es tut seinen Ohren weh.«

»'s wird in der Tat immer seltsamer! Könnt Ihr uns dieses Wort sagen?«

»Ich kann es flüstern, wenn Ihr nur nahe genug an das Gitter kommt.«

»Nein!« schrie Khorosh. »Wir sind nicht so töricht, uns in die Reichweite der mächt'gen Arme Eures Gefährten zu wagen! Yorbuv!« rief der König zu seinem Flötisten, der geduldig abseits harrte. »Geh zum Gitter, auf daß Meistrin Dyckman dir jenes geheimnisvolle Wort zuflüstre; dann wiederhole es laut und deutlich für mich!«

Der Flötenspieler näherte sich zaghaft dem Gitter und hielt Alicia das gespitzte Ohr hin. Alicia flüsterte etwas hinein. Yorbuv wandte sich zu Khorosh um und sagte: »Mich deucht, Eure Superiorität, daß es klang wie ›phwikh‹.«

»Das kommt ihm recht nahe«, sagte Alicia. »So wie Yorbuv es gesagt hat, würde es Konsul Mjipas Ohren nicht den geringsten Schmerz zufügen.«

»Sehr interessant«, sagte Khorosh. »Aber es bringt uns der Lösung des Problems keinen Schritt näher. Meine Gemahlin, die Heshvava Phejerdel ...« (er deutete mit einer knappen Bewegung des Kopfes auf die Krishnanerin an seiner Seite) »... ist ebenfalls begierig, den Vollzug eures Kopulationsaktes zu betrachten.« Der Heshvavu ließ den Hauch eines krishnanischen Lächelns über seine Züge huschen. »Sie glaubt, der Anblick vermöchte uns Anregungen zu liefern, mit welchen wir die königliche Verbindung bereichern könnten.«

»Wollen Eure Superiorität damit andeuten, daß in Eurer königlichen Hofhaltung nicht alles harmonisch ist?«

»Dies ist kein Thema zum Gespräch mit dem einfachen Volke; doch wir wollen zugeben, daß Ihr mit Eurem Pfeil genau ins Auge des Shaihans getroffen habt. Auch Monarchen bleiben nicht verschont von den Kümmernissen anderer Sterblicher.«

»Ich fürchte«, mischte sich Mjipa ein, »daß wir Ihre Superiorität in ihrer Hoffnung enttäuschen müssen – aus den bereits dargelegten Gründen. Wenn natürlich Eure Superiorität sich dazu herablassen wollen, uns seine Eheprobleme anzuvertrauen, dann würden wir selbstverständlich unseren Rat anbieten, welcher sich auf ausgedehnte Studien und breite Erfahrung gründet, gewissermaßen als Gegenleistung für unsere Freilassung.«

»Nein, nein, Freund, das wäre vermessen. Aber sagt: Warum beharrt ihr beiden darauf, jene Kleidungsstücke zu tragen, sind diese doch in unserem heilsamen Klima gar nicht vonnöten, um Wärme zu spenden?«

»Es ist bei uns so Brauch«, sagte Mjipa. »Wir finden es schicklicher so.«

»Außerdem«, warf Alicia ein, »brauchen wir die Taschen für unsere Habseligkeiten.«

Der Heshvavu stand eine Weile schweigend da und starrte sie unter seinen buschigen Brauen und Riechantennen an. Dann sagte er: »Man berichtete uns, daß bei einem Terraner der Anblick eines nackten Terraners vom anderen Geschlecht so sehr seine animalischen Instinkte erregt, daß er gleichsam dazu getrieben wird, zur Begattung zu schreiten.«

»Eine lächerliche Übertreibung!« rief Mjipa mit heller Entrüstung in der Stimme.

»Dies mag wohl auf manche männliche Terraner zutreffen«, meldete sich Alicia, »aber die meisten terranischen Frauen finden die herabbaumelnden Geschlechtsteile der Männer nicht sonderlich attraktiv.«

»Tatsächlich?« fragte Khorosh neugierig. »Wir werden sehen.«

Er wandte sich zu einem seiner Leibwächter und ratterte ihm etwas zu, das sich wie ein Befehl anhörte. Er sprach zu schnell, als daß Mjipa ihm hätte folgen können. Aber der Konsul war nicht überrascht, als Sekunden später die Tür des inwärtigen Teils der Kammer aufflog und ein Dutzend Gardisten und Wärter hereingestürmt kamen. Sie stürzten sich auf die Gefangenen, packten sie und zogen sie aus. Sie rissen Alicia brutal das Hemd und die Shorts vom Leib, ohne sich die Mühe zu geben, die Knöpfe aufzumachen, was natürlich dazu führte, daß letztere sämtlich absprangen.

Mit Mjipa freilich hatten sie erhebliche Probleme. Der Konsul riß sich mit einem Wutschrei los, haute einen Zhamanakianer platt, brach einem zweiten mit einem gewaltigen Schwinger das Nasenbein und schickte einen dritten mit einem Tritt in den Bauch gurgelnd und japsend auf die Bohlen, bevor es den restlichen glückte, sich so an ihm festzuklammern, daß er sich nicht mehr rühren konnte. Dann zogen sie ihm den Kilt aus, darauf die Unterhose, die er als Konzession an irdische Gepflogenheiten darunter trug; dann die Sandalen, den Geldgürtel und sein jadenes Identifikationsschild. Dann schleiften zwei die beiden Kollegen hinaus, die Mjipa außer Gefecht gesetzt hatte, während zwei andere die Kleider der Gefangenen wegtrugen.

»Eine hübsche Vorstellung«, sagte der Heshvavu draußen, in sicherem Abstand zum Gitter. »Wir finden es hochinteressant, daß ihr zwei dieselbe seltsame Farbe, blaßrosa und schwarzbraun, am ganzen Körper habt. Was sind jene eigentümlichen kleinen Narben in der Mitte eures Bauches?«

»Wir nennen sie ›Nabel‹«, knurrte Mjipa. »Sie haben mit der Art und Weise unserer Geburt zu tun.«

»Wärt Ihr nicht so unbotmäßig, Terraner«, fuhr der Heshvavu fort, »dann würden wir Euch dazu einstellen, unsere Krieger in der Kunst des Faustkampfes zu unterrichten. Wie wir sehen können, seid Ihr in dieser Kriegskunst sehr geschickt. Mögen eure Lebern leicht sein!«

Angeführt von dem Flötisten, der sogleich eine muntere Weise anstimmte, trollte sich die königliche Riege von dannen. Alicia Dyckman schaute Percy Mjipa an; letzterer starrte verlegen zu Boden. »Heh, Percy!« rief sie. »Sie können ruhig hochgucken! Bei meinem Anblick hat sich noch keiner in eine Salzsäule verwandelt. Und helfen Sie mir, meine Knöpfe wiederzufinden.«

Als sie sich niederkauerte, um nach den verlorenen Knöpfen zu suchen, sah Mjipa, daß sie weinte. Sie fand zwei und Mjipa einen. Sie sagte noch: »Jetzt habe ich mich so bemüht, meine Sachen einigermaßen in Schuß zu halten, aber ohne Nadel und Faden ...« Und dann löste sie sich schluchzend in Tränen auf.

»Komm schon, ist ja alles wieder gut!« sagte Percy Mjipa sanft und legte ihr den Arm um die Schulter. »Wir sind eigentlich nicht schlimmer dran als vorher. Bevor Reverend Hepburn meinem Volk beibrachte, daß menschliche Haut etwas Unanständiges wäre, haben wir uns nichts dabei gedacht, nackt herumzulaufen. Außerdem kriegst du ein blaues Auge.«

»Ich h-habe einen Ellenbogen abgekriegt. Wo hast du gelernt, d-deine Fäuste so gut zu gebrauchen?«

»Ach, ich habe mal für Oxford ein bißchen geboxt«, sagte Mjipa mit gespielter Nonchalance.

Sie wischte sich die Augen und rutschte ein bißchen von ihm weg. »Vielen Dank, Percy. Du bist ein netter Kerl.«

Percy ertappte sich dabei, wie er auf ihren Körper starrte. Es war lange her, seit er von seiner Frau weg war. Trotz all seiner hehren Prinzipien keimten fleischliche Gelüste in ihm auf. Plötzlich seines prüfenden Blicks inne werdend, errötete Alicia. »Was starrst du mich so an?«

»Nun, um ehrlich zu sein, ich ... eh ... ich habe mich gerade gefragt, ob du dich wohl immer noch mit den Gedanken trägst, Khoroshs Ansinnen Folge zu leisten ...«

Sie lachte. »Das ist der komischste Antrag, den ich je gekriegt habe, und ich habe viele gekriegt. Nein, mein Lieber, kommt nicht in Frage.«

»Nun ja«, murmelte Mjipa, »du hast sowas erwähnt von wegen Verhütungsmittel einschmuggeln, und da dachte ich mir, ich könnte vielleicht ...«

»Wie du selbst sagtest, als letzter verzweifelter Ausweg. Ich dachte mir, daß wir vielleicht Khorosh glauben machen könnten, wir würden uns seinen Anordnungen beugen, aber ohne dabei eine Schwangerschaft zu riskieren; und gleichzeitig hätte ich dir die Qualen unerwiderter Lust ersparen können. Aber ich hatte nicht bedacht, in was ich da hineingeraten würde – oder, besser gesagt, umgekehrt.«

»Okay, vergiß es.« Mjipa gab sich einen kräftigen inneren Ruck und stopfte seine Pfeife.

»Ich find's nur schade, daß er nicht auf deinen Vorschlag mit der Eheberatung eingegangen ist. Das fand ich eine glänzende Idee.«

»War vielleicht bloß eine Frage des Zeitpunkts. Wenn ich ihm damit gekommen wäre, wenn er und seine Heshvava gerade einen richtig fetzigen Ehekrach gehabt hätten ... Wenn sie sich darüber beklagt hätte, daß er beim Liebemachen zu schnell und zu hastig wäre, dann hätte ich ihm empfohlen, zwischen den einzelnen Stößen viermal tief durchzuatmen.«

Alicia bekam so einen heftigen Lachanfall, daß sie fast von der Bank gefallen wäre. Als sie endlich ihre Stimme wiedergefunden hatte, sprudelte sie prustend hervor: »P-Percy, ich kenne dich ja gar nicht wieder! Solch irdischer Realismus von meinem puritanischen Helden! Vier Atemzüge nach jedem Stoß? Das ist ja genau umgekehrt wie beim Kraulschwimmen!«

»Da sind's vier Züge pro Atemzug, nicht?« Mjipa fiel mit ein in das brüllende Gelächter seiner Mitgefangenen. »Wenn Khorosh drauf eingegangen wäre, dann könnten wir, wenn wir wieder in Novo sind, ein Schild aufhängen:

MJIPA UND DYCKMAN
EHE- UND SEXUALBERATUNG
KGL. HOFBERATER IHRER MAJESTÄTEN VON ZHAMANAK

»Und wieso soll dein Name vor meinem stehen?«

»Weil ich verheiratet bin, meine Liebe, und du nicht.«

»Aber dafür hast du keine Vorlesungen in Anthropologie der Ehe und Sexualpsychologie belegt – aber ich. Das hat natürlich Vorrang. Das ist bloß wieder dein klerikal-reaktionärer männlicher Überlegenheitswahn ...«

Mjipa hob beschwichtigend eine Hand. »Laß uns nicht schon wieder damit anfangen! Wir müssen an einem Strick ziehen. Wie wär's, wenn wir die Konjunktivformen des Präsens im Khaldoni noch mal wiederholen?«

4

Flucht

Eine weitere Fünfnacht verging. Die beiden Gefangenen bekamen zu ihrer Nacktheit ein so unbekümmertes Verhältnis, wie es ein gesunder Mann und eine gesunde Frau, die längere Zeit auf engem Raum miteinander verbringen müssen, nur bekommen können. Um seine Lust im Zaum zu halten, reagierte sich Percy Mjipa immer häufiger mit gymnastischen Übungen ab, bis er schließlich den größten Teil seiner wachen Stunden damit verbrachte. Er trabte auf der Stelle, übte Schattenboxen und machte Klimmzüge an der Vorhangstange, bis sie unter seinem Gewicht zerbrach.

Dann tauchte Khateluts, der Dritte Hilfssekretär, wieder auf. »Meine Dame und mein Herr, Seine Superiorität ist sehr enttäuscht von euch beiden. Er hat euch jede Möglichkeit und Ermutigung zur Kopulation gegeben, dennoch seid ihr so gleichgültig wie ein Paar sterilisierter *Rajinit.*«

»Ich habe ihn ja gewarnt, daß er mit seinem Experiment keinen Erfolg haben würde«, entgegnete Mjipa. »Aber er wollte ja nicht hören.«

»Warum diese ungewöhnliche Kälte? Leidet einer von euch an einer Mißbildung oder an irgendeinem Gebrechen?«

Mjipa überlegte schnell. »Sagt dem Heshvavu: Wie selbst ein Krishnaner sehen könne, gehören Meistrin Dyckman und ich verschiedenen Rassen an. Und Terraner werden sexuell nur von Angehörigen derselben Rasse erregt. Personen vom anderen Geschlecht, aber verschiedener Rasse, haben keine erregende Wirkung. Daher empfinden Meistrin Dyckman und ich die Erscheinung des anderen als abstoßend. Und so erklärt es sich, daß ich, gleich wie willens ich auch sein mag, sie niemals schwängern könnte.« Aus dem Augenwinkel sah er, daß Alicia Mühe hatte, ein Lachen zu unterdrücken.

»Wenn ihr zwei von derselben Rasse wäret«, bohrte Khateluts weiter, »würdet ihr denn dann ohne weitere Umstände koitieren?«

»Nicht einmal dann. Bei uns Terranern erfordert ein solcher Akt höchste Intimität und Ungestörtheit – wo niemand durch Löcher in der Decke dabei zuschaut.« (Was für Lügen ich in meinem Gewerbe manchmal erzählen muß! dachte Mjipa.)

Als er wieder fortging, sagte Khateluts: »Wenn bei den Terranern der Zeugungsprozeß so sehr durch alle möglichen Restriktionen und Bedingungen eingeengt ist, dann wundert's mich, daß eure Art überhaupt überlebt hat.«

Zwei Tage später war er wieder da. »Seine Superiorität hat gewichtige Zweifel an eurer Geschichte; ja ich hörte gar, wie er sagte: ›Ein einz'ges Lügengespinst!‹ Er hat von Orgien unter Terranern gehört, welche sich nicht durch den Mangel an Intimität und Ungestörtheit vom Kopulieren abbringen ließen, ja sich durch ihn gar erst recht in ihrem Gelüste angestachelt fühlten. Des weiteren ist's bekannt, daß manche Terraner wahre Menschenfrauen zu ihrer Buhle nehmen, offenbar nicht abgestoßen von den Unterschieden zwischen ihnen und sich, welche doch jene zwischen den Rassen einer Art bei weitem übersteigen.«

Alicia sagte auf Englisch: »Du hast zu dick aufgetragen, Percy.«

»Indes«, fuhr Khateluts fort, »da mein Herr findet, daß Ihr ein höchst außergewöhnlich glitschiger Herauswinder und Zauderer seid, will er Euch gnädig ein Angebot machen; und zwar, daß Ihr sogleich nach Novorecife abreist, Meistrin Dyckman als Unterpfand hier zurücklassend. Ihr sollt dem Terraner, welcher über die Raumstation gebietet, eine Botschaft überbringen. Ihr sollt die Ereignisse hier in Zhamanak mit keinem Sterbenswörtchen erwähnen; das Leben von Meistrin Dyckman hängt von Eurer strikten Befolgung dieser Anordnung ab. Ein zuverlässiger Offizier wird Euch begleiten, dafür Sorge zu tragen, daß Ihr Euch gehorsam daran haltet.«

»Was steht in diesem Brief?«

»Er ist noch nicht aufgesetzt, doch kann ich Euch seinen Inhalt sagen. 's wird darin stehen, daß Meistrin Dyckman aus freien Stücken in Mejvorosh zurückgeblieben und daß der Heshvavu Novorecife um die Entsendung eines anderen Gesandten ersucht. Sagt an: In welche Rassen sind Terraner unterteilt?«

Mjipa schaute ihn verblüfft an. »Nun, da gibt es die negroide oder schwarze Rasse, welcher ich angehöre; dann die kaukasoide oder weiße Rasse, von welcher Meistrin Dyckman ein Exemplar ist; und die mongoloide oder gelbe Rasse. Zumindest sind dies die Hauptgruppen. Ihr wollt doch gewiß nicht auch von all den kleinen Zwischengruppen wissen?«

»Gibt es in Novorecife Personen von dieser gelben Rasse?«

»Ja; da wäre zum Beispiel Ishimoto, der neue Konsul in der Hauptstadt von Dur.«

»Gut! Der Heshvavu wird um die Entsendung dieses Ish-Ishimoto ersuchen.«

Alicia, die die Unterhaltung genau verfolgt hatte, sagte auf Englisch: »Was der alles anstellt, nur um mir einen Paarungspartner von einer anderen Rasse zu beschaffen!«

»Keine Sorge«, sagte Mjipa. »Wenn er dasselbe mit dir und Ishi probieren würde, würde der an einer diplomatischen Impotenz erkranken. Er würde sagen: ›Es tut mir schrecklich leid, aber auf mir lastet ein Fluch‹, oder so was Ähnliches.«

»Ist er wirklich ...«

»Nein; er hat eine Frau. Nettes kleines Ding. Aber Ishi ist der vorsichtigste Terraner im ganzen Verein. Das ist nicht als Kritik gemeint; Masanobu ist ein rechtschaffener, akkurater und gewissenhafter Arbeiter, und in Mishé hat er auch bewiesen, daß er kein Feigling ist. Aber ich würde nicht gerade ihn aussuchen, wenn es darum geht, eine holde Maid aus den Klauen eines bösen Zauberers zu befreien.«

»Nun, eine holde Maid bin ich ja nicht gerade, und Khoroshs Zauber hält sich auch in Grenzen. Aber mach weiter, Percy; geh ruhig auf das Angebot des Heshvavu ein.«

»Was? Und dich allein hier zurücklassen?«

»Ich werd's schon überleben. Nur weil du mich hier nicht rauskriegst, heißt das ja noch lange nicht, daß du nun auch den Rest deines Lebens hier verbringen mußt. Außerdem hättest du die Gelegenheit, das Befreiungskommando zu organisieren, von dem du gesprochen hast.«

»Kommt überhaupt nicht in Frage!« Er wandte sich wieder an Khateluts. »Sagt Seiner Superiorität, mein Pflichtgefühl und meine Ehre würden es mir gebieten, sein Angebot auszuschlagen. Entweder werden wir beide freigelassen oder keiner.«

Khateluts verschwand, kreuzte aber gleich am darauffolgenden Tag wieder auf. »Seine Superiorität betrachtet Euch als einen höchst aufsässigen Rekusanten. Vielleicht, so spricht er, würden ein paar kräftige Hiebe mit der Peitsche Eure Lust aus ihrem Schlummer erwecken.«

»Es hätte genau den gegenteiligen Effekt, vorausgesetzt, eine solche Lust wäre überhaupt vorhanden.«

»Nichtsdestotrotz – mein Herr ist erpicht zu erfahren, wie der terranische Zeugungsprozeß vonstatten geht. Er möchte gerne wissen, wie es zu erklären ist, daß ein gesunder, kräftiger Mann wie Ihr manchmal den Akt vollziehen kann und manchmal nicht. Auch begehrt er zu erfahren, was es mit diesen seltsamen fleischernen Knöpfen in der Mitte eurer Bäuche auf sich hat. Er hat mich ermächtigt, euch darob zu befragen und ihm eure Antworten zu überbringen.«

»O Gott!« stöhnte Mjipa auf Englisch. »Ich hab Ainkhist schon einen einstündigen Vortrag über die Tulpen und Bienen gehalten, und jetzt will Khorosh dasselbe. Aber – warte mal, das bringt mich auf eine Idee.« Er wandte sich wieder Khateluts zu. »Da es eine lange, äußerst komplexe Geschichte ist, wäre es unpraktisch und wenig sinnvoll, wenn ich Euch jedesmal nur mit einem Bruchstück davon zu Seiner Superiorität zurückschicke. 's würde eine volle Umdrehung des Planeten um Roqir dauern, bis ich Euch auf diese Weise die ganze Geschichte erzählt hätte. Aber wenn Seine Superiorität sich gnädig dazu herablassen könnte, uns in unserer Zelle aufzusuchen, dann will ich ihm seine Fragen direkt beantworten.«

»Oh, mein guter Herr, dem würde seine Hoheit niemals zustimmen! 's wär ein unverzeihlicher Bruch der zhamanakianischen Hofetikette.«

»Dann muß seine Neugierde leider ungestillt bleiben.«

Khateluts protestierte, aber Mjipa ließ sich nicht erweichen. Als der Sekretär wieder fort war, fragte Alicia: »Was führst du im Schilde, Percy? Irgendeine Verzweiflungstat?«

»Du hast es erraten. Ich werde diesem Schwachkopf zeigen, wie man sich fühlt als Geisel.«

»Aber er hat doch immer seine Leibgarde dabei.«

»Ich weiß. Aber wenn ich es irgendwie schaffe, auf Greifdistanz an ihn ranzukommen, dann packe ich mir unseren königlichen Voyeur, halte ihn als Schild vor meinem Körper und drohe, ihm den Hals zu brechen, wenn er oder seine Gorillas nicht tun, was ich sage. Er ist ein magerer kleiner Wicht. Also, paß auf: In dem Augenblick, da ich sage: ›Jetzt!‹ – auf Englisch natürlich –, sprintest du in den Lokus und läßt die Tür auf, klar?«

»Ins Bad? Aber wieso ...«

»Ganz einfach. Wenn du drin bist, gehe ich langsam rückwärts durch die Klotür, wobei ich Khorosh als Schild benutze. Sie werden sich dann nicht trauen, auf einen von uns beiden zu schießen. Wenn wir diese ersten fünf Sekunden überstanden haben, dann sind wir im Geschäft, wie ihr Amerikaner sagt.«

»Das hört sich verdammt riskant an, mein Lieber. Bist du sicher, ob es nicht vielleicht doch besser wäre, du nimmst Khoroshs Angebot an, reist nach Novorecife und schickst Ishimoto her? Er könnte ein Verhütungsmittel mitbringen, und wir könnten den König an der Nase herumführen, daß er meint …«

»Unsinn! Ishi ist schon nach Baianch abgereist, Tausende Hoda von hier entfernt. Es würde ein halbes Jahr dauern, ihn zurückzuholen. Außerdem ist er ein friedfertiger Büroknochen, der es geschickt versteht, solchen brisanten Situationen wie dieser hier aus dem Weg zu gehen. Komm, altes Mädchen, raff deinen Mut zusammen, bewahr kühles Blut, und dann werden wir Khorosh mal zeigen, was eine Harke ist!«

Begleitet von zwei Schwertträgern und einem Armbrustschützen – der Flötist mußte draußen warten –, betrat seine Superiorität, der Heshvavu von Zhamanak, die Arrestkammer. »Meister Mjipa«, nörgelte er sogleich den Konsul an, »Ihr habt uns großen Verdruß bereitet mit Eurer kecken Unbotmäßigkeit. Ich kann nur für Euch hoffen, daß Ihr mich mit Euren Ausführungen über den terranischen Zeugungsprozeß einigermaßen entschädigt.«

Mjipa machte eine tiefe Verbeugung. »Ich bitte Eure Superiorität vielmals um Verzeihung, wenn ich Euch Ungemach bereitet habe. Wenn sich Seine Superiorität auf unsere bescheidene Bank zu setzen belieben, während ich diese Geheimnisse darlege …«

Der Heshvavu nahm Platz, Alicia bewegte sich unauffällig in Richtung Badezimmerverschlag. Mjipa hub zu einem farbenprächtigen Bericht über die Sexualität bei den Terranern an: »… wie Eure Superiorität sicher weiß, ist bei allen großen Landlebewesen zur Fortpflanzung die innere Befruchtung erforderlich. Zur Durchführung dieses Prozesses bedarf es eines passenden Organs zur Einführung der männlichen Samenzellen …«

Gleichzeitig begann er, wie von der Lebendigkeit seiner eigenen Rede mitgerissen, wild gestikulierend hin und her zu laufen. Die drei Leibwächter, die hinter dem König standen, schienen genauso fasziniert Mjipas blumenreichen Schilderungen zu lauschen wie ihr Heshvavu. Als er wieder einmal in die Reichweite des Königs gekommen war, brüllte er plötzlich, mitten in der Beschreibung der weiblichen Geschlechtsorgane: »Jetzt!«

Gleichzeitig schnellten seine langen schwarzen Arme vor und packten den verdattert dasitzenden Monarchen. Er riß den Heshvavu mit einem kräftigen Ruck hoch, wirbelte ihn herum, als wollte er einen Wiener Walzer mit ihm auf die Bohlen legen, und bei der dritten Drehung zog er ihn rückwärts, die Finger in des Monarchen Busen gekrallt, in die offenstehende Klotür.

Der König kreischte und wand sich, aber seine Kraft war nichts im Vergleich mit der Mjipas. Die beiden Schwertträger kamen mit gezückten Klingen um die Enden der Bank herumgeschossen. Der Armbrustschütze tanzte herum und versuchte verzweifelt, Mjipa ins Visier zu nehmen, ohne seinen Herrn zu gefährden.

»Sag ihnen, sie sollen zurücktreten!« brüllte Mjipa Khorosh ins Ohr. »Oder ich breche dir das Genick!« Mjipa hatte einen Arm um den Kopf des Krishnaners geschlungen und bog ihm langsam den Kopf zur Seite, bis die Halswirbel knirschten.

Der Armbrustschütze schoß seinen Pfeil ab, der sich mit einem dumpfen Schlag in das Holz des Badezimmerverschlags bohrte. Offenbar hatte er gehofft, Mjipa durch die Wand erschießen zu können, aber das Holz erwies sich als zu dick.

»Zurück, befehle ich!« röchelte der Heshvavu. Die Schwertkämpfer wichen zurück. Der Armbrustschütze, der gerade nach einem zweiten Pfeil langte, ließ seine Waffe sinken.

»Befiehl den Wächtern, ihre Waffen fallen zu lassen!« sagte Mjipa.

»Laßt eure Waffen fallen, Männer!« Schwerter und Armbrust fielen scheppernd zu Boden.

»Die Dolche auch!« befahl Mjipa. »Und jetzt sag dem einen auf der rechten Seite, er soll seinen Dolch zu uns herüber kicken ... Alicia, kannst du dich an meinen Beinen vorbeiquetschen? Schnapp dir den Dolch und gib ihn mir. Aber paß auf, daß du diesen Kerlen nicht zu nahe kommst, sonst nehmen sie dich auch als Geisel ... Danke, meine Liebe.« Mjipa preßte die Spitze des Dolches gegen die bemalte Haut des Heshvavu, bis ein paar Tröpfchen blaugrünen Blutes hervorquollen.

»Und jetzt hör mir gut zu!« fuhr Mjipa fort. »Sag den drei Wächtern, wir wollen unsere gesamte Habe – das, was ihr uns aus dem Gepäck gestohlen und nicht zurückgegeben habt, wie meinen Geldgürtel, und zwar mit dem Geld drin, und mein Schwert. Sie sollen alle drei diesen Raum verlassen. Wenn sie mit unseren Sachen zurückkommen, darf nur jeweils einer von ihnen hereinkommen. Sag's ihnen!« Mjipa verlieh seinen Worten mit der Dolchspitze ein wenig Nachdruck.

Als die Sachen alle an Ort und Stelle waren, sagte Mjipa: »Befiehl den Wächtern, hinauszugehen und draußen zu warten ... Lish, sei so gut und kontrolliere, ob alles da ist, und dann pack unsere Sachen, damit wir aufbrechen können. Wir können ein zweites Schwert und einen zweiten Dolch gebrauchen.«

Während Alicia damit beschäftigt war, sagte Mjipa: »Und jetzt sag deinen Wächtern draußen, wir brauchen zwei der besten Reitayas aus den königlichen Stallungen, gesattelt und aufgezäumt, mit Proviant für eine Fünfnacht in den Satteltaschen. Sie sollen die Tiere zum Vordereingang schaffen und uns Bescheid geben, sobald sie soweit sind. Außerdem sollen sie allen anderen Gardisten, Dienern, Lakaien und was sich sonst noch im Palast herumtreibt, sagen, daß sie sich aus meinem Blickfeld halten sollen, wenn wir losreiten. Und jetzt keine Verzögerungen, wenn ich bitten darf!«

»Und wer soll das ganze Zeug tragen?« meldete sich Alicia.

»Du. Ich kann nicht mit anfassen; muß Khorosh festhalten.«

»Aber Percy! Ich bin nicht stark genug, um fünfzig Kilo zu

schleppen, einschließlich dieser Schwerter und Dolche. Warum läßt du denn nicht den Heshvavu das Zeug tragen?«

»Zu riskant; er könnte entwischen. Außerdem glaube ich, daß du kräftiger bist als er. Wir lassen den Wächter die Taschen tragen, und du schnappst dir die Schwerter und Dolche.«

Eine Viertelstunde später kam der Palast in den Genuß des Anblicks einer nicht alltäglichen Nacktenprozession. Vorneweg marschierte ein königlicher Leibwächter, beladen mit zwei schweren Segeltuchtaschen, dahinter kam der schmächtige Heshvavu in Mjipas schraubstockartigem Klammergriff, die Spitze eines Dolches gegen die Seite gepreßt; und den Schluß bildete Alicia Dyckman, behangen mit Schwertern und Dolchen, sozusagen als Nachtrab. Mjipa zischelte dem Souverän fortwährend ins Ohr:

»Sag ihnen, sie sollen verschwinden! Sag dem Bogenschützen da oben, er soll seinen Bogen fallenlassen und sich davonmachen! Wenn er mich nicht gleich mit dem ersten Pfeil erwischen würde, wärst du ein toter Mann, ehe er den zweiten eingelegt hätte.«

Auf dem Hof hielt ein Stallknecht die fertig gesattelten Ayas an den Zügeln. »Sag dem Wächter«, zischte Mjipa dem Heshvavu ins Ohr, »er soll Meistrin Dyckman helfen, die Taschen auf die Tiere zu schnallen. Aber wehe, er legt Hand an sie; dann bist du sofort ein toter Mann! ... Und nun, Eure Superiorität, machen wir einen kleinen Ausritt. Rauf mit dir!«

Mit einem mächtigen Schwung hievte Mjipa den schmächtigen Monarchen auf den Rücken von einem der Ayas, und zwar so, daß er rittlings vor dem Sattel zu sitzen kam. Sofort schob er sich den Dolch zwischen die Zähne, sprang in den Sattel und preßte die Dolchspitze wieder gegen den bemalten Oberkörper des Königs. Letzterer wandte den Kopf und sagte:

»Wenn Ihr beabsichtigt, uns hinaus in die Weite des Landes zu entführen und dortselbst zu morden, dann könnt

Ihr uns ebenso gleich hier töten. Unsere Männer werden uns rächen.«

»Nein, Hoheit, ich werde Euch nicht töten, darauf gebe ich Euch mein Ehrenwort. Ich werde Euch lediglich ein paar Regakit hinter der Stadt absetzen, so daß Ihr zu Fuß zurückgehen könnt. Sollten wir freilich, solange wir Euch noch in unserer Gewalt haben, einen Verfolgungstrupp hinter uns herkommen sehen, dann müßt Ihr in der Tat sterben. Sagt Euren Leuten das ... Alles klar, Alicia?«

»Alles klar, Percy!«

»Dann los!« Mjipa setzte seinen Aya in Trab. Auf das nachdrücklich mit der Dolchspitze herausgekitzelte Geheiß des Heshvavu schwang das Tor der Palastmauer auf; ebenso das Kalwm-Tor von Mejvorosh. Die Flüchtigen trieben ihre Reittiere zum Galopp an und verschwanden auf der nach Norden führenden Straße in einer Staubwolke.

»Zeit, den Tieren eine Verschnaufpause zu gönnen«, sagte Mjipa und ließ seinen Aya in Schritt fallen. »Wir sind jetzt mindestens zehn Hoda von Mejvorosh entfernt. Khorosh wird mehrere Stunden für den Rückweg brauchen, falls ihn nicht jemand aufliest und mitnimmt.«

»Du willst diese miese kleine Ratte doch nicht etwa laufenlassen!« schrie Alicia.

»Aber sicher. Das habe ich ihm zugesichert.«

»Du machst wohl Witze?«

»Nein, das ist mein Ernst.«

»Aber er wird dir deine Großzügigkeit nicht danken!«

»Ich weiß. Aber versprochen ist versprochen.«

»Du verdammter Idiot! Er wird uns seine ganze Armee auf den Hals hetzen. Wir kommen niemals lebend aus Zhamanak raus!«

»Beruhigen Sie sich, junge Frau. Wir müssen hin und wieder eine Pause einlegen, um ein bißchen zu schlafen. Dann können wir uns nicht leisten, ihn dabei zu haben. Wenn wir beide zur gleichen Zeit eindösen würden, dann könnte es uns nämlich passieren, daß wir mit durchgeschnittener Kehle wieder aufwachen. Was schlägst du vor?«

»Ihn bei uns zu behalten, solange wie es geht, und ihn dann zu töten.«

»Was für eine blutrünstige kleine Dame! Tut mir leid, aber ich habe ihm mein Ehrenwort gegeben.«

»Du mit deinem anachronistischen Blödsinn! Immerhin ist es unser Leben, das du mit deiner lächerlichen Ehrpusseligkeit aufs Spiel setzt! Und das, wo wir gerade erst mit Mühe und Not abgehauen sind! Du bist kindisch und dumm!«

»Du redest wie meine Frau. Darf ich dich daran erinnern, mein liebes Mädel, daß ich ohne diese meine ›lächerliche Ehrpusseligkeit‹ gar nicht erst nach Zhamanak aufgebrochen wäre, um dich zu retten?«

Mjipa umfaßte die schlanke Taille des Heshvavu mit beiden Händen, stemmte ihn hoch und ließ ihn in den Schmutz fallen. »Lebt wohl, Eure Superiorität – nein, das wirst du nicht tun, Alicia!«

Das Mädchen hatte Mjipas Wehrgehenk umhängen. Der Tragriemen lief zwischen ihren Brüsten hindurch. Als sie sich anschickte, das Schwert herauszuziehen, fiel Mjipa ihr in den Arm. Dann zog er ihr das Wehrgehenk über den Kopf und hängte es sich selbst um. »Und jetzt komm!«

Der Heshvavu, der ihrer Auseinandersetzung nicht hatte folgen können, wich mit angstverzerrtem Gesicht zurück. Als er sah, daß er nun doch nicht getötet werden sollte und die Ayas sich entfernten, wandte er sich um und machte sich auf den langen Fußmarsch zurück zu seiner Hauptstadt.

Mjipa und seine Gefährtin hatten die Ackerflächen rings um die Stadt bereits hinter sich gelassen und kamen jetzt in den Tropenwald mit seinen roten und goldenen und smaragdfarbenen und purpurnen Stämmen. Eine weitere Stunde lang bewegten sie sich abwechselnd im Schritt, Trab und kurzen Galopp voran, wie es ein Langstreckenreiter tut, der sein Reittier möglichst schonen möchte. Dann zügelte

Mjipa seinen Aya, drehte sich im Sattel um und legte einen Finger auf die Lippen.

»Jemand folgt uns im Galopp. Ich hätte nicht gedacht, daß sie so rasch eine Verfolgung organisieren können ...«

»Das hast du deiner eigenen Blödheit zuzuschreiben, weil du den Tyrannen nicht umgebracht hast, als du noch die Möglichkeit dazu hattest. Du und deine Skrupel!«

»Absolut nicht. Sie wären auf jeden Fall wenig später als wir in Mejvorosh losgeritten, ob wir nun Khorosh laufengelassen hätten oder nicht. Und jetzt sei still! Ich bin dein Genörgel leid. Galopp!«

Sie sprengten weiter, während Roqir sich dem Horizont näherte und die Schatten länger wurden. Als Mjipa nach einer Weile erneut anhielt, sagte er: »Ich kann den Hufschlag noch immer hören. Klingt wie ein einzelner Reiter. Am besten, wir verstecken uns zwischen den Bäumen und lassen ihn vorbeireiten.«

Sie fanden ein dichtes Waldstück und lenkten die Ayas zwischen die roten und grünen und violetten Stämme, deren Farben jetzt, da sich der Tag seinem Ende entgegenneigte, zu verblassen begannen. Der Hufschlag wurde lauter. Wenig später tauchte ein Aya unten auf dem Pfad auf, in trommelndem Galopp. Der Reiter hing weit nach vorn über den Hals des Tieres gebeugt. Als er vorbeisprengte, stieß Mjipa plötzlich einen wahrhaften Stentorschrei aus:

»Minyev! Heda! Ho! Minyev!«

Der Reiter wandte sich im Sattel und brachte seinen Aya jäh zum Stehen. Das Tier war völlig verausgabt; seine Flanken bebten, und es ließ ermattet den Kopf hängen. Mjipa trabte zwischen den Bäumen hervor und rief: »Bei der Nase des Tyazan, was im Namen aller neunundfünzig Höllen treibst du denn hier? Alicia, das ist mein Faktotum, Minyev aus Kalwm. Minyev, das ist die terranische Frau, von der ich dir erzählt habe, Meistrin Dyckman. Doch nun sag mir, was du hier machst. Ich dachte, ihr wärt alle zurück nach Kalwm gegangen.«

»Mein Herr«, sagte Minyev, »ich habe die anderen zurückgeschickt, mit Lohn und Nahrung für die Reise. Ich jedoch blieb da, in der Hoffnung, daß Ihr irgendwie Mittel und Wege fändet zu entrinnen. Und siehe da! Meine Hoffnung trog mich nicht. Die Kunde verbreitete sich sofort in Mejvorosh; also sattelte ich meinen Aya und brach auf, Euch zu folgen, bevor sie mich der Mitwisserschaft an Eurem Verrat gegen den Heshvavu zeihen und in Gewahrsam nehmen konnten.«

»Aber warum bist du nur dageblieben?«

»Weil ich Euch weiter dienen wollte. 's ist klar wie Phaighosts Auge, daß die Terraner eine immer bedeutsamere Rolle in der Zukunft meiner Welt spielen werden. Daher kann es für einen Mann von Ehrgeiz nur von Nutzen sein, sie und ihre Wege zu studieren. Wenn Ihr mich haben wollt, werde ich Euch den ganzen Weg bis nach Novorecife begleiten und zur Seite stehen. Außerdem seid Ihr, wenngleich ein Fremdling, ein Mann von unbestechlicher Gerechtigkeit und Ehre, so daß man immer weiß, woran man bei Euch ist. Sind alle Terraner so wie Ihr?«

Mjipa seufzte. »Ich fürchte, wir haben einen ebenso großen verhältnismäßigen Anteil von Lumpen und Toren wie ihr. Aber wir müssen uns sputen, auf daß Khoroshs Schergen uns nicht einholen.« Er warf Alicia einen vielsagenden Blick zu. »Siehst du? Manchmal zahlen sich meine albernen Skrupel auch aus. Sag, Minyev, begegnetest du unterwegs dem Heshvavu, zu Fuß auf dem Wege nach Mejvorosh?«

»Nun, da Ihr davon sprecht, Herr, entsinne ich mich, daß ich in der Tat einen kleinen Knirps des Weges kommen sah, über und über mit Staub bedeckt, welcher mir irgendwie bekannt vorkam. Doch ich sprengte an ihm vorbei, ohne mir die Muße zu nehmen, ihn näher zu betrachten.«

Sie ritten fast die ganze Nacht hindurch, bis die erschöpften Tiere sich schließlich weigerten, sich schneller als im Schritt vorwärtszubewegen. Schließlich machten die Reiter, welche nicht minder erschöpft waren, halt, um eine Rast einzulegen.

»Hilf mir bitte runter, Percy!« stöhnte Alicia. »Ich bin so steif, daß ich mich kaum noch rühren kann.«

»Mir geht's auch nicht viel besser«, sagte Mjipa und stieg mühsam aus dem Sattel. »Wir werden morgen einen fürchterlich wunden Hintern haben.«

Er half Alicia aus dem Sattel. Dann öffneten beide ihre Taschen und suchten sich die Sachen heraus, die sie angehabt hatten, als die Wärter sie ausgezogen hatten. »Nach allem, was geschehen ist«, sagte Alicia, »werde ich Kleidung nie wieder wichtig nehmen.«

Während er gierig seine Proviantration hinunterschlang, überlegte Mjipa laut: »Noch einen Tagesritt, und wir müßten die mutabwkianische Grenze erreicht haben. Ich weiß nicht, ob Ainkhists Leute Anweisung haben, dich festzuhalten; er kann von unserer Flucht noch nicht erfahren haben. Aber ich mag keine unnötigen Risiken. Verdammt, hätte ich doch bloß ein Verkleidungs-Set mitgenommen! Dann hätte ich jetzt eine Krishnanerin aus dir machen können. Aber da es für *mich* ohnehin ein aussichtsloses Unterfangen gewesen wäre, auch nur zu versuchen, als Krishnaner durchzugehen, habe ich das Zeug gar nicht erst mitgenommen.«

»Warum soll ich mich nicht einfach als terranischer Junge ausgeben?« schlug Alicia vor.

»Dazu müßten wir deine Brüste verstecken, meine Teure, und zwar effektvoller, als dein Hemd das tut. Und falls sie besonderes Augenmerk auf jemanden mit blondem Haar richten, könnte es passieren, daß sie sich dich etwas näher unter die Lupe nehmen. Es gibt keine blonden Krishnaner.«

»Das stimmt nicht ganz. Als ich das letzte Mal in Majbur war, machten die Friseure Reklame für Blondfärben. Es ist zur Zeit in Mode. Aber wir können meine Haare ja unter einem Schal verstecken, wie eine Art Turban.« Sie kramte in ihrer Tasche und zog ein Tuch aus durchscheinender Kunstseide hervor, mit einem auffallenden Muster aus Blau, Smaragdfarben und Gold. »Hier; das ist fast das letzte gute Stück, das ich noch von den Sachen habe, die ich von der Erde mitgebracht habe.«

Am nächsten Morgen, noch vor dem Morgengrauen, rief Alicia mit kläglicher Stimme: »Percy, hilf mir hoch! Ich kann meine Beine kaum noch bewegen.«

»Mir geht's auch nicht viel anders«, brummte Percy Mjipa und humpelte hinüber zu ihrer Decke. »Ich habe auch einen scheußlichen Muskelkater, obwohl ich erst vor kurzem noch eine längere Strecke geritten bin. Wir hätten Khorosh bitten müssen, uns täglich einen kleinen Ausritt zu genehmigen, um in Übung zu bleiben. Aber ich glaube fast, daß er uns das nicht erlaubt hätte.«

Als es kurze Zeit später ans Aufsitzen ging, schaffte Alicia es nicht, das Bein so weit anzuwinkeln, daß sie den Fuß in den Steigbügel kriegte. Mjipa und Minyev mußten sie mit vereinten Kräften in den Sattel wuchten, was sie mit einem Schmerzensschrei quittierte.

»Nach einem bißchen Reiten geht die Steifheit wieder weg«, tröstete sie Mjipa, der ebenfalls eine Grimasse zog, als er sich in den Sattel schwang. »Es ist die beste Massage für einen Muskelkater im Hinterteil.«

Sie erreichten doch nicht am nächsten Tag die Grenze. Erschöpft von vielen Stunden im Sattel und so gut wie keinem Schlaf, schlugen sie ihr Nachtlager schon am späten Nachmittag auf, ein gutes Stück abseits vom Weg. Alicia holte ihr Nähzeug heraus und begann die Risse an dem Hemd, das die Wärter ihr so unsanft ausgezogen hatten, zu flicken und die Knöpfe anzunähen.

Plötzlich hob Mjipa den Kopf. »Was ist bloß mit den Ayas los?« Die Tiere hielten die Ohren aufgerichtet, blähten die Nüstern und verhielten sich unruhig.

Aus den Tiefen des Waldes kam ein Geräusch, wie wenn ein großer Körper sich durch das Unterholz bewegte. Die Ayas begannen sich aufzubäumen und wie wild an ihren Leinen zu zerren.

»Irgendwas kommt da«, sagte Mjipa. »Vielleicht ein Yeki. Leg dein Handarbeitszeug weg, Lish!« Mjipa sprang auf die Füße, hob seine Scheide auf und zog sein Schwert heraus.

Hinter ihm murmelte Minyev: »Herr, ich sch-sterbe vor Angst!«

Das Geräusch kam näher. Die Ayas rissen mit aller Kraft an ihren Halteleinen. Plötzlich sah Mjipa, wie sich etwas durch das Gesträuch bewegte; im gleichen Moment sah er ein Stück grün und braungelb gestreifte Haut schimmern.

»Ein Shan!« kreischte Minyev und stob davon. Sekunden später waren seine trommelnden Schritte verklungen.

Mjipa zog einen Ast aus dem Feuer und schwenkte ihn hin und her, um sein glühendes Ende zur Flamme anzufachen. Alicia kroch schutzsuchend hinter ihn. Mjipa fauchte über seine Schulter: »Verdammt, Frau, halt dich doch nicht an meinen Armen fest!«

In dem Moment tauchte ein Kopf zwischen den Zweigen auf, etwa so groß wie der eines Pferdes, aber von der Form eines Krokodilkopfes. Dahinter erschien ein langer Hals, gefolgt vom mächtigen Rumpf der Kreatur. Ein Terraner hätte sie als eine überdimensionale sechsbeinige Eidechse beschrieben, wenn auf Krishna die Säugetiere so scharf von den Reptilien zu trennen gewesen wären wie auf der Erde.

Der Shan hatte es auf die Ayas abgesehen, die jetzt wilder denn je zuvor an ihren Leinen rissen. Mjipa sprang mit einem Satz zwischen den nahenden Shan und die Reittiere. Er drosch mit der lodernden Fackel nach dem Shan, der den mit scharfen Fangzähnen bewehrten Kopf auf dem langen Hals zurückbog, um ihn dann urplötzlich vorschnellen zu lassen. Die messerscharfen Zähne schnappten Zentimeter vor Mjipas Gesicht mit einem häßlichen *Klack!* zusammen. Bevor der Shan seinen Kopf wieder zurückziehen konnte, zog Mjipa ihm eins mit der Klinge über die Schnauze. Blaugrünes Blut quoll aus der klaffenden Schnittwunde. Mit einem fürchterlichen Brüllen bog der Shan den langen Hals wieder zurück, stampfte ein, zwei Schritte vorwärts und griff erneut an.

Mjipa stieß den brennenden Span mitten in den gähnenden Schlund der Bestie. Die Kinnladen schnappten zu; der

Ast wurde Mjipa aus der Hand gerissen, als das Tier den Kopf mit einem heftigen Ruck zurückzog. Es stieß einen erstickten Schmerzschrei aus und schüttelte wie wild den Kopf hin und her, besaß aber nicht die Intelligenz, das Maul zu öffnen und den Stock fallenzulassen. Grunzend und brüllend wich es zurück, wendete auf seinen sechs Beinen und stampfte davon, immer noch wütend den Kopf mit dem Ast im Maul hin und her werfend.

Mjipa atmete tief auf. Alicia setzte sich an einen Baum, lehnte sich zurück und sagte: »Wenn das so weitergeht, bin ich bald eine alte Frau, trotz deiner LPs. Warum bist du stehengeblieben und hast dich dem Biest gestellt? Wir hätten doch wegrennen können wie Minyev, und das Vieh hätte nur die Ayas gefressen und sich wieder davongetrollt.«

»Damit wir zu Fuß hätten weitergehen können? Mit Khoroshs lustiger Jagdpartie im Nacken? Nein, danke! Warum bist du eigentlich nicht mit ihm abgehauen? So schnell wie der gerannt ist, müßte er schon fast in Kalwm sein.«

»Ich weiß es auch nicht. Ich glaube, ich wollte mir ganz einfach bestätigen, daß ich auch nicht weniger mutig bin als ein Mann. Ob das Biest zurückkommt?«

»Möglich. Ich glaube, wir satteln besser auf und reiten weiter, falls wir Minyev finden können.«

»Geschähe dem Feigling recht, wenn wir wegritten und ihn hier zurückließen.«

»Ach, komm!« sagte Mjipa. »Du darfst nicht so unnachsichtig gegenüber diesen Eingeborenen sein. Manche von ihnen sind wirklich mutig; aber ich habe Minyev ja auch nicht als Kämpfer angeheuert. Der Bursche ist ehrlich und tüchtig, und du darfst nicht gleich alle Tugenden auf einmal erwarten.«

»Aber du bist es doch, der ewig über die ›Eingeborenen‹ herzieht wie ein altmodischer terranischer Imperialist.«

»Ich mache mir bloß keine Illusionen um sie, das ist alles. In ein paar hundert Jahren sind sie vielleicht da angekommen, wo wir jetzt stehen. Inzwischen habe ich es mit Tatsachen zu tun, nicht mit Theorien.« Er wischte das Blut von der Schwertklinge und fuhr fort: »Wenigstens habe ich jetzt mal einen praktischen Nutzen von diesem Kampfbesteck gehabt. Ich konnte die verdammten Dinger nie leiden.«

»Wie kannst du ein Held auf einem mittelalterlichen Planeten sein und Schwerter nicht mögen?«

»Erstens bin ich kein Held, sondern bloß ein verdammter Bürokrat, der versucht, seinen Lebensunterhalt zu verdienen. Und zweitens glaube ich kaum, daß du je so eine Waffe getragen hast, oder?«

»Nein.«

»Siehst du? Dann kannst du auch nicht wissen, wie hinderlich diese verfluchten Dinger beim Tragen sind. Erstens ziehen sie dir mit ihrem Gewicht ewig die Kleider aus dem Sitz, zweitens piekst du dir ständig damit in die Weichteile oder stolperst drüber oder haust gegen irgendwelche Möbel. Aber wir sollten jetzt besser nach Minyev rufen.«

Auf ihr mehrmaliges gemeinsames Rufen hin tauchte das Faktotum schließlich aus dem Unterholz auf. Der Gute wirkte ziemlich geknickt; offenbar schämte er sich. Beim Abbrechen des Lagers bestand er darauf, alle schweren Arbeiten zu verrichten, so als wollte er Buße dafür leisten, daß er sich so hasenfüßig verdrückt hatte.

An der mutabwkianischen Grenze kramte Mjipa den von Vuzhov von Kalwm ausgestellten Paß hervor und erklärte: »Ich kam vor ein paar Monden schon einmal hier durch, wie Ihr Euch vielleicht erinnert. Ich bin jetzt auf dem Weg zurück nach Kalwm, da meine Mission beendet ist.«

Der zhamanakianische Offizier nickte zustimmend; offenbar war die Nachricht von der Entführung des Heshvavu noch nicht bis zur Grenze gelangt. Doch dann deutete der Offizier plötzlich auf Alicia, die das Tuch ums Haar geschlungen und sich in Minyevs Mantel gehüllt hatte. »Wer ist das?«

»Ein terranischer Sklavenjunge, den ich in Mejvorosh fand und erwarb«, sagte Mjipa flockig-jovial. »Er heißt Mustafa.«

Der Offizier starrte Alicia einen Moment prüfend an, gab

Mjipa dann aber den Paß zurück und sagte: »Ihr dürft passieren.«

Die drei gingen zu Fuß über den Niemandslandstreifen, die Ayas an den Zügeln führend. Am zweiten Tor stellte man Mjipa die gleiche Frage bezüglich Alicia, und er antwortete dasselbe. Alles lief glatt wie am ersten Tor, bis plötzlich einer der Soldaten neugierig auf Alicias Kopftuch starrte.

»Was für ein hübscher Stoff!« schwärmte er. »Wo kann ich ein solches Tuch bekommen?« Er nahm prüfend einen Zipfel des Tuchs zwischen Daumen und Zeigefinger. Dabei zog er ungewollt ein wenig an dem Stoff. Alicia gab einen leisen Schrei von sich, als ihr kunstvoll zusammengewundenes Haupthaar sich löste und der verdutzte Soldat das Tuch in der Hand hielt.

Sofort alarmiert, befahl der Offizier: »Wartet hier, o Terraner!« Und, an seine Männer gewandt: »Paßt mir gut auf diese drei auf. Und kümmert euch um die Tiere.«

Der Offizier ging schnellen Schrittes zur Befehlsbaracke. Gleich darauf kam er wieder und sagte: »Ich wußte doch, daß wir Befehl aus Yein hatten, auf eine gelbhaarige Terranerin zu achten. Wollt Ihr, Herr, noch immer Eure Behauptung aufrechterhalten, daß dies ein männliches Wesen sei?«

»Ein noch unreifes«, sagte Mjipa.

»Yeghats!« schrie der Offizier. Ein Leutnant erschien aus einer anderen Baracke. Im Laufen schnallte er sein Schwert um.

»Schau dir das dort an!« forderte der Offizier seinen Kollegen auf, wobei er auf Alicia deutete. Daraufhin konferierten die beiden Offiziere mit gedämpfter Stimme miteinander. Mjipa gelang es nur, ein paar Wortfetzen aufzuschnappen: »... ganz wie eine Frau gebaut, zumindest äußerlich ...«

Der befehlshabende Offizier ging zu Alicia, löste die Kordel, die den Umhang hielt, den sie sich von Minyev ausgeliehen hatte, und streifte ihr das Kleidungsstück vom Körper. Dann trat Yeghats auf sie zu und begann an den Knöpfen ihres Hemdes herumzufummeln.

»Ho!« rief Mjipa. »Was macht Ihr da? Terraner dulden derartige Vertraulichkeiten nicht!«

Der Leutnant knispelte ungerührt weiter an den Knöpfen herum, bis er sie schließlich alle geöffnet hatte. Dann klappte er die Hemdbrust mit beiden Händen zur Seite, so daß Alicias unbestreitbare Weiblichkeit ihm quasi entgegensprang.

»Ich protestiere!« schrie Mjipa. »Das ist ein grober Verstoß gegen die diplomatische Immunität!«

»Meldet Euren Protest bei der Regierung in Yein an«, beschied ihm der Offizier trocken. »Yeghats, du wirst diese Terraner zum Königspalast begleiten!«

»Ihr seht das falsch«, startete Mjipa einen letzten verzweifelten Versuch, »diese Wölbungen werden verschwinden, sobald er älter wird ...«

»Spart Euch Euren Atem, Terraner!« sagte der Offizier. »Yeghats, nimm den Kalwmianer auch mit; und bringe alle drei zu Minister Zharvets.«

Im Palast zu Yein sagte Minister Zharvets: »Schon wieder Ihr, Meister Mjipa? Meistrin Dyckman, Ihr steht unter Arrest. Wachen! Ergreift sie!«

Die allgegenwärtigen Palastwächter sprangen herbei und umringten Alicia im Audienzzimmer. Mjipa schrie: »Was erlaubt Ihr Euch, Hoheit? Sie hat nichts verbrochen! Ich protestiere ...«

»Ihr protestiert immer«, erwiderte Zharvets lakonisch. »Wisset, o Terraner, daß dieses fremdländische Weib die Frechheit besaß, meinem Souverän, dem Heshvavu Ainkhist, frech ins Gesicht zu lügen. Das ist ein Verstoß gegen die siebte Verfügung aus der Amtszeit von Verjapist dem Dritten, Paragraph fünf, Absatz dreizehn. Und Ihr selbst seid es, der diese kecke Lügnerin entlarvt hat.«

»Ich weiß nicht, wovon Ihr sprecht«, log Mjipa.

»O doch, das wißt Ihr sehr wohl. Es hat zu tun mit der

Anatomie terranischer Frauenspersonen.« Der Minister wandte sich zu seinem Sekretär. »Meldet Seiner Grandiosität, daß die Terranerin sich in seiner Gewalt befindet.« Als Mjipa, der vor Wut kochte, einen drohenden Schritt auf den Minister zu machte, fügte Zharvets hinzu: »Keine Ungebührlichkeiten, Meister Mjipa, sonst heiße ich die Wächter, ihr den Kopf abzuschlagen, und den Euren gleich mit!«

Mjipa war sicher, daß der Minister bluffte, zumindest, was Alicia anging. Es war sehr unwahrscheinlich, daß er es wagen würde, Alicia töten zu lassen, bevor der König eintraf, um über ihr Schicksal zu entscheiden. Aber er traute sich nicht, das Risiko einzugehen angesichts der gezückten Schwerter um ihn herum.

Die lauter werdenden Klänge einer krishnanischen Flöte kündigten das Erscheinen des Heshvavu an. Kurz darauf betrat der Monarch das Audienzzimmer. »Aha!« rief er, als er Alicias ansichtig wurde. »Da ist ja die, welche wir wegen Betrugs an unserer Grandiosität suchten! Unartig, sehr unartig! Welche Strafe steht darauf, Zharvets?«

»Fünfhundert Peitschenhiebe, Eure Erhabenheit. Noch keiner hat diese Strafe überlebt.«

»Ein Jammer um ein solch hübsches Exemplar terranischer Weiblichkeit! Ah, Meister Mjipa! Möge Eure Leber leicht sein. Gewiß, wir haben die Macht zu verzeihen; aber es versteht sich von selbst, Meistrin Dyckman, daß wir ein gleiches Maß an Großzügigkeit von Eurer Seite erwarten. Was meint Ihr?«

»Verdammt noch mal!« knurrte Mjipa auf Englisch. »Wie kann ich dich hier raushauen? Vielleicht lassen sie dich lange genug allein, daß ich dich unbemerkt ...«

»Riskier besser nichts, Percy!« sagte Alicia. »Unsere Chancen wären nicht mal so groß wie die eines Schneeballs im Hishkak. Und vielleicht wird's ja auch nicht so schlimm sein. Ich hoffe, wir sehen uns dann morgen.«

»Wisset, meine guten Terraner«, meldete sich Ainkhist, »daß es eine grobe Unhöflichkeit ist, in einer Sprache miteinander zu sprechen, die uns unbekannt ist.«

»Ich bitte Eure Grandiosität um Verzeihung«, sagte Alicia auf Khaldoni. »Meister Mjipa und ich hatten noch einige Dinge zu klären, bevor wir voneinander scheiden müssen. Und dazu reichten unsere bescheidenen Kenntnisse in Eurer Sprache nicht aus. Was begehrt Ihr von mir?«

»Ah, das klingt schon besser. Ihr sollt uns in unsere Privatgemächer begleiten, wo unsere Frauen Euch für eine Nacht des Vergnügens vorbereiten werden.«

»Versprecht Ihr, mich dann auch morgen gehen zu lassen?«

»Darüber haben wir noch nicht nachgedacht ...«

»Ich versichere Euch, Hoheit, Ihr werdet das Ereignis angenehmer finden, wenn Ihr mir versprecht, mich morgen freizulassen. Für die Terraner sind weder ich noch meine Arbeit gänzlich ohne Bedeutung, was ich Euch gerne im einzelnen zu erläutern bereit bin.«

»Nun ja, warum auch nicht? Nicht, daß ich jedes Wort, das Ihr äußert, für eine Offenbarung des Phaighost halte, in Anbetracht Eurer bewiesenen Lügenhaftigkeit. Doch erinnere ich mich nur allzu gut Eures Talents zum Argumentieren; so sei es denn: Ihr dürft morgen ziehen.

Zharvets, wir sehen keinen Grund, Meister Mjipa und seinen Diener festzuhalten. Wir wollen über seinen Versuch, Meistrin Dyckman unentdeckt durch unser Territorium zu schmuggeln, noch einmal großzügig hinwegsehen. Da wir Novorecife nicht mutwillig herausfordern wollen, laßt die beiden gehen.«

Zufrieden mit sich, bedeutete der Heshvavu seinem Flötisten, ein Lied anzustimmen, und schlenderte aus dem Zimmer. Alicia folgte ihm, umringt von Gardisten. Mjipa bat den Minister um einen *Laisser-passer* und verließ den Palast in Richtung des Gasthofes, in dem er schon auf der Hinreise abgestiegen war.

»Seid nicht so erzürnt, Herr!« sagte Minyev. Mjipa schritt in seinem Zimmer auf und ab, fluchte wütend vor sich hin, stieß die Faust immer wieder in die geöffnete Hand und knirschte sogar mit den Zähnen. Minyev machte einen erneuten Anlauf, ihn zu beschwichtigen: »Diese hohe Herren tun, wie es ihnen beliebt, gleich einem Bishtar unter den geringeren Kreaturen des Waldes, und wir gemeinen Leute können nur versuchen, ihnen aus dem Weg zu gehen. Nicht, daß ich Euch einen Gemeinen nennen würde, Herr!«

»Ich bin entehrt!« knurrte Mjipa. »Ich bin blamiert und entehrt für mein ganzes Leben! Eine terranische Frau, die sich meinem Schutz anvertraut, und ich sehe untätig mit an, wie sie von einem Sittenstrolch, der sich König schimpft, einfach beschlagnahmt wird, damit dieser Lump seine perversen Gelüste an ihr abreagieren kann ... ich hätte einem der Gardisten seinen Dolch entreißen und diesem feinen König den Bauch aufschlitzen sollen!«

»Nicht so laut, bitte«, beschwor ihn das Faktotum, »daß nicht andere Eure verräterischen Worte mithören! Hättet Ihr eine solche tollkühne Narrheit versucht, dann hätten Euch die Wächter in einem Wimpernschlag niedergestochen, und wahrscheinlich die Dame und mich dazu.«

»Ich hätte doch besser mein Verkleidungs-Set mitgenommen, auch wenn ich nicht vorhersehen konnte, daß ich es brauchen würde. Oder ich hätte einen kleinen Umweg durch den Dschungel machen und die Grenze an einer unbewachten Stelle im Schutze der Nacht überschreiten müssen. Oder ich hätte ...«

»Herr, haltet ein, Euch Vorwürfe zu machen! Wenn wir alle unser Leben noch einmal leben könnten, würden wir, so dünkt mich, im Lichte unserer Erfahrungen alles noch einmal anders machen.«

»Du bist ja ein richtiger kleiner Philosoph, Minyev.«

»Ja, Herr; ich versuche, stets die Maximen Nehavends zu beherzigen und den Kurs meines Lebens nach ihnen auszurichten. Doch wie klug wir unsere Handlungen auch planen mögen, die Launen des Schicksals können alle unsere Anstrengungen leicht zunichte machen. Gestattet mir, Euch eine Flasche Kvad aus dem Laden zu holen!«

Mjipa brummelte irgend etwas Undefinierbares, das Minyev als Zustimmung auffaßte. Wenig später kam er wieder mit einer Flasche und zwei Bechern. »Hier, Herr!«

Einige Becher Kvad später spürte Mjipa, wie sein Zorn langsam zu Trübsinn abebbte. Ansonsten schien das Getränk, das etwa so stark war wie ein terranischer Dessertwein, keinerlei Auswirkungen auf ihn zu haben. Was er jedoch feststellte – daß er mächtig Hunger hatte. Wieder ging Minyev los und kam wenig später mit Essen zurück. Nachdem sie gegessen hatten, fühlte Mjipa sich schon fast wieder wie ein Mensch. Da klopfte es an der Tür.

Es war Ovanel, das Sklavenmädchen, das schon bei seinem ersten Aufenthalt in Yein zu ihm geschickt worden war. »Herr«, begrüßte sie ihn, »als ich das erste Mal zu Euch kam, hießet Ihr mich, meinen Herren auszurichten, daß Ihr an unsrer Nacht Entzücken gefunden hättet, obgleich Ihr mich unbegattet fortschicktet. Jenes Eures Lobes eingedenk, haben sie mich nun abermals zu Euch gesandt; der Heshvavu selbst, so sagen sie, hätte es befohlen. Welches soll diesmal mein Los sein?«

Hin- und hergerissen zwischen konfligierenden Drängen, gab Mjipa einen tiefen Seufzer von sich. Seine Selbstbeherrschung und seine Selbstachtung waren in jüngster Zeit schweren Prüfungen ausgesetzt gewesen. Während seiner gemeinsamen Haft mit Alicia hatte ihn seine Lust fast rasend gemacht. Und obgleich er Alicia als Person nicht gerade überschwenglich mochte, hatte ihre Weiblichkeit doch seine männlichen Instinkte erweckt; sie fand seine verlegenen Bemühungen, seine ständigen Erektionen zu verbergen, belustigend.

Auch erinnerte er sich, wie sehr ihn die Dispute einiger Missionare über die moralische Klassifizierung des Geschlechtsverkehrs mit Krishnanern amüsiert hatten. Da weder im Fünften Buch Mosis noch bei den Evangelisten etwas darüber geschrieben stand, stritten sie sich darum, ob der Akt mit einem Krishnaner nun als Unzucht, Onanie oder Sodomie eingestuft oder aber schlicht ignoriert werden sollte. Schließlich holte er tief Luft und sagte:

»Minyev, hier hast du einen Majbur-Kard. Geh aus und vergnüge dich für die Nacht, und komm nicht vor dem Frühstück zurück.«

Minyev ging. Mit einem breiten Lächeln löste Ovanel ihren Kilt.

5

Verfolgung

Im Morgengrauen verschwand Ovanel. Minyev erschien, so prompt, daß Mjipa sich des Verdachts nicht erwehren konnte, daß er draußen gewartet hatte, bis seines Herrn Gast das Anwesen verlassen hatte. Zu Mjipas Überraschung begrüßte ihn der Kalwmianer: »Gutt Mo-ah-gen, He-ah! Du gutt schlaff?«

»Hä? Wo hast du denn Englisch gelernt, Minyev?«

»Ich habe Euch und Meistrin Dyckman zugehört. Nun kenne ich ein paar Wörter. Eines Tages werde ich richtig Englisch und Portugiesisch lernen und ein Mann von Stand sein, vielleicht ein Übersetzer oder gar ein Botschafter.«

»O je!«

Nach dem Frühstück ging Mjipa zum Palast. Minyev blieb im Gasthof zurück, um auf das Gepäck aufzupassen. Voller Ungeduld wartete Mjipa eine Stunde lang auf Zharvets. Als der Minister endlich geruhte, ihn hereinbitten zu lassen, sagte der Konsul:

»Hoheit, bitte gebt Meistrin Dyckman Bescheid, daß ich bereitstehe, sie abzuholen.«

Der Minister schickte einen Pagen in die Privatgemächer des Königs. Der Page kam wenig später zurück und meldete: »Eure Hoheiten, Meistrin Dyckman wünscht noch einige Stunden im Serail zu bleiben. Sie wird Meister Mjipa heute nachmittag empfangen.« Mjipa fuhr auf; sofort kam ihm der Gedanke, daß Alicia vielleicht so großen Gefallen an den Liebeskünsten gefunden hatte, daß sie sich jetzt gar nicht mehr von ihm losreißen konnte. Nachdem er einige unterdrückte Flüche auf Englisch und Setswana ausgestoßen hatte, sagte er: »Könnte ich mit Seiner Grandiosität sprechen?«

Mjipa wollte den Heshvavu nicht wirklich sehen, aber

dies schien ihm im Moment die einzige Möglichkeit, den Halunken aus seinem Bett zu treiben. Für Mjipa war das, was der Heshvavu sich geleistet hatte, eine terranische Frau zum Geschlechtsverkehr zu zwingen, ein absolut unverzeihliches Verbrechen, eine Schmach, die nur mit Blut getilgt werden konnte. Er beschloß, König Ainkhist zu töten, wann immer er die Chance haben würde, das zu tun, ohne die anderen Terraner auf Krishna dadurch in Mitleidenschaft zu ziehen.

»Nein, nicht heute morgen«, erwiderte Zharvets. »Wisset, daß Seine Grandiosität mit einigen seiner Günstlinge auf Yekijagd gegangen ist und nicht vor Einbruch der Nacht zurückkehren wird.«

Mjipa stutzte. Wenn Alicia sich also nicht mit dem Heshvavu im Bett herumaalte, was in aller Welt machte sie dann? Er traute ihr glatt zu, daß sie den Haremsdamen eine Moralpredigt über das Übel der Polygamie hielt oder sie zu einem Streik nach dem Vorbild von Aristophanes' *Lysistrata* gegen ihren königlichen Gebieter anstiftete.

»Nun gut, Hoheit. Ich komme dann alsbald wieder. Möge Eure Leber leicht sein!«

Den Rest des Vormittags verbrachte Mjipa damit, durch Yein zu bummeln und sich die Geschäfte anzuschauen. Er mußte ständig in Bewegung bleiben, denn jedesmal, wenn er stehenblieb, scharte sich sofort eine gaffende Horde Mutabwkianer um ihn. Obwohl sich Mjipa mit den Jahren an die Rolle der exotischen Kuriosität gewöhnt hatte, fand er sie noch immer recht lästig. Außerdem bedurfte es nur irgendeines antiterranischen Fanatikers, einer lokalen Version von König Khorosh zum Beispiel, und schon konnte aus einer ansonsten friedlichen Menge ein rasender Mob werden ...

Der späte Nachmittag sah Percy Mjipa auf einem Kissen auf dem Fußboden in einer Ecke von Minister Zharbets' Amtszimmer sitzend und Tabaksqualm um sich verbreitend. Schließlich sagte der Minister hustend:

»Meister Mjipa, wenn Ihr aufhören wollt, dieses Ding zu

rauchen, dann will ich eine Flasche guten Falats bringen lassen. Vielleicht findet Ihr den Genuß desselben genauso angenehm wie den Eures Rauches, und für mich ist er weniger erstickend.«

»Ich bitte Eure Hoheit um Entschuldigung«, sagte Mjipa und nahm die Pfeife aus dem Mund. »Aber Ihr sagtet, es würde Euch nicht stören.«

»Gewiß, aber da wußte ich noch nicht, welch höllische Wolken Euer Instrument ausspeien würde.«

Der Wein erwies sich als ausgezeichnet, wenngleich Mjipa aufgrund seiner Ungeduld, endlich aus Yein wegzukommen, seiner Scham darüber, daß es ihm nicht gelungen war, Alicias Resttugend zu retten, und seiner Verwirrung darüber, daß sie noch immer im Serail verweilte, nicht so recht in der Stimmung war, sein Bouquet angemessen zu würdigen.

Roqir stand bereits tief im Westen, als Alicia endlich erschien. Sie trug ihr übliches Khakihemd nebst den dazugehörigen Shorts, aber Mjipa konnte sehen, daß sie unter der Kleidung in der Art der Khaldonier mit Körperfarbe bemalt war; das Muster bedeckte gleichfalls die nackten Arme und Beine und den Hals. In einer Hand hielt sie eine lange Rolle krishnanischen Papiers, und um den Hals trug sie eine glitzernde Perlenkette.

»Percy, mein Herzchen!« kreischte sie überschwenglich. »Wie nett von dir, daß du die ganze Zeit gewartet hast! Lebt wohl, Eure Hoheit«, sagte sie fröhlich, an den Minister gewandt; dann wieder zu Percy: »Wir müssen zurück zum Gasthof. Ich habe heute nacht eine Menge Arbeit zu erledigen.«

»Hä? Was?« fragte Mjipa, während sie aus dem Palast gingen und sie sich bei ihm unterhakte. »Du bist bemerkenswert gut gelaunt für jemanden, der soeben ein erniedrigendes Erlebnis über sich ergehen lassen mußte.«

»Ob man sich erniedrigt fühlt oder nicht, hängt immer von einem selbst ab. Wenn ich das Gefühl habe, das Richtige getan zu haben, dann kann niemand mich erniedrigen.«

»Nun? Wie war's denn?«

»Das mit dem Heshvavu? Nicht schlimmer als eine Untersuchung beim Gynäkologen. Weh getan hat's eigentlich nicht, aber ich kann auch nicht behaupten, daß es mir Spaß gemacht hat. Vielleicht hat Ainkhist auch deshalb schon nach dem ersten Mal aufgehört. Wahrscheinlich hat er irgendwas unheimlich Tolles und Exotisches erwartet und war dann ganz enttäuscht, als er feststellen mußte, daß ein Orgasmus sich nicht groß vom anderen unterscheidet.«

»Eines Tages werde ich diesen Hurensohn umbringen«, murmelte Mjipa.

»Komm, Percy, reg dich ab! Er hat sich lediglich entsprechend seiner geistigen Fähigkeiten und seines Bewußtseinsstandes verhalten, und mir hat's nicht geschadet. Nachdem er seine Nummer durchgezogen hatte, wollte er mir unbedingt laut den Anfang seiner großen Khaldoni-Geschichte vorlesen. Aber ich schlief irgendwann beim dritten Kapitel ein. Ich glaube, er hat das als literarische Kritik aufgefaßt, denn als ich aufwachte, war er schon auf die Jagd gegangen.«

»Aber wieso zum Teufel bist du so fröhlich und aufgekratzt? Und was hast du den ganzen Tag angestellt?«

»Beruhige dich, Percy! Du verhältst dich kindisch.«

»Verdammt noch mal, Weib, ich werde doch wohl wissen dürfen ...«

»Ich erzähl's dir ja, wenn du nur endlich mal Ruhe gibst. Siehst du das hier?« Sie hielt die Papierrolle hoch, die, wie er jetzt sah, mit winzigen Symbolen bedeckt war. Er setzte seine Brille auf, um sie sich näher anzuschauen, und fragte: »Was ist das?«

»Ich habe den ganzen Tag damit verbracht, die Insassinnen seines Harems zu interviewen, und das sind meine Aufzeichnungen. Ich werde die ganze Nacht daran sitzen, sie in meine Notizbücher zu übertragen, solange sie noch frisch sind.«

»Was für eine Sprache ist das? Sieht irgendwie aus wie Gozashtando, aber nur auf den ersten Blick.«

»Englisch, aber in Kurzschrift. Eine fast in Vergessenheit geratene Kunst, die mir aber in meinem Beruf sehr zustatten kommt. Ich habe hier Material für ein Dutzend Zeitungen und mindestens ein komplettes Buch! Noch keiner hat eine Studie aus diesem Milieu veröffentlicht! Verstehst du jetzt, warum ich so happy bin?«

»Freut mich, wenn es dich für das andere entschädigt. Ich werde mir niemals verzeihen ...«

»Meinst du schon wieder die Sache mit dem Heshvavu? Das war doch nichts.«

»Aber fühlst du dich denn nicht irgendwie besudelt ... geschändet?«

»Eigentlich nicht. Ich bin sicher, daß in der Bibel nichts dergleichen steht. Wenn ich mich recht erinnere, wurde irgendwo – in den Apokryphen, glaube ich – eine Judith sogar hoch dafür gepriesen, daß sie sich irgendeinem feindlichen General hingab, um ihn im Schlaf zu ermorden.

Versteh doch, Percy, dieser König und sein Glied bedeuten mir emotional nicht mehr als irgendeine mechanische Bumsvorrichtung. Für eine solche Chance wie diese würde ich mich einmal pro Stunde durchnudeln lassen, solange es nicht weh tun würde. Guck mich nicht so entgeistert an; ich bin bloß praktisch und realistisch.

Und da wir gerade vom Sex sprechen – diese Aufzeichnungen enthalten auch Ovanels Anmerkungen zu deiner Person; du brauchst mich also gar nicht verächtlich anzuschauen wie einen gefallenen Engel. Sie erzählte jedem, der es hören wollte, wie du es ihr viermal in einer Nacht besorgt hast. Es gibt bestimmt eine Menge Krishnaner, die über dich dasselbe denken wie du über Ainkhist.«

Mjipa senkte den Kopf und kickte einen Kieselstein weg. »Ich war verdammt lange enthaltsam, wie du weißt; und sie war bereit, willig und scharf. Trotzdem schäme ich mich.«

»Komm schon, Percy-Herzchen, Kopf hoch! Du hast lediglich bewiesen, daß du keinen unsichtbaren Heiligenschein trägst.«

»Es tut mir nur leid, daß ich nun doch meine weiße Weste

bekleckert habe, nachdem ich so lange Zeit ausgehalten habe.«

»Das ist kein Rekord, für den dir irgend jemand heutzutage, da jeder mit jedem ins Bett steigt, noch eine Medaille verleiht, egal wie tugendhaft du auch gewesen bist. Ovanel hat übrigens deine Männlichkeit so sehr gepriesen, daß einige der Haremswächter meinten, vielleicht könnten sie den Heshvavu ja überreden, daß er sie dir schenkt oder verkauft. Offenbar reicht Ainkhist auf dem Sektor nicht an deine Klasse heran.«

»Großer Gott! Besser, wir verschwinden schnell aus Yein, bevor er das wirklich versucht; oder, was wahrscheinlicher wäre, mich in einem Anfall von Eifersucht liquidieren läßt. Er hält sich für den Number-one-Lover in seinem Königreich und reagiert wahrscheinlich sehr allergisch, wenn er irgendwo Konkurrenz wittert.«

»Er redet viel, und es steckt wenig dahinter«, sagte Alicia. »Das ist genau dasselbe wie bei diesen großen selbsternannten Super-Macho-Gockeln auf der Erde: große Sprüche, aber ständig vor lauter Angst, sie könnten versagen, einen Köttel in der Hose.«

Mjipa seufzte. »Du mußt es ja wissen, hast es ja am lebenden Modell ausprobiert; aber ich könnte mich noch immer dafür in den Hintern treten, daß ich es nicht irgendwie doch noch verhindert habe. Sag mal, was ist das eigentlich für eine Halskette, die du da trägst? Sieht aus wie die, die ich bei Ainkhist gesehen habe.«

Sie zog die Kette über den Kopf. »Es ist dieselbe. Er hat sie mir geschenkt. Weißt du, er ist im Grunde ein netter Kerl, wenn man mal von seinem Sexkomplex absieht.«

»Pah! Wenn ich das schon höre! Netter Kerl! Nett, ja, nach seinen Maßstäben vielleicht; aber wenn du ihm nicht gefügig gewesen wärst, dann hätte er dich, ohne mit der Wimper zu zucken, zu Tode peitschen lassen. Ich kenne diese Sorte.«

»Vielleicht hast du recht.« Sie hielt die Kette gegen die Sonne, so daß die Steine funkelten. »Ich glaube, der große grüne Stein ist ein echter Smaragd. Aber ich will das verdammte Ding nicht haben.« Sie holte mit dem Arm aus, als wollte sie die Halskette fortwerfen.

»He!« schrie Mjipa. »Nicht! Die ist wertvoll!«

»Ich weiß, aber ich komme mir damit vor wie eine Hure.« Alicia hielt die Papierrolle hoch. »Das hier ist mein echter Lohn.«

»Dann sollten wir überlegen, ob wir das gute Stück nicht praktischer verwenden können, als es wegzuschmeißen. Ich weiß was! Verkauf es mir zu einem Preis, den ich mir leisten kann, und ich schenke es Vicky als Mitbringsel.«

»Ich schenk's dir sogar; da! Nein, ich will kein Geld dafür! Entweder nimmst du es geschenkt, oder ich werfe es in den nächstbesten Mülleimer.«

»Und ausgerechnet du zeihst mich immer der unpraktischen Sentimentalität!«

»Mach dir nichts draus; ich meine, was ich sage! Aber vielleicht solltest du Victoria besser nicht erzählen, wie du an die Kette gekommen bist.«

»Um Gottes willen! Wir sollten in der Tat beide besser Stillschweigen über die Ereignisse der letzten Nacht bewahren. Vicky wäre unheimlich sauer; und was dich angeht, so könnte dir ja noch mal ein Mann über den Weg laufen, bei dem es dir lieber wäre, wenn er nichts von diesen *Bêtisen* wüßte.«

Sie zuckte die Achseln. »Ich bezweifle das. Das ist nur verlorene Zeit, für mich den Cupido spielen zu wollen, Percy. Du weißt nicht, wie es ist, eine hochqualifizierte Wissenschaftlerin zu sein. Die meisten Männer, die ich kennenlerne, kommen mir hoffnungslos dumpf vor, und die auf meinem Qualifikationsniveau nehmen Reißaus, weil sie eine Frau vorziehen, ein Weibchen, das zu ihnen aufschaut. Also habe ich mich zur Ehe mit meiner Karriere entschlossen, und ich muß sagen, ich fühle mich ganz wohl dabei.«

»Hast du denn keine mütterlichen Instinkte?«

»Ob man mütterliche Instinkte hat oder nicht, weiß man erst, wenn man ein Kind hat, das sie auslöst. Ich habe viele meiner Kolleginnen gesehen, Frauen mit exzellenten Berufsaussichten, die geheiratet haben. Dann wollen die Burschen Kinder; also kriegen sie sie. Sie müssen aufhören zu arbeiten, um die Bälger großzuziehen, und wenn sie dann wieder in den Beruf zurück wollen, dann haben sie fünfzehn oder zwanzig Jahre verloren, die sie nie wieder aufholen können.«

»Ach, hör mir doch damit auf! Seit wir die Langlebigkeitspille haben, kann das doch nicht mehr ein so gewichtiger Faktor sein, wie er es früher einmal war.«

»Doch, ist er aber; ich habe solche Fälle oft genug gesehen. Und irgendwann lassen diese Frauen dann entweder ihren Frust an der Familie aus und werden zu wehleidigen Quengelgurken, die allen auf den Nerv gehen, oder sie drehen durch und reißen aus; oder aber der Mann sagt eines Tages: Leb wohl, meine Teure, ich habe beschlossen, dich gegen ein neueres Modell einzutauschen. Nicht mit mir!

Aber um noch mal auf deinen Vorschlag zurückzukommen: Du hast ganz recht. Du behältst mein schmähliches kleines Geheimnis für dich, und ich deines.«

»Und du wirst doch nichts von mir und Ovanel in den Artikeln und Büchern erwähnen, die du schreiben willst, oder?« fragte Mjipa mit einer Spur Besorgnis in der Stimme.

»Natürlich nicht. Aber jetzt möchte ich unbedingt erst mal ins Badehaus gehen. Ich kann es gar nicht erwarten, diese klebrige Farbe vom Körper zu schrubben. Es war die Idee der Haremswächter. Sie wollten, daß ich so schön aussehe wie Sivandi in der Legende.«

Mjipa lieferte Alicia am Badehaus ab, das als solches gekennzeichnet war durch die große Muschelschale über der Eingangstür. Er bezahlte ihr Eintrittsgeld und ging zurück zum Gasthof. Als er die Treppe hochstieg, kam Minyev aus dem Raum gestürzt, wild winkend. Als sie allein waren, sagte der Kalwmianer: »Herr, Ihr seid in schrecklicher Gefahr! Wir müssen fliehen!«

»Hä? Was ist denn jetzt schon wieder passiert?«

»Während Ihr im Palast weiltet, war ich unten im Schankraum und labte mich mit dem Wirt an einer Flasche Falat-Wein. Da kam eine Schar grober Gesellen herein und frug, ob wir von einem Terranerpaar wüßten, einer klein und gelbhäutig, der andere groß und schwarz wie der Rauch des Hishkak. Thathord, der Wirt, öffnete schon den Mund, um zu antworten, doch da fuhr ich sogleich beherzt dazwischen und sagte, keiner von uns beiden wäre solcher scheußlichen fremdländischen Wesen ansichtig geworden. Thathord ist kein Tropf, und so hielt er den Mund, während die Kerle herumschnüffelten und schworen, sie könnten die Ausdünstungen der Terraner geradezu wittern. Doch schließlich gingen sie wieder fort.

Nun, diese Grobiane sprachen Khaldoni mit zhamanakianischem Akzent. Was denkt Ihr? Daß Heshvavu Khorosh sie geschickt hat, die Schmach zu rächen, die Ihr ihm zugefügt?«

»Ich glaube, du hast recht. Meister Thathord wird eine Belohnung für sein Stillschweigen erwarten. Pack deine Sachen und hilf mir beim Packen der unsrigen; wir holen die Dame am Badehaus ab.«

Als Mjipa ihre Rechnung bezahlt und dem Wirt ein großzügiges Trinkgeld überreicht hatte, gingen sie, ihre gesattelten Ayas am Zügel führend, die Straße hinunter bis zum Badehaus. Mjipa ärgerte sich, daß er nicht eher an das gedacht hatte, was er einmal, vor langer Zeit, in einem WF-Bericht gelesen hatte: daß nämlich die Krishnaner, die in der Nähe des Äquators beheimatet waren, wie zum Beispiel die Khaldoni-Nationen, nicht nur größere Geruchsantennen besaßen als die weiter nördlich oder südlich lebenden, sondern auch empfindlichere. Von daher würde es schwierig werden, diese humanoiden Bluthunde, waren sie erst einmal auf seiner Fährte, wieder abzuschütteln.

Vor dem Badehaus stand eine große Reklametafel, deren Aufschrift Minyev ihm vorlas: ECHTE SEIFE AUS DEN TERPAHLAWERKEN IN DER BANJAO – HIER ERHÄLTLICH. Vor nicht allzulanger Zeit hatte der Interplanetarische Rat die Technologieblockade dahingehend gelockert, daß den Krishnanern die zur Herstellung von Seife erforderlichen Kenntnisse zugänglich gemacht werden konnten. Nach der Niederwerfung der Piraten des Sunqar (der riesigen zusammenhängenden Fläche aus treibendem Terpahla-Tang in der Banjao) und dem damit verbundenen Ende der dort konzentrierten Drogenherstellung hatte ein Terraner namens Barnevelt eine Seifenfabrik in den verlassenen Piratenschiffen des Sunqar errichtet. Die Kenntnis von Seife begann gerade erst, sich in den Nationen rings um die Drei Meere zu verbreiten.

Mjipa bahnte sich seinen Weg um Schwimmbecken und Badezuber, in denen Mutabwkianer schwammen, planschten, sich einseiften, abschrubbten, abtrockneten, Spiele spielten und sich ihre Körperbemalung erneuern ließen. Als er gerade an einem Schwimmbecken vorbeiging, kam eine Krishnanerfrau lachend und quiekend um die Ecke gerannt, verfolgt von einem Mann, der offenbar die Absicht hatte, sie naßzuspritzen. Sie rannte voll gegen Mjipa, der mit einem mächtigen Platsch und in voller Montur im Schwimmbekken landete.

Als er prustend auftauchte, begannen die anderen Krishnaner in dem Becken, die glaubten, der Terraner wolle mit ihnen spielen, ihn zu bespritzen. Er ignorierte den Schabernack so gut er konnte und stieg an der flachen Nichtschwimmerseite des Beckens wieder hinaus, um weiter nach Alicia zu suchen. Er fand sie, wie sie sich gerade mit dem Handtuch trockenrieb. Als sie den tropfnassen Konsul vor sich auftauchen sah, rief sie lachend:

»Hallo, Percy! Hast du vergessen, dich vor dem Baden auszuziehen?«

»Wir haben jetzt keine Zeit für Scherze. Beeil dich, wir müssen sofort hier weg! Zieh deine Kleider nicht an; das ist weniger auffällig.«

»Was ist denn passiert?« fragte sie, während sie sich einen Arm abtrocknete.

»Das erkläre ich dir später. Jetzt mach endlich zu, verdammt!«

»Ich tue gar nichts, wenn du mir nicht endlich erklärst, was hier eigentlich gespielt wird! Ich habe ein Recht zu erfahren ...«

»Verdammt noch mal, wenn du jetzt nicht endlich kommst, dann schleife ich dich an den Haaren mit! Es geht hier um Leben und Tod!«

Angesichts seiner drohenden Miene raffte Alicia mit ängstlichem Blick ihre Sachen auf und folgte ihm, immer noch tropfend, aus dem Badehaus. Als sie die gesattelten und bepackten Ayas sah, rief sie verdutzt: »Was zum Teufel ...«

»Aufsitzen!« raunzte Mjipa. »Und zwar hurtig, sonst haue ich dir was auf deinen hübschen kleinen rosigen Hintern!«

Während sie zum Kalwm-Tor ritten, löcherte Alicia Mjipa mit Fragen: »Was ist eigentlich los? Was ist das für eine Gefahr, von der du da redest? Ist was passiert? Wie bist du so naß geworden?«

Der Konsul schwieg sich aus, bis sie außerhalb der Stadtmauern waren. Dann sagte Alicia: »Laß mich wenigstens so lange anhalten, daß ich mir was anziehen kann. Du willst doch nicht, daß ich mir den Hintern wieder bis aufs rohe Fleisch wundreite.«

»Meinetwegen«, brummte Mjipa. Während sie sich anzog, berichtete er ihr vom Auftauchen des Rollkommandos aus Zhamanak, das die Stadt nach ihnen absuchte. »Wie ich diese Eingeborenen kenne, hat Khorosh sie mit der Order losgeschickt, ihm unsere Köpfe zu bringen, ohne den Rest von uns. Verstehst du jetzt, warum ich mich in dem Badehaus nicht erst noch groß aufhalten wollte? Es ist schon schlimm genug, wenn du deinen eigenen Hals riskierst, indem du nach jedem zweiten Schritt anhältst, um mit mir herumzuargumentieren. Aber du brauchst nicht meinen auch noch zu riskieren.«

»Was erwartest du?« brauste sie auf. »Du kommst da hereingeplatzt und blaffst mich an, als ob ich eine von diesen armen geschwänzten Sklavinnen wäre. Dabei hättest du mich lediglich höflich zu bitten brauchen, und ich wäre sofort mitgekommen. Du bist mir schon ein toller Diplomat!«

»Verdammt noch mal, Frau, es gibt Momente, da gibt es wichtigere Dinge als feine Manieren ...«

Das Gezänk ging in diesem Stil noch eine Viertelstunde weiter, bis Mjipa schließlich sagte: »*Tais-toi! Il ne faut pas chicaner en anglais, parce que notre bonhomme-là le comprend un peu.*«

Davor gewarnt, vor Minyev auf englisch zu zanken, verstummte Alicia. Die beiden sprachen den ganzen Tag kein Wort mehr miteinander.

Sie ritten die halbe Nacht durch. Als sie endlich das Lager für die Nacht aufschlugen, teilte Mjipa Wachen ein. Er selbst übernahm die erste Wache. Alicia hatte die letzte. Als Mjipa aufwachte, war es bereits heller Tag. Hinter den verkohlten Überresten des Feuers hockte Alicia über einem ihrer Notizbücher und schrieb wie eine Wilde. Als sie merkte, daß Mjipa sich regte, schaute sie auf und sagte:

»Hallo, Percy! Tut mir leid, aber ich kann nicht beim Frühstückmachen mithelfen. Ich muß jede freie Minute nutzen, das Zeug zu übertragen, bevor die Tinte verblaßt. Wenn du meinst, daß ich kein Frühstück verdient hätte, dann brauchst du mir ja keins zu geben; das hier ist wichtiger.«

»Unsinn!« brummte Mjipa. »Du weißt genau, daß wir dich schon nicht verhungern lassen. Aber jetzt verstehe ich, warum die Männer alle vor dir Reißaus nehmen. Jemand, der so in seiner Wissenschaft aufgeht wie du, kann ja gar keinen Platz mehr haben für die sanfteren Gefühle.«

Mit einem sanften Lächeln, das nicht frei war von einem leisen Hauch Melancholie, erwiderte sie: »Ich weiß nicht, ob ich das als Kompliment oder als Vorwurf auffassen soll.« Dann wandte sie sich wieder ihren Aufzeichnungen zu.

Der diensthabende Offizier an der kalwmianischen Grenze war kein anderer als Leutnant Spisov. Als er Mjipa sah, rief er aus: »Schon wieder Ihr!«

»Ja, ich bin's«, sagte Mjipa und ließ grinsend die weißen Zähne aufblitzen. »Hier sind die Papiere. Und dann möchte ich gern eine wichtige Botschaft an Eure Regierung schikken.«

Nach einer kurzen Unterredung zwischen den Offizieren sagte einer von ihnen: »Meister Mjipa, wir werden dafür Sorge tragen, daß Eure Botschaft mit dem nächsten Fünfnacht-Bericht in die Hauptstadt geht. Habt Ihr sie schon geschrieben?«

»Nein. Ich kann leider kein Khaldoni schreiben. Kann das jemand von euch für mich machen?«

»Sicher«, sagte der Offizier. »Spisov! Hol Papier und Stift!«

»Wieso immer ich?« brummelte Spisov mürrisch und trollte sich, die gewünschten Gegenstände zu holen. Als er zurückkehrte, diktierte Mjipa:

ICH BEEHRE MICH, EURER GRANDIOSITÄT KUNDZUTUN, DASS DER HESHVAVU KHOROSH EINE BANDE VON MÖRDERN NACH YEIN GESANDT HAT, MICH UND MEISTRIN DYCKMAN ZU TÖTEN. WIR FLOHEN DIE STADT, DOCH BIN ICH DER AUFFASSUNG, DASS EIN SOLCH GROBER VERSTOSS GEGEN DIE INTERNATIONALEN BEZIEHUNGEN EURER GRANDIOSITÄT ZUR KENNTNIS GEBRACHT WERDEN SOLLTE. PERCY MJIPA, TERRANISCHER KONSUL.

Als die Botschaft fertig geschrieben war, wandte sich Mjipa an Alicia und sagte: »Es wird wahrscheinlich nicht viel nützen, aber wir wollen diesen Halsabschneidern so viele Steine wie möglich in den Weg legen.«

Hatte Mjipa für den Hinweg von Kalwm bis zur Grenze neun Tage gebraucht, so schaffte er den Rückweg diesmal in acht Tagen. Die Reise ging rascher – wenn auch weniger bequem als auf dem Hinweg – vonstatten, weil eine kleine Gruppe weniger Zeit mit dem morgendlichen Aufbruch und anderen Dingen, wie Diskussionen über den richtigen

Standort des Lagers oder darüber, wer was tragen soll und so weiter, vergeudet als eine größere.

Am Nachmittag des achten Tages war der Himmel bedeckt, und es nieselte, ganz wie an dem Tag, an dem Mjipa die Stadt zum ersten Mal gesehen hatte. Er und seine zwei Begleiter sahen aus wie Überlebende einer Naturkatastrophe.

Mjipa und Minyev trugen ihre kalwmianischen Kilts; Alicia ihren Khakidreß. Sie waren jedoch so dick mit Staub und Dreck überkrustet, daß ein Betrachter Mühe gehabt hätte zu sagen, wo der Stoff aufhörte und die Haut anfing. Der Dreck nivellierte auch den Farbunterschied zwischen Alicia und Mjipa zu einem lehmfarbenen Einheitsgraubraun; nur noch leichte Nuancen in der Tönung hätten dem geschulten Auge verraten, wer der Weiße war und wer der Schwarze. Dazu kamen die Rinnen, die der stetige Regen in ihre Schmutzschicht gewaschen hatte, was einen reizvollen Zebra-Effekt bewirkte.

Unter der Schmutzkruste sahen sie allesamt hohlwangig, müde und erschöpft aus. Sie waren von tropischen Regengüssen geduscht worden, von der tropischen Sonne gegart und zerstochen und zerbissen von krishnanischen Arthropoden, von denen einige terranisches Blut genauso schmackhaft zu finden schienen wie ihre irdischen Insektenkollegen. Da sie bei ihrem überstürzten Aufbruch von Yein keine Zeit mehr gehabt hatten, Vorräte zu beschaffen, war ihnen unterwegs der Proviant ausgegangen, und sie waren während der letzten zwei Tage mit leerem Magen geritten. Ihre Laune, schon zu gemütlicheren Zeiten nicht gerade als phlegmatisch zu bezeichnen, war gereizter denn je.

Einer der schlimmsten Kräche zwischen den beiden Terranern war ausgebrochen anläßlich einer Flußüberquerung, als das Mädchen Rast machen und ein Bad nehmen wollte. Mjipa hatte dagegen Einspruch erhoben mit der Begründung, daß einige dieser Flüsse von gefährlichen Tieren bewohnt waren, vergleichbar mit den Krokodilen und Piranhas der Erde. Er hatte es daher strikt abgelehnt, das Risiko eines Bades einzugehen, ohne genauere Kenntnisse von der einheimischen Frischwasserfauna zu haben.

Vuzhovs Turm ragte aus dem Dunst, hoch über der Stadtmauer. Mjipa sagte mit einem Stirnrunzeln: »Beim Jupiter, ich glaube, die haben inzwischen noch ein Stockwerk draufgesetzt! Zeit, daß der liebe Gott reingeht und eine Sprachverwirrung stiftet, so wie in der Bibel.«

»Percy, du glaubst doch nicht wirklich ...«

»Großer Gott, nein! In Oxford erzählten sie mir, daß der Turm von Babel bloß die Zikkurat von Babylon gewesen wäre.«

»Und gegen diesen beknackten König und sein abgewracktes Regime sollte irgend jemand bald mal eine Revolution anstiften«, sagte Alicia. »Ich würd's gern drauf ankommen lassen ...«

»Jetzt hör aber mal! du hast das schon mal versucht und bist dafür aus dem Land rausgeworfen worden. Beim zweiten Versuch könnte das Resultat schmerzhafter für dich sein.«

»Ich habe ein Recht darauf, Fakten Fakten zu nennen ...«

»Und dich dafür umbringen zu lassen? Nicht, solange du mit mir zusammen bist, Mädel! Vergiß nicht, wir haben eine Killerhorde von Khorosh im Nacken. Und wenn du dich hier unbeliebt machst, dann, glaub mir, würden Vuzhovs Leute nichts lieber tun als dich an diesen Trupp ausliefern; auf diese Weise hätten sie's dir heimgezahlt und sich gleichzeitig elegant aus der Affäre gezogen ...«

»Unbeliebt, sagst du? Sag mal, Percy Mjipa, warum hast du dir dann eigentlich die Mühe gemacht, hinter mir herzukommen? Das einzige, worüber du dir den Kopf zerbrichst, sind deine verdammten Bürokratenvorschriften ...«

Bis sie das mutabwkianische Tor erreicht hatten, war der Streit schon zu einem grimmigen Schweigen abgeebbt. Der Befehlshaber der Grenzwache warf einen Blick auf Mjipas Papiere und sagte: »Willkommen, Meister Mjipa! Es schwirren Gerüchte durch die Stadt von einem Zwist zwischen Euch und dem mächtigen Herrn von Zhamanak – und nicht zwei Versionen, die sich gleichen. Könnt Ihr mir sagen, was sich in Wahrheit zugetragen hat, Herr?«

»Nichts von Bedeutung. Er und ich hatten lediglich eine kleine Auseinandersetzung in einer unbedeutenden Streitfrage, weshalb unser Abschied etwas weniger freundlich war, als es gemeinhin der Brauch ist.«

Sie ritten in die Stadt. Mjipa steuerte Irants' Gasthof an, wo er schon auf der Hinreise abgestiegen war. Als er mit seinen Gefährten den Schankraum betrat, schaute Irants von seinem Kissen auf und sagte barsch: »Packt euch hinaus, Lumpenkerle! Bettler und Vagabunden sind hier nicht erwünscht! ... Oh, Ihr seid's, Meister Mjipa! Phaighost steh mir bei, aber Ihr erschreckt mich fürchterlich, schaut Ihr doch aus wie ein Geist aus der Vergangenheit. Was widerfuhr Euch, daß Ihr gar so schauerlich erscheint? Was wünscht Ihr? Eine Kammer? Könnt Ihr auch noch zahlen?«

»Ich kann bezahlen«, erwiderte Mjipa genervt. »Ich möchte zwei Zimmer, eines mit einem Bett, das andere mit deren zwei.«

Mjipa gab Alicia das Einzelzimmer. Als sie ihre Sachen untergebracht hatte, sagte sie: »Percy, ich möchte den Wirt interviewen. Ich bin sicher, daß ich ein paar aufschlußreiche Daten über die Ökonomie des krishnanischen Gasthaus- und Hotelwesens kriegen könnte.«

»Besser nicht. Eine der Bedingungen, unter denen sie mich durchgelassen haben, war die, daß ich dich, falls ich mit dir zurückkehren würde, unter Verschluß halte, solange wir uns auf kalwmianischem Territorium befinden. Das bedeutet: keine Interviews.«

»Aber das ist ja schrecklich! Ich habe hier ein unbeackertes Feld vor mir – anthropologisch gesehen –, und ich darf nicht mal eine winzige Frage stellen! Ich komme vielleicht nie wieder hierher!«

»Die Burschen haben Angst, daß du ihnen einen Floh ins Ohr setzt von wegen der Form des Planeten.« Mjipa sah an Alicias Gesichtsausdruck, daß sie kurz davor war, einen ihrer Wutausbrüche zu kriegen. »Nun beruhig dich schon, meine Liebe! Ich mag diese Restriktionen genausowenig wie du, aber wenn wir den Kopf bis Novo auf den Schultern behalten wollen, dann täten wir wahrlich gut daran, sie zu beachten.

Ich bestelle uns jetzt unser Abendessen bei Irants. Ich weiß nicht, wieviel Hunger du hast, aber ich könnte für drei essen. Inzwischen könnten wir alle drei zusammen ins Badehaus gehen; es gibt eins in der Nähe, nur ein Stück die Straße hinunter. Nach dem Essen werden wir zu müde sein, um noch irgendwas anderes zu tun außer zu schlafen, obwohl es noch hell sein wird.«

Am nächsten Morgen verschlief Alicia. Mjipa frühstückte mit Minyev in Irants' Schankraum. Als sie fertig waren, sagte Mjipa zu seinem Faktotum:

»Minyev, ich möchte die Abfahrtstermine der nächsten Schiffe nach Shaf, Jazmurian oder Majbur wissen. Shaf liegt am Ende der Bahnlinie; wir könnten also von dort aus nach Majbur weiter.« (Eine krishnanische Bahnlinie bestand aus einem hölzernen Gleis, auf dem zahme Bishtare Züge aus kleinen hölzernen Waggons zogen.) »Aber einer der beiden anderen Häfen wäre ebenso gut. Kannst du das erledigen?«

»Ja, Herr.«

»Dann mach zu. Aber erkundige dich, ob das Schiff auch Quartiere für uns drei hat, und wenn ja, reservier uns welche.«

Minyev verschwand. Ein paar ortsansässige Frühstücksgäste waren ebenfalls fertig und gingen, so daß Mjipa allein im Schankraum saß. Irants kam herüber und setzte sich zu ihm an den Tisch.

»Herr, erzählt mir ein wenig von den Terranern. Ist es bei der Art, welchselbiger Ihr entstammt, üblich, daß die Männer groß und schwarz sind, wohingegen die Frauen von mittlerer Größe, bleicher Haut und gelbem Haupthaar sind?«

»Nein. Meistrin Dyckman und ich stammen aus verschiedenen Teilen unserer Welt. Daher die rassischen Unterschiede zwischen uns.«

Irants verdaute diese Information. Dann fuhr er fort: »Dann noch etwas, Herr, wenn ich mir erlauben darf, über solche vertraulichen Dinge zu sprechen: Ich kam nicht umhin zu beobachten, daß Ihr die Frau in die Einzelkammer sandtet, während Ihr und Minyev die Doppelkammer bezogt. Bei uns schlafen ein Mann und seine Gefährtin im selben Quartier. Oder könnte es sein, daß Ihr an dem leidet, das wir den Fluch der Götter nennen, daß Ihr nicht wisset, welchem Geschlecht Ihr angehört?«

Mjipa spürte eine vorübergehende Woge der Wut in sich aufsteigen, aber dann mußte er doch lachen. »Nein, mein Freund, da liegt Ihr falsch. Erstens verspüre ich keinen Drang zum gleichen Geschlecht; schon der Gedanke erfüllt mich mit Widerwillen. Und zweitens ist Meistrin Dyckman nicht meine Gefährtin oder überhaupt irgend jemandes Gefährtin, sondern eine gelehrte Dame von Ansehen und Autorität in ihrer eigenen Welt. Ich bin nur ihr Führer und Helfer – ah, da bist du ja, Lish! Ich dachte schon, du würdest den ganzen Vormittag verschlafen. Ich habe Meister Irants gerade von ein paar irrigen Vorstellungen befreit – ich erzähl's dir später. Was hältst du davon, wenn wir, solange Minyev unterwegs ist und uns ein Schiff sucht, mal einen Blick auf Vuzhovs Turm werfen, ich meine, falls du Lust dazu hast? Du könntest vielleicht einen Artikel darüber schreiben.«

Der Himmel war ausnahmsweise einmal klar. Vuzhovs Turm erhob sich am westlichen Ende der Stadt Kalwm, im Zentrum eines unbebauten Gebiets. Als Mjipa, der den Turm bei seinen vorausgegangenen Besuchen besichtigt hatte, und Alicia aus den engen Straßen auf diesen riesigen Vorplatz traten, merkte Alicia sofort mit fachmännischer Miene an, daß an dieser Stelle vormals die Behausungen der Armen der Stadt gestanden haben mußten. Sie deutete auf die Mauerreste zwischen den Schutthalden.

»Man kann noch deutlich die Grundrisse der Häuser erkennen«, erklärte sie. »Winzige Hütten aus Lehmziegeln. Ich wette, der Heshvavu hat kurzerhand verfügt, daß die Häuser abgerissen werden müßten, und dann sind seine Leute hingegangen und haben den Bewohnern Dampf gemacht, daß sie schnell verschwinden sollen. Dann haben sie die Häuser einfach umgeworfen und den Schutt weggeräumt. Aber sie sind nicht ganz fertig geworden; du kannst die Spuren ihres Treibens noch sehen. Glaubst du, daß sie den Enteigneten eine Entschädigung gezahlt haben?«

»Ich weiß nicht«, antwortete Mjipa mit einem Achselzucken. »Ein paar der weiter entwickelten Staaten, wie zum Beispiel Zamba, hätten das vielleicht gemacht, aber ich bezweifle, ob die Burschen hier überhaupt auf so eine Idee kämen. Aber schließlich haben wir auf der Erde hochentwickelte Staaten, die auch das Eigentum von jedem, dessen Nase ihnen nicht paßt, einfach konfiszieren.«

Sie schlenderten über den Vorplatz, mehrmals Schutthaufen ausweichend. Rings um den Turm herum war der Boden sorgfältig geräumt und geglättet. Ein Gleis der muskelgetriebenen Straßenbahn verlief schlaufenförmig um den Turm herum. Eine kleine Schar von Krishnanern stand vor dem Bauwerk und reckte die Köpfe nach oben. Ihrem Aussehen nach schloß Mjipa, daß es hauptsächlich Besucher aus anderen Teilen Kalwms und aus den anderen Khaldoni-Reichen waren.

Die Geräusche von Bauarbeiten schollen von oben herunter, und man konnte winzige Gestalten sehen, die sich auf der Spitze des Turms bewegten. Unten karrten Bauarbeiter große Haufen von rotbraunen Ziegeln in kleinen Handkarren heran. Andere schichteten diese Ziegel in zwei große Körbe, die an Seilen befestigt waren.

Mjipa folgte den Seilen nach oben, die Augen mit den Händen gegen die Mittagssonne abschirmend. Dort ragten, dicht unterhalb des oberen Randes, zwei Träger aus dem Gemäuer, an denen Rollen befestigt waren, über die die Zugseile liefen. Während Mjipa noch schaute, schrie einer von der Bodenmannschaft ein Kommando. Zwei seiner Leute begannen an Kurbeln zu drehen, und der Korb stieg langsam hoch, während sich das andere Ende des Seils auf eine große Spule wickelte, die durch ein Zahngetriebe mit der Kurbel verbunden war. Als der Korb oben ankam, sicherte einer der Kurbelmänner seine Kurbel mit einer Lederschlaufe.

»Glaubst du, sie lassen uns rein, wenn wir nur wichtigtuerisch genug auftreten?« fragte Alicia.

»Versuchen können wir's ja.« Mjipa näherte sich dem monumentalen Eingangstor des Turms, vor dem zwei von Vuzhovs vergoldeten Gardisten Posten standen. Die schweren Flügel des Tores, aus dicken, von Bronzebändern zusammengehaltenen Holzbalken bestehend, standen offen. Arbeiter gingen ein und aus.

»Guten Morgen«, sagte Mjipa zu einem der Posten. »Wir sind Terraner aus Novorecife. Können wir mit dem Baumeister sprechen?« Der Posten ging hinein und kam gleich darauf mit einem ältlichen kleinen Krishnaner in einem schwarzen Kilt heraus, der sich vorstellte: »Chefingenieur Arraj, zu Euren Diensten!«

Mjipa stellte sich und Alicia förmlich vor und sagte dann: »Da wir viel von den Wundern dieses Turmes gehört haben, wären wir Euch sehr verbunden, wenn Ihr uns gestattetet, das Bauwerk und die Details seiner Konstruktion einmal aus nächster Nähe zu betrachten.«

»Aber gewiß, meine lieben Terraner! Mit größter Freude! 's wird mir ein großes Vergnügen und eine hohe Ehre sein, euch persönlich zu führen. Wir hören so viele Gerüchte über das gewaltige Vermögen, das die Terraner in solchen Dingen haben, daß ich euch gern demonstrieren möchte, daß auch wir Khaldonier Großtaten in der Baukunst zu vollbringen imstande sind. Folgt mir bitte.«

Sie folgten dem freundlichen Baumeister in das Bauwerk. Im Innern, das vollgestellt war mit Baumaterialien, erhob sich eine große Wendeltreppe, die sich in unzähligen Windungen entlang der Innenwand nach oben schraubte. Im

Abstand von je fünf oder sechs Metern mündete die Treppe auf eine breite, der Wölbung der Innenwand folgende Galerie. Fenster auf jedem Absatz sorgten dafür, daß ausreichend Licht hereinfiel.

Ihr Gastgeber ratterte weiter: »Da Kalwm über nur wenig guten Stein verfügt, ist es doch im wesentlichen Flachland aus Alluvialschlamm, ist Stein sehr kostspielig. Daher besteht der Großteil des Bauwerks aus Ziegel. Für das Fundament und die unterste Schicht verwendete ich Stein, ungeachtet der gewaltigen Kosten, um dem daraufliegenden unermeßlichen Gewicht zu trotzen. Für den Rest, die äußerste Schicht und die nächstinnere, verwendete ich dann gebrannte Ziegel – gebrannt deshalb, damit das Regenwasser sie nicht aufweicht und so mit den Jahren den Turm zum Einsturz bringt.«

»Warum nicht alles mit gebrannten Ziegeln?« fragte Mjipa.

»Nun, Herr, nicht einmal der Reichtum des Dákhaq würde reichen, den Brennstoff zu bezahlen, den ein solches Backen verschlänge. Möchtet ihr nun einmal den schönsten Ausblick über die Stadt Kalwm genießen, den das Leben bietet? 's ist, das kann ich euch versichern, ein anstrengender und beschwerlicher Aufstieg.«

Mjipa wandte sich an seine Begleiterin. »Wie steht's mit deinem Herzen, Lish? Ich möchte nicht, daß du mir auf halbem Wege mit einem Kreislaufkollaps aus den Latschen kippst.«

»Mein Kreislauf ist schon okay. Ich war mal Uni-Meister im Tennis.« Als sie sich an den Aufstieg machten, sagte sie zu dem Baumeister: »Guter Meister Arraj, sagt, wann glaubt Ihr, daß Ihr den Hi ... autsch!«

Mjipa hatte ihr in den Arm gekniffen. Er sagte auf englisch: »Du wolltest ihn gerade fragen, wann er erwartet, den Himmel erreicht zu haben, nicht wahr?«

»Und wenn? Das tat weh!«

»Habe ich dir nicht gesagt, du sollst dich nicht mit den Eingeborenen unterhalten? Ich habe der Regierung versprochen, daß du es nicht tust, aber kaum sind wir hier, fängst du gleich wieder damit an! Das nächste wäre dann eine Diskussion über die Form des Planeten. Willst du uns ins Grab bringen? Verdammt noch mal, vergiß, daß du überhaupt ein Wort Khaldoni sprichst! Wenn du was zu sagen hast, dann sag's mir, und ich übersetze es dann.«

Wenn Augen wirklich Funken sprühen könnten, dachte Mjipa, dann würden die von Alicia das jetzt tun. Aber sie preßte die Lippen zu einem Strich zusammen und schwieg fortan.

Sie erreichten die dritte Galerie. Während er verschnaufte, öffnete Mjipa die Tür einer Kammer, die in die meterdicke Turmwand gebaut war. Die Kammer war leer und ohne irgendwelches Mobiliar, bis auf eine Reihe von Pflökken, die aus der Wand ragten. »Was ist das, Meister Arraj?«

»Bloß eine Kammer zur Aufbewahrung von Werkzeugen. Auf jedem Stockwerk ist eine solche. Die Werkzeuge sind zum fünften Stock hinaufgebracht worden. Ihr werdet bemerken, daß wir nur jeden fünften Stock mit einem Fußboden versehen, um Gewicht zu sparen.«

Schließlich erreichten sie den fünften Stock, der im Gegensatz zu den darunterliegenden mit einem durchgehenden Boden versehen war. Das Stockwerk war zum Himmel hin offen. Hier oben herrschte emsiges Treiben. Die Luft war erfüllt von Baustellenlärm. Arbeiter hämmerten und sägten, schleppten Gerüste hin und her, mischten Mörtel in großen Trögen, setzten Ziegel und riefen Anweisungen hin und her. Arraj winkte die beiden zu einem Fenster. Dann sagte er mit erhobener Stimme, um den Lärm zu übertönen: »Hier, meine Dame und mein Herr, ist eure Aussicht!«

Mjipa ließ seinen Blick über das Meer von rotgedeckten Dächern schweifen. Nachdem er mehrere Minuten vergeblich versucht hatte, das Dach von Irants' Gasthof zu finden, gab er es auf. Er dankte Arraj überschwenglich für die Führung, und dann stiegen er und Alicia wieder hinunter. Mit der muskelgetriebenen Straßenbahn fuhren sie zurück zum Gasthof. Minyev erwartete sie schon im Schankraum.

»Herr!« begrüßte er Mjipa. »Ich habe drei Kojen auf der *Tarvezid* gebucht, welche in sieben Tagen nach Majbur ausläuft.«

Mjipa runzelte die Stirn. »Gab es kein Schiff, das früher ausläuft?«

»Nein, Herr. Das nächste war ein Schiff nach Jazmurian, doch segelt dies erst eine Fünfnacht später. Ich hoffe, Herr, Ihr werdet zufrieden sein.«

»Das werde ich sicherlich; dennoch werde ich morgen zum Hafen fahren und mir das Schiff noch einmal genau ansehen.«

»Wenn es Euren Ansprüchen nicht genügt, werdet Ihr dann die Abreise vielleicht verschieben?«

»Das weiß ich noch nicht. Warum fragst du?«

»Weil, mit Verlaub, Eure Herrschaft, die Hinrichtung des Ketzers Isayin auf zwei Tage nach der Abfahrt der *Tarvezid* festgesetzt worden ist. 's wär gewiß ein Spektakel, das es sich anzuschauen lohnt.«

Mjipa knurrte unbehaglich. Während des vergangenen Monats hatten andere Gedanken das Schicksal Doktor Isayins aus seinem Kopf verdrängt. Doch jetzt, da er plötzlich und unvorbereitet mit dem Thema konfrontiert wurde, brandeten Schuldgefühle in ihm hoch, weil er mitgeholfen hatte, den Gelehrten auf den Richtblock zu bringen – obwohl, so versuchte er sich vor sich selbst zu rechtfertigen, was hätte er anderes tun sollen? Schließlich fragte er:

»Wo wird Isayin gefangen gehalten?«

»Im Alten Gefängnis, glaube ich, Herr.«

»Ist das ein Teil des Palasts?«

»Nein, Herr; 's ist westlich vom Palast gelegen, nahe bei der Uferstraße. Wenn Ihr es sehen wollt, führe ich Euch gleich morgen früh dorthin.«

»Ich überlege mir das noch, Minyev. Wann gibt es Essen?«

»Gleich, Herr. Würde es Euch etwas ausmachen, wenn ich mit Irants darüber spreche?«

Bevor Mjipa antworten konnte, flog die Eingangstür auf, und hereinmarschiert kam eine Abteilung von Vuzhovs

Soldaten, in vollem Goldputz. »Vorhang hoch, es treten auf die ersten Mörder«, murmelte Mjipa.

Der Offizier ging geradewegs auf Mjipa zu, knallte die vergoldeten Sandalen zusammen und sagte: »Peh-sie Um-jie-pah, Ihr seid zum Palast zitiert, Euch einem Rechtsprozeß zu stellen. Ihr auch, A-lieh-schah Dah-ik-man. Kommt!«

Umringt von kalwmianischen Soldaten, wurden Percy Mjipa und Alicia hinaus- und die Straße hinunter eskortiert. Minyev hatte es irgendwie hingekriegt, sich wie durch Zauberei in Luft aufzulösen, als die Soldaten auf der Bildfläche auftauchten. Mjipa versuchte, dem Offizier einc Information zu entlocken, aber der ließ ihn barsch abblitzen.

Sie wurden in Chanapars Büro gebracht. Der Minister empfing sie mit den Worten: »Ah, Meister Mjipa und Meistrin Dyckman! So erfreut ich auch bin, euch beide wiederzusehen, so sehr bedaure ich, daß dies unter solch unangenehmen Umständen geschieht.«

Mjipa: »Es scheint mir, Eure Hoheit, daß ich bald den größten Teil des verstrichenen Monats damit verbracht habe, unter falschen Beschuldigungen festgenommen zu werden. Was ist es diesmal?«

»Es ist kein Verstoß gegen unsere kalwmianischen Gesetze, welcher Euch diesmal hierher führt, sondern ein Ersuchen vom Heshvavu Khorosh um Eure Auslieferung, auf daß Ihr Euch in seiner eigenen Domäne vor Gericht verantwortet.« Der Minister winkte einem Krishnaner, der eine Papierrolle in der Hand hielt. »Lest, Meister Verar!«

Der Khaldonier, an seiner vollkommenen Nacktheit und seiner Körperbemalung als Zhamanakianer zu erkennen, entrollte die Schriftrolle und las: »In Anbetracht dessen, daß zwei Fremdlinge von der angeblichen Welt Terra, mit Namen Pah-sieh Hum-jie-pah und Ah-lie-schah Dik-man, während sie als Gäste am Hofe des Heshvavu Khorosh weilten, sich verschworen, Hand an seine geheiligte Person zu legen und besagten Heshvavu – möge er für immer leben! – ergriffen, entführten und mit Gewalt verschleppten, um ihn viele Regakit von der Stadt Mejvorosh entfernt auszusetzen, rufen wir unseren Amtsbruder, den Heshvavu von Kalwm, an, uns diese unmenschlichen Kreaturen auszuliefern, auf daß sie sich vor Gericht der Anklagen wegen Majestätsbeleidigung, Nötigung, erpresserischen Überfalls, Geiselnahme und Entführung stellen ...«

Es folgte eine Reihe von Gesetzen, Bestimmungen und Präzedenzurteilen; aber der einleitende Abschnitt enthielt den wesentlichen Kern. Als der Gesandte zu Ende gelesen hatte, sagte Chanapar: »Nun, was habt Ihr gegen diese Beschuldigungen vorzubringen, Meister Mjipa?«

»Erstens, daß wir nicht Gäste des Heshvavu waren, sondern Gefangene. Und zwar ließ er uns nicht etwa festnehmen, weil wir gegen irgendwelche Gesetze verstoßen haben, sondern er sperrte uns willkürlich ein, um uns für ein bizarres Experiment als Versuchsobjekte zu mißbrauchen.

Zum zweiten: Es ist richtig, daß wir Hand an seine heilige Person legten, aber nur, weil dies die einzige Möglichkeit war, unsere Freiheit wiederzuerringen, welcher er uns in flagranter Verletzung aller zivilisierten Bräuche und der diplomatischen Immunität beraubt hatte. Wir nahmen ihn mit uns aus der Stadt und ließen ihn dann laufen. Er sollte uns dankbar sein; hätten wir ihm übel gewollt, so hätten wir ihn ohne weiteres töten können.«

»Da seht Ihr's!« schrie der Gesandte. »Der Fremdling gesteht seine Schuld ein! Er sagt, sein Überfall auf Seine Superiorität sei gerechtfertigt gewesen; aber nichts entschuldigt eine solch üble Tat. Tastet nur einmal die sakrosankte Person des Herrschers an, und das Land fällt in Anarchie und Wirrnis!«

»Und was habt Ihr vorzubringen, Meistrin Dyckman?« fragte Chanapar.

»Ich stimme in jedem einzelnen Punkt mit den Aussagen von Meister Mjipa überein.«

Chanapar strich sich über die Antennen. »Meine Herren, ein Fall von solchem Gewicht muß vor dem Höchsten Gericht verhandelt werden. Da jedoch dessen Terminkalender voll ist, bezweifle ich, daß es über die Auslieferung vor Ende des nächsten Monats wird befinden können. Somit haben die Terraner genügend Zeit, sich einen Advokaten zu suchen und ihre Verteidigung vorzubereiten.

Was nun die Frist bis zum Verhandlungstermin betrifft: Meister Mjipa, wärt ihr beiden gewöhnliche Spitzbuben, würdet ihr der Anhörung in einer unserer Gefängniszellen entgegenharren. Aber da ihr aus Novorecife kommt und Personen von Rang und Namen seid, werden wir euch gestatten an eurem gegenwärtigen Aufenthaltsort zu bleiben, unter der Bedingung, daß ihr eine Bürgschaft hinterlegt und versprecht, innerhalb der Stadtmauern zu bleiben.«

»Ich protestiere!« schrie Verar. »Diese Fremdwesen werden entschlüpfen, gleichgültig, wie streng man sie auch bewachen läßt. Es heißt, daß sie über geheimnisvolle Zauberkräfte verfügen. Wer weiß, ob ihnen nicht Flügel wachsen und sie davonfliegen? Oder sich unsichtbar machen? Mein Herr wäre beruhigter, würfet Ihr sie in den finstersten und tiefsten Kerker und legtet sie daselbst in schwerstes Eisen.«

»Ich nehme Euren Protest zur Kenntnis«, erwiderte Chanapar trocken. »Ja, Meister Mjipa?«

»Wie hoch soll die Bürgschaft sein?«

»Hundert Gold*khichit*.«

Mjipa wandte sich zu Alicia. »Wieviel ist das in Kard? Kopfrechnen war noch nie meine Stärke.«

Das Mädchen legte die Stirn in angestrengte Denkfalten. »Ungefähr hundertsiebzig.«

»Ich glaube, das können wir aufbringen, wenngleich wir dann ein bißchen knapp bei Kasse sein werden.« Mjipa löste seinen Geldgürtel und zählte Zehn-Kard-Goldstücke auf den Tisch, bis der Betrag erreicht war. »Könnte ich bitte eine Quittung haben, Eure Hoheit?«

Mjipa und Alicia eilten zurück. Alicia sagte: »Jetzt dürfte eigentlich alles glattgehen; das Schiff läuft lange vor dem Gerichtstermin aus.«

»Glatt? Ja, falls die Regierung nicht Wind davon bekommt, daß wir abhauen wollen, und falls sie keine Kontrollposten auf den Kai stellt.«

»Der Minister scheint uns ganz wohlgesonnen zu sein. Man konnte den Eindruck haben, daß er sich regelreicht wünscht, daß wir die Kaution sausen lassen und uns aus dem Staub machen.«

»Schon möglich. Aber der Heshvavu könnte andere Vorstellungen haben. Die Politik in einer Autokratie ist oft unberechenbaren Schwankungen und Stimmungsumschwüngen unterworfen. Und außerdem kann uns noch immer passieren, daß Khoroshs Gorillatrupp uns vorher einkassiert. Uns zu finden, dürfte kein Problem für sie sein. Verar braucht bloß eine Botschaft zu schicken: ›Ich habe sie hier in Kalwm aufgespürt. Schick das Rollkommando, und ich führe sie zu ihrem Schlupfwinkel.‹«

»Ach du lieber Gott!« entfuhr es Alicia. »Und was machen wir dann?«

»Irgendwas wird uns schon einfallen. Und dann habe ich da noch immer eine Ehrenschuld gegenüber Doktor Isayin zu begleichen.«

»Was meinst du damit? Hoffentlich nicht irgendwas, das uns alle in die Patsche bringt.«

»Wart's ab, mein Fräulein!«

»Du hast doch nicht etwa die Absicht, ihn rauszuhauen ...«

»Das ist ganz allein mein Bier! Je weniger du davon weißt, desto besser. Wenn ich es wirklich tue, dann sorge ich dafür, daß ihr schon auf dem Schiff seid, wenn die Sache steigt, und nicht mit reingezogen werdet.«

»O Percy, du mit deinen hanebüchenen Ideen von Ehre und Ritterlichkeit! Wir werden von Glück reden können, wenn wir selbst mit heiler Haut davonkommen! Hast du denn überhaupt keinen Grips in deinem Schädel?«

»Du hast allen Grund, fein ruhig zu sein. Immerhin säße der arme Isayin jetzt nicht in der Tinte, wenn du ihm nicht den Floh mit der runden Welt ins Ohr gesetzt hättest.«

»Aber er hatte sowieso schon so eine Vermutung. Ich habe ihm lediglich bestätigt ...«

»Wenn du dein kleines rosiges Schnäuzchen gehalten hättest, dann hättest du nach Herzenslust deine Forschungen betreiben können, soviel du gewollt hättest, und zwar direkt hier in Kalwm.«

»Ach, du bist unmöglich! Das ist noch lange kein Grund, das kostbare Leben von zwei Terranern aufs Spiel zu setzen ...«

»Ach nee, unser Leben ist also mehr wert als das von einem armen, dummen Eingeborenen? Und wer wirft mir pausenlos vor, ich würde geringschätzig auf diese armen Teufel herabblicken?«

Der Streit eskalierte zu einem Brüllduell, das jäh damit endete, daß Alicia in ihre Kammer rannte und die Tür hinter sich zuknallte. Den Rest des Tages sprachen die beiden nicht mehr miteinander.

6

Heuchelei

Am nächsten Morgen, am Frühstückstisch, sagte Alicia: »Percy, es tut mir leid, daß ich gestern aus der Haut gefahren bin und Dinge gesagt habe, die ich nicht so gemeint habe.«

»Sieh an! Aber mir tut's auch leid, daß ich so ausgeflippt bin. Reden wir nicht mehr darüber; wir haben heute früh was zu erledigen.«

»So? Und was?«

»Ich werde versuchen, den Phathvum zu beknien, daß er mir erlaubt, Isayin in seiner Zelle zu besuchen.«

»Oh, Percy, versuch nicht, den Scarlet Pimpernel zu spielen! Wenn sie dich dabei erwischen, was wird dann aus mir?«

»Du hast deine Koje auf der *Tarvezid,* und du bist erfahren genug, dich allein durchzuschlagen.«

»Und was soll ich tun, während du Chanapar Honig um den Bart schmierst?«

»Ach, du kommst ganz einfach mit! Du kannst ein bißchen was von deinem weiblichen Charme auf den Minister einwirken lassen.«

»Weiblicher Charme!« echote sie naserümpfend. »Auch so ein heuchlerischer Nonsens, den die Männer den Frauen eingetrichtert haben, weil sie selbst nicht stark genug sind, das, was sie kriegen wollen, mit Gewalt zu kriegen. Das ist unfair!«

»Trotzdem, mein Täubchen, dann wirst du es eben lernen müssen. Unser Leben kann davon abhängen. Und war es nicht irgendein amerikanischer Politiker, der gesagt hat, das Leben wäre ungerecht?«

Nach einer Pause des Schweigens sagte Alicia: »Okay, ich komme mit und grinse den Phathvum affektiert an – unter einer Bedingung. Aber damit das klar ist: Das geht nicht so weit, daß ich ihm meinen Körper anbiete. Ein krishnanischer Liebhaber reicht mir.«

»Großer Gott! An sowas hab ich auch wirklich nicht gedacht. Selbst wenn – ich würde dich auch nicht lassen.«

»Was soll das heißen, du würdest mich nicht lassen? Mein Körper gehört immer noch mir. Und wenn ich unser Leben damit retten könnte, dann würde ich ihn ihm bedenkenlos anbieten.«

Mjipa: »Schon gut, schon gut; laß uns nicht über etwas zanken, das sowieso nicht eintritt. Ist das die Bedingung, von der du gesprochen hast?«

»Nein. Ich wollte sagen, ich würde mitgehen, wenn du dafür mit mir nach dem Essen einen Einkaufsbummel machst.«

Mjipa brach in schallendes Gelächter aus. »Und ich hatte schon bezweifelt, ob du wirklich eine echte Frau wärst! Okay, der Einkaufsbummel ist genehmigt; aber denk dran, wir haben nicht mehr den Reichtum eines Dákhaq zu verprassen.«

Sie ließen Minyev zur Bewachung ihrer Habe zu Hause und fuhren mit einer Straßenbahn zum Palast. Der Schieber bombardierte sie unterwegs mit Fragen: »Wie weit ist dieses Terra entfernt?« – »Wie viele Terraner leben dort?« – »Habt ihr auch zwei Geschlechter, genauso wir wir?« – »Ist es wahr, daß ihr immer lebt?« – »Was ist an diesem Gerücht dran, daß ihr Dämonen seid und eure Welt eine der Höllen ist?« – »Meine Frau hat gerade ihr neuntes Ei gelegt. Das sind mehr Junge, als ich mir leisten kann. Wie kann ich diesem unaufhörlichen Strom von Jungen Einhalt gebieten?«

»Da haben wir einen, der sich noch nicht mit den krishnanischen Geburtenkontrollmethoden auskennt«, sagte Alicia. Sie und Mjipa gaben dem Krishnaner knappe Antworten.

An dem weitschweifigen, verbauten Stuckpalast angekommen, mußten sie den größten Teil des Vormittags im Vorzimmer warten, weil der Phathvum eine Unterredung mit der Exilregierung von Surien hatte, das von den Steppenbewohnern von Qaath überrannt worden war. Als sie endlich hereingebeten wurden, fanden sie den dicken Chanapar eine Zigarre rauchend auf seinem Kissen sitzend.

»Guten Morgen, mein Herr und meine Dame«, begrüßte sie der Minister. »Was liegt an?«

Mjipa hielt seine lange Begrüßungsrede, voll von Schmeicheleien und blumenreichen Wendungen. Es dauerte eine ganze Weile, bis er die Kurve zum Vortragen seines eigentlichen Anliegens kriegte: »... und daher, Eure Hoheit, würden wir sehr gern einmal den unglückseligen Doktor Isayin in seiner Zelle besuchen.«

»Nein«, sagte Chanapar. »Wiewohl es mich betrübt, wie es König Sabzavar betrübte, als seine Tochter entführt ward, muß ich Euch diese Bitte abschlagen. 's wäre ein klarer Verstoß gegen unsere Rechtsordnung.«

»Wir könnten ihn vielleicht sogar zum wahren Glauben bekehren, der offiziellen geographischen Doktrin Kalwms. Wenn er also widerriefe, würdet Ihr ihn dann freilassen?«

»Nein. Stellt Euch vor, jeder Ketzer würde meinen, er brauche bloß zu widerrufen, um freigesprochen zu werden – wer würde dann als abschreckendes Exempel stehen, die anderen Sünder auf den Pfad der Tugend zurückzubringen? Ich bedaure aufrichtig, meine Freunde, aber eure Bitten sind so aussichtslos wie der Versuch, ein Seil aus Sand zu flechten.«

»Eure Hoheit!« säuselte Alicia. »Kann Euch denn nichts erweichen? Wir sind nicht ohne Einfluß in Novorecife, und wir könnten dem Reiche sicherlich einige nützliche Dienste erweisen, sobald wir wieder hierher zurückkommen.«

»Nein, 's ist schier unmöglich. Und nun muß ich um eure Nachsicht bitten, denn der Bericht des Schatzmeisters, welcher bereits vor der Tür wartet, wird meinen ganzen Fleiß und meine ganze Hingabe erfordern.«

Sie schlenderten langsam zu Irants' Gasthof zurück. Alicia war voller Vorfreude auf den Einkaufsbummel, während Mjipa mit finsterer Miene schweigend seinen Gedanken nachhing. Zum Essen verputzte er einen ganzen Ambar. Dieses Meerestier hatte frappierende Ähnlichkeit mit einer terranischen Küchenschabe, vergrößert auf Hummerformat. Sein Anblick rief bei den meisten Erdlingen stark appetithemmende Sensationen hervor, aber Mjipa war ein harter Bursche.

Während des Essens erkundigte sich Mjipa bei Irants nach Einkaufsmöglichkeiten in Kalwm. Gewappnet mit diesem Wissen, brachen sie auf; Alicia munter, Mjipa eher brummig und mit Märtyrermiene. Er gab es nach einer Weile auf, die Geschäfte zu zählen, in die Alicia ihn schleppte. In jedem Laden mußte er das salbungsvolle Geschwätz der Händler über sich ergehen lassen, während Alicia unzählige Artikel inspizierte, befühlte, begutachtete, anprobierte und mit einem freundlichen »Vielen Dank, ich sehe mich erst noch mal woanders um« ablehnte. Mjipa fand das Herumgestehe in den Geschäften anstrengender als einen Fünfzig-Kilometer-Ritt in scharfem Galopp. Nach einer Weile taten ihm die Füße weh.

Schließlich, als er schon der Verzweiflung nahe war, kaufte Alicia einen Kilt mit roten, gelben und blauen Querstreifen. Des weiteren erwarb sie einen breitkrempigen Strohhut, wie sie ihn während der Reise häufig bei Landarbeitern gesehen hatte. »Ich werde nicht sonderlich braun«, erklärte sie. »Ich kriege bloß einen Sonnenbrand und pelle mich.«

»Genau wie Fergus Reith, unser Reiseleiter«, sagte Mjipa. »Du mußt ihn mal kennenlernen. Hier auf Krishna ist blasse Haut ein Zeichen von Vornehmheit, wie früher in Europa. Braune Haut bedeutet, daß du unter freiem Himmel arbeitest, zum Beispiel auf einer Farm, also Proletarier bist. Diese Unterscheidung betraf uns Afrikaner nie, da wir so oder so schwarz waren, ob drinnen oder unter freiem Himmel.«

Ihr letzter Erwerb war ein Halsband aus Halbedelsteinen in Silberfassung. Diese Transaktion nahm fast soviel Zeit in Anspruch wie die vorausgegangenen fünf Aufenthalte zusammen. Sie studierte eingehend die Angebote des Juweliers, probierte sie an, posierte und pirouettierte damit vor dem Spiegel und konnte sich nicht entscheiden. Schließlich wurde es Mjipa zu bunt, und er brummte:

»Hör mal, mein Täubchen, wenn du nur endlich eins von diesen verdammten Dingern kaufst, damit wir endlich weiter können, dann zahle ich es dir sogar von meinem mageren Gehalt. Nur kauf endlich eins!«

»Sei nicht albern!« Sie kramte in ihrem Täschchen. »Ich habe selbst genug Geld. Es ist nur, daß sie alle so todschick sind!«

Als sie das Ding gekauft hatten und auf die Straße traten, war Roqir schon hinter den Dächern verschwunden. Das Grünblau des Himmels hatte sich zum Zwielicht verdunkelt. Kleine Bijare verfolgten mit sirrendem Flügelschlag fliegende Arthropoden.

Auf dem Rückweg zum Gasthof bogen sie irgendwo zu früh ab und fanden sich plötzlich in einem Viertel wieder, das ärmer war als alle, die sie bisher gesehen hatten. »Miese Gegend hier«, murmelte Mjipa.

»Ach, du brauchst doch keine Angst zu haben, mit deiner Figur und dem Schw ... o je! Du hast dein Schwert nicht dabei!«

»Ich hatte keine Lust, das verdammte Ding die ganze Zeit mit mir herumzuschleppen. Aber ich muß zugeben, ich würde mich wohler fühlen, wenn ich es jetzt hätte. Wir sollten zusehen, daß wir schnell hier rauskommen.«

Sie hasteten an Hauseingängen vorbei, vor denen Angehörige der krishnanischen Unterschicht lungerten und sich die Zeit mit Rauchen, Trinken und Pizaspielen auf dem Bürgersteig vertrieben. Eine dieser Gruppen schaute wie auf Kommando gleichzeitig auf, als die Terraner vorbeikamen. Mjipa hörte, wie einer der Männer etwas rief, das sich anhörte wie: *»Chaispis vatsw eqhav khos ash tserku!«*

»Was hat er gesagt?« fragte Alicia. »Ich kann diesen extremen Stadtdialekt kaum verstehen.«

»Es hörte sich an wie irgendeine Obszönität, und zwar an dich gerichtet.« Mjipa verlangsamte seinen Schritt und blickte sich um.

Alicia zog ihn am Arm. »Ignorier sie einfach, Percy! Wir wollen uns nicht auf eine Prügelei einlassen; schon gar nicht in dieser Gegend.«

»Ich lasse in meiner Gegenwart keine Dame von Rowdies anpöbeln ...«

»Ist doch egal! Laß sie doch! Diese Strolche sind zu mehreren und haben Schwerter. Nun komm schon, du Don Quijote!«

Sie waren bereits an der nächsten Kreuzung angelangt, als Fußgetrappel und eine Wiederholung der obszönen Beschimpfung ihnen verrieten, daß die Burschen sie verfolgten. Sie überquerten die Kreuzung und traten in ein etwas gehobeneres Wohnviertel. Mjipa blieb stehen und schaute sich um.

Vier Kalwmianer näherten sich ihnen. Einer, ein Kerl mit einer Narbe auf der Wange, hatte ein Schwert; die anderen drei trugen nur Dolche.

»Hast du vorhin mich gemeint?« fragte Mjipa den mit dem Schwert auf Khaldoni.

»Nein«, sagte der Krishnaner. »Du interessierst uns nicht. Uns interessiert die kleine terranische Hure, die du bei dir hast. Komm mit uns, Süße, und du erlebst was Besseres, als es dir dieses schwarze terranische Shomal je bieten könnte.«

»Niemals!« riefen Alicia und Mjipa wie aus einem Mund.

»Du hältst dich da raus, Terraner!« sagte der mit dem Schwert und fuhr mit der Hand an den Griff seiner Klinge. »Wenn du nicht willst, daß ich aus dir ganz schnell einen Eunuchen mache!«

»Alicia«, sagte Mjipa, »reich mir mal den Kilt, den du eben gekauft hast!« Als sie den Mund öffnete, fügte er in scharfem Ton hinzu: »Tu, was ich dir sage!«

Sie gab ihm widerstrebend das zusammengefaltete Kleidungsstück. Dann sagte Mjipa: »Die Dame geht nirgendwo mit hin. Und jetzt scher dich dahin, wo du hingehörst! Aber hurtig!«

Der Schwertträger spie aus und entblößte drohend seine Klinge um eine Spanne. »Du scheinst nicht zu wissen, wer ich bin.«

»Da muß ich dir recht geben«, erwiderte Mjipa mit aufreizender Kühle in der Stimme.

»Mein Name ist Khostavorn.«

»So?« sagte Mjipa. »Das sagt mir nichts.«

»Das besagt, daß die, die klug sind, mir aus dem Weg gehen.« Er zog die Klinge um ein paar weitere Zentimeter heraus. »Und jetzt scherst *du* dich dahin, wo du hingehörst!«

»Da bin ich schon«, sagte Mjipa. »Ich gehöre nämlich zu der Dame.«

»Dann mußt du die Folgen deiner Tollkühnheit tragen«, schnarrte Khostavorn und riß sein Schwert vollends aus der Scheide. »Willst du jetzt weichen, oder muß ich meine Hände mit deinem stinkenden Terranerblut beflecken?«

»Geh zum Hishkak!«

Khostavorn sprang vor, die Spitze seines Schwerts genau auf Mjipas Brust gerichtet. Mjipa entrollte blitzschnell den Kilt und schlug ihn über die Klinge, wodurch er gleichzeitig ihre Stoßrichtung veränderte und ihr den Schwung nahm. Bevor der Rowdy zurückspringen konnte, war Mjipa schon vorgesprungen, der Schwertspitze mit einem behenden Sidestep ausweichend, und hatte die rechte Faust in einem mörderischen Uppercut hochgerissen. Sie landete mit einem satten Schmatzen auf dem Kinn des Krishnaners, der benommen zurücktorkelte.

Eine direkt nachgeschobene, gestochene Gerade veranlaßte Khostavorn, sein Schwert fallen zu lassen. Mjipa setzte sofort nach und beutelte den Schädel des Gegners mit zwei, drei lehrbuchmäßigen Links-Rechts-Kombinationen. Khostavorn taumelte rückwärts gegen eine Hausmauer und sackte, langsam an ihr herunterrutschend, bewußtlos zu Boden.

Mjipa wirbelte blitzschnell herum, als einer der anderen drei Typen mit gezücktem Dolch einen zaghaften Schritt in seine Richtung machte. Doch der furchteinflößende Anblick des Konsuls ließ ihn innehalten. Als Mjipa seinerseits einen drohenden Schritt in ihre Richtung machte, wichen sie langsam zurück, dann schneller, und rannten schließlich wie die Hasen davon.

Seine wundgeschlagenen Knöchel reibend, murmelte Mjipa: »Man weiß nie, wo man bei diesen Burschen hinhauen soll, weil ihre innere Anatomie anders ist als unsere. Ich glaube, ich schnappe mir Khostavorns Schwert.«

»Solltest du ihn nicht besser töten, solange er noch bewußtlos ist? Es ist weit und breit niemand zu sehen.«

Mjipa sah Alicia mit einem bohrenden Blick an. »Für ein hübsches, niedlich aussehendes kleines Persönchen bist du ganz schön blutrünstig.«

»Was ist? Machst du ihm jetzt den Garaus oder nicht? Es wäre nur vernünftig.«

»Nein, ich mach's nicht.«

»Warum denn nicht? Erstens ist er kein richtiger Mensch, und zweitens hätte er nicht die geringsten Skrupel gehabt, dich zu töten.«

»Ich tue es deshalb nicht, weil ich oft genug erlebt habe, wie die Justiz hier funktioniert. Einer überfällt dich, und du tötest ihn in Notwehr – ein klarer Fall, sollte man meinen. Aber sie scheren sich einen Teufel drum und sagen: ›Er ist ein fremdes Monster aus dem Weltraum, und deshalb ist er schuldig. Siedet ihn in Öl!‹«

Während Alicia ihren neuen Kilt aus dem Straßendreck klaubte, löste Mjipa die Scheide von Khostavorns Gürtel, befestigte sie am eigenen Gürtel, hob das Schwert vom Boden auf und schob es in die Scheide. »Machen wir uns auf die Socken!«

Da es inzwischen völlig dunkel geworden war und die Straßen auch keinerlei Schilder aufwiesen, hatten sich die beiden bald hoffnungslos verlaufen. Sie wanderten ziellos umher und versuchten, sich an einem der Monde zu orientieren, als sie plötzlich auf eine Abteilung der Nachtwache trafen. Diese bestand aus einer Gruppe kalwmianischer Zivilisten, die, bewaffnet mit Fackeln und Hellebarden, durch die Straßen streiften. Nach dem Weg zu Irants' Gasthof gefragt, gaben sie bereitwillig Auskunft.

Als sie sich dem Gasthof näherten, sah Mjipa eine Gruppe von Männern, die vor dem Gebäude herumlungerten. Irgend etwas sagte Mjipa, daß sie auf ihn warteten. Er blieb stehen und flüsterte Alicia zu: »Bleib hinter mir, Alicia! Wenn ich gleich ›Los!‹ rufe, dann rennst du zu der Stelle zurück, wo wir vorhin der Nachtwache begegnet sind. Sag ihnen, sie sollen auf dem schnellsten Wege herkommen. Verlauf dich nicht, und stell mir jetzt keine Fragen!«

Mjipa ging noch ein paar Schritte. Als die Herumlungerer ihn bemerkten und auffuhren, murmelte er »Los!« und hörte, wie Alicia sich im Laufschritt entfernte.

Einer der Herumlungerer trat auf Mjipa zu. Das Mondlicht glänzte auf seiner blanken Klinge. Im Schein der zwei Monde und dem flackernden Licht einer Fackel, die an der nächsten Straßenecke in einer Wandhalterung steckte, erkannte Mjipa Khostavorn. Das Gesicht des Krishnaners war geschwollen von Mjipas Fausthieben.

Die anderen Halsabschneider schwärmten aus und umzingelten Mjipa, doch Khostavorn herrschte sie an: »Haltet euch zurück! Dieser Fremde gehört mir!«

Mjipa zückte das Schwert, das er Khostavorn eben noch abgenommen hatte, und bevor er noch Zeit hatte zu überlegen, war das Gefecht schon entbrannt. Ausfallschritt, Stoß, Parade – zunächst vorsichtig, abwartend, einander abtastend, umtänzelten sie einander, auf der Suche nach dem wunden Punkt des Gegners. Mjipa wünschte sich in diesem Moment, er hätte bei den Fechtlektionen, die Ivar Heggstad ihm eingebleut hatte, etwas mehr Eifer an den Tag gelegt.

Die Schwerter zischten, schrammten aneinander und klirrten. Sie waren beide von ähnlicher Machart, solide Hieb- und Stichwaffen, ähnlich den Schwertern, die die Offiziere in einigen terranischen Armeen noch anläßlich von

Paraden trugen. Sie hatten gerade Klingen von knapp achtzig Zentimeter Länge und etwa vier Zentimeter Breite und wogen ungefähr ein Kilo. Khostavorn führte seine Klinge mit größerer Sicherheit und Geschicklichkeit als Mjipa.

Mjipa parierte mit Mühe einen blitzschnellen Ausfall seines Kontrahenten; ein zweiter zwang ihn zu einem überhasteten Ausweichmanöver. Er spürte einen kurzen, beißenden Schmerz, als Khostavorns Klingenspitze ihm die Haut auf der Brust ritzte. Den nächsten, gleich darauffolgenden Stoß vermochte er erneut nur mit knapper Not abzublokken. Wieder mußte er einen Schritt zurückweichen. Seine eigenen Ausfälle, Stöße, Hiebe, Nachstöße und Finten parierte der Krishnaner beinahe mühelos.

Der Griff von Mjipas Schwert wurde schlüpfrig vom Schweiß. Er hatte das scheußliche Gefühl, daß der Krishnaner mit ihm spielte und ihm jederzeit nach Belieben den Todesstoß versetzen konnte.

Die Bewegungen wurden schwerfälliger und unpräziser, als beide Kämpfer zu keuchen begannen. Mjipa registrierte mit Erleichterung, daß sein Gegner genauso in Atemnot geriet wie er selbst; Khostavorn war also doch keine unermüdliche Kampfmaschine. Vielleicht konnte er auf die Dauer mit seiner größeren Physis und Reichweite die größere Geschicklichkeit des Krishnaners wettmachen – doch da zwang ihn eine blitzschnell vorgetragene Attacke zum erneuten Zurückweichen; dabei rutschte ihm der Fuß weg, und für einen Sekundenbruchteil glaubte er, er würde fallen. Doch im letzten Moment gelang es ihm, sich noch einmal zu fangen.

Einen Augenblick lang standen sich die beiden reglos gegenüber, Auge in Auge, schwer atmend, mit gekreuzten Klingen. Dann riß Mjipa mit einem plötzlichen Ruck seine Schwerthand zurück und machte eine überraschende Coupé. Sein Ausfall kam so unerwartet für Khostavorn, daß dieser nicht einmal den Versuch einer Parade machte. Offenbar war die Coupé in Kalwm unbekannt.

Mjipas Klingenspitze drang in Khostavorns Bauch mit

der fast mühelosen Geschmeidigkeit eines Skalpells, das durch Schichten organischen Gewebes schneidet. Mjipa zog die Klinge heraus und trat zurück.

Khostavorns Schwert schwankte und fiel mit einem Klirren auf das Pflaster, als Khostavorn zusammenknickte und mit einem letzten Zucken sein Leben ausröchelte.

Der Rest der Bande, fünf an der Zahl, kreiste Mjipa langsam ein. Zwei hatten Schwerter, die anderen Messer oder Dolche.

Mit katzenhafter Schnelligkeit sprang Mjipa gegen den kleinsten der drei Messerhelden. Den Griff mit beiden Händen haltend, ließ er sein Schwert in einem pfeifenden Hieb auf die Schulter des Krishnaners herabsausen. Das Pfeifen endete in einem markigen Schmatzen; der Gangster schrie gellend auf, als sein Arm in den Schmutz fiel. Die anderen reagierten mit wütendem Gebrüll und sprangen vor, aber der Konsul rettete sich mit einem reaktionsschnellen Satz aus der unmittelbaren Reichweite ihrer Klingen und schaffte es, sich mit dem Rücken gegen die Fassade des Gasthofs zu stellen. Mit der Linken zog er seinen Dolch.

Obgleich sie zu viert gegen einen waren, verharrten die verbliebenen Gangster unschlüssig in sicherem Abstand zu Mjipa, gedämpft miteinander debattierend. Den Wortfetzen, die er aufschnappte, entnahm Mjipa, daß jeder den anderen drängte, als erster gegen Mjipas bluttriefende Klinge anzurennen.

Schließlich rafften die beiden Schwertträger den Mut zu einem gemeinsamen Angriff zusammen. Ein paar Sekunden lang tobte ein wildes Gemenge. Mjipa konnte kaum mehr tun, als zu versuchen, sich mit verzweifelten Links-Rechts-Paraden die gleichzeitig auf ihn eindringenden Gangster vom Leibe zu halten. Erneut spürte er einen stechenden Schmerz, als einer der Messerhelden ihn von der Seite ansprang und ihm den linken Oberarm anritzte. Er beantwortete die feige Attacke mit einem mehr oder weniger unkontrollierten Hieb mit seinem Dolch, der dem Krishnaner die Wange aufschlitzte.

Da ließen rasch sich näherndes Fußgetrappel und das Licht auf und ab zuckender Fackeln die Angreifer innehalten und herumfahren. »Die Wache!« schrie einer. Im Handumdrehen waren die vier in der Dunkelheit verschwunden.

Schnaufend kam die Wache angetrabt, Alicia in der Mitte. Alle bombardierten Mjipa gleichzeitig mit Fragen. Zwei wälzten den Körper Khostavorns herum und riefen seinen Namen aus, als sie ihn erkannten. Dann nahmen sie den Gangster in Augenschein, den Mjipa verstümmelt hatte. Er saß auf der Erde, den Rücken gegen die Hauswand gelehnt, und hielt sich mit der ihm verbliebenen Hand den Schulterstumpf. Blaugrünes Blut, das in der Dunkelheit schwarz aussah, troff zwischen seinen Fingern herunter. Er murmelte:

»Helft mir! Bitte, verbindet mich, ehe ich verblute!«

»Den kenne ich«, sagte einer von der Wache. »Das ist der Taschendieb Yav. Ich kümmere mich um ihn. Zurück, Kameraden!«

Der Wachmann schwang seine Hellebarde. Die Schneide der Axt fuhr mit einem häßlichen Knirschen durch den Hals des Verstümmelten. Yavs Kopf fiel in den Staub; der Rumpf kippte vornüber.

»Ihr müßt mit uns kommen, Terraner«, sagte der Anführer der Streife.

»Ich verstehe«, antwortete Mjipa.

Sie marschierten los. Zwei trugen Khostavorns Leiche; zwei andere die von Yav; ein weiterer Wachmann trug Yavs Arm in einer Hand und Yavs Kopf mit der anderen. Die restlichen Wachmänner schulterten die Hellebarden der Träger und ihre eigenen.

Sie betraten ein kleines Gebäude. Ein Kalwmianer, dessen Körperbemalung auf seinen Status als Amtsperson hinwies, saß auf dem Fußboden hinter einem niedrigen Schreibtisch. Die Träger warfen die beiden Leichen und die abgetrennten Gliedmaßen in eine Ecke. Als die Wachmänner mit ihrem Bericht fertig waren, sagte der Beamte:

»Der Richter ist schon nach Hause gegangen. Wir müssen diesen Terraner bis morgen früh hierbehalten.«

»Und was ist mit seiner Buhle?« Einer der Wachmänner zeigte auf Alicia.

»Da sie an der Rauferei nicht beteiligt war, sehe ich keinen Grund, sie festzuhalten. Wir werden sie in Irants' Gasthof finden, wenn wir sie brauchen sollten. Ihr, Terraner, gebt mir Euer Schwert. Wie lautet Euer Name?«

Mjipa mußte eine lange Liste von Fragen beantworten. Als der Beamte alle Antworten notiert hatte, sagte Alicia: »Ich bleibe besser bei dir, Percy.«

»Danke, meine Teure, aber das ist nicht nötig. Wenn du dich nützlich machen willst, dann geh zurück zum Gasthof und hol mir irgendwas zum Desinfizieren und Verbandszeug. Danach gehst du wieder zurück und bleibst dort, damit du Minyev und unsere Sachen im Auge behalten kannst. Wenn sie mich morgen nicht rauslassen, dann geh zu Chanapar und berichte ihm die Situation.«

Am nächsten Morgen war der Richter noch nicht ganz in der Tür, als ein Page vom Palast gerannt kam, völlig außer Atem. »Meine – meine – meine Herren!« sprudelte der Bursche hervor. »Seiner Grandiosität, dem Heshvavu, und Seiner Hoheit, dem Phathvum Chanapar, ist die Kunde von der Tötung des Agitators Khostavorn durch die Hand von Meister Mjipa zu Ohren gekommen. Sie haben befohlen, daß er sofort zum Palast geleitet wird!«

Gleich darauf fand sich Mjipa von einer aus acht vergoldeten Palastwächtern bestehenden Abteilung zum Palast eskortiert. Einer von ihnen trug sein Schwert und seinen Dolch. Mjipa nahm an, daß sie sich unsicher darüber waren, welche Art von Behandlung ihn erwartete.

Mjipa wurde in Chanapars Amtszimmer geführt. Der Minister sagte: »Gebt Meister Mjipa seine Waffen zurück. Großer Phaighost, Ihr seid ja verwundet!«

»Nur ein paar Kratzer«, sagte Mjipa.

Der Phathvum fuhr fort: »Mein guter Herr, uns erreichte

jüngst die Kunde von Eurer gestrigen Heldentat gegen jenes widerliche Pack von Lumpen. Besonderen Dank bringen Seine Grandiosität und ich Euch für die Tötung des Oberhalunken Khostavorn entgegen.

Ihr müßt nämlich wissen, Meister Mjipa, daß dieser Übeltäter einer ist, von dessen verbrecherischem Treiben ein jeder weiß, doch haben wir, aus Mangel an Beweisen, ihm niemals etwas anhaben können. Oft ward er arrestiert; doch haben seine Komplizen und Hintermänner alle Zeugen mit Morddrohungen so sehr eingeschüchtert, daß keiner gegen ihn auszusagen wagte.

Doch war dieser Khostavorn weit mehr als ein bloßer Halsabschneider. Von politischem Ehrgeiz ergriffen, suchte er das Bündnis mit einigen unserer unzufriedenen Magnaten und betrieb Wühlarbeit gegen Seiner Kolossalität erhabenstes Unternehmen: seinen himmelsstürmenden Turm. Dieser Schurke hatte Verbündete in den höchsten Kreisen.«

»Konntet Ihr denn nicht einfach seine Tötung aus Gründen des Gemeinwohls verfügen?«

»Nein, das wäre ein Verstoß gegen die Charta gewesen, die die rebellischen Gemeinen einst Roshetsin dem Fünfzehnten abgetrotzt haben. Außerdem hatte der heimtückische Strolch Gönner unter den Magnaten. 's wäre ratsam, wenn Ihr Euch bald auf den Heimweg nach Novorecife begäbet, ehe Khostavorns geheime Hintermänner gedungne Meuchelmörder auf Euch hetzen, seinen Tod zu rächen.«

»Warum habt Ihr nicht Eurerseits Meuchelmörder gedungen, ihm den Garaus zu machen?«

»Das haben wir, doch ohne Erfolg. Khostavorn war der tödlichste Schwertfechter im ganzen Königreich, und die anderen von seiner Bande standen ihm darin kaum nach. Es verblüfft mich, daß Ihr ihn bezwingen konntet; vielleicht könnten wir Euch in unserer Armee als Ausbilder in der Fechtkunst einstellen.«

»Vielen Dank, aber ich ziehe es vor, bei meinem derzeitigen Metier zu bleiben. Mein Sieg beruhte hauptsächlich auf Glück.« Im stillen dachte Mjipa, wenn ein blutiger Amateur wie er den tödlichsten Fechter von Kalwm aufspießen konnte, dann konnte es mit dem Standard der Fechtkunst in Kalwm nicht weit her sein.

Recht betrachtet, kam Mjipa die Geschichte des Ministers reichlich dürftig vor. Das volle Ausmaß der Intrigen, Machtkämpfe, Bündnisse und Feindschaften unter den Mächtigen dieses Königreichs war, so vermutete er, erheblich komplexer und weitverzweigter, als es nach außen hin den Anschein hatte. Konnte es nicht zum Beispiel möglich sein, daß die örtliche Garnison von einem dieser ›unzufriedenen Magnaten‹, von denen Chanapar gesprochen hatte, kontrolliert wurde? Das hätte erklärt, warum Khostavorn sich so lange frei und ungeniert hatte bewegen können. Aber Mjipa hatte weder Muße noch Lust, diese Mysterien zu erforschen. Sollte er jemals zum terranischen Repräsentanten in Kalwm ernannt werden, dann würde er noch immer genügend Zeit und Gelegenheit zum Herumschnüffeln haben.

»Phaighost allein weiß«, fuhr der Phathvum fort, »was noch alles geschehen wäre, hättet Ihr dem Lump nicht ein frühzeitiges Ende bereitet. Das Reich ist nicht undankbar, Meister Mjipa. Nennt mir eine vernünftige, angemessene Belohnung, und Ihr sollt sie bekommen.«

Nach einem kurzen Moment des Überlegens sagte Mjipa: »Ich danke Eurer Hoheit. Als erstes hätte ich gern das Geld für meine Bürgschaft zurück. Zum zweiten bitte ich um eine nochmalige Audienz bei Seiner Kolossalität. Richtet ihm bitte aus, daß ich so gefesselt war von seinen spannenden Erzählungen über seine Ahnen, daß es mich nach mehr davon verlangt.«

Der Minister warf Mjipa einen verdutzten Blick zu. »Das ist seltsam. Von den anderen Besuchern, welche mein Herr mit Geschichten von seinen Ahnen erquickt hat, erklärten sich alle mit einem einzigen Vortrag zufrieden. Doch es soll sein, wie Ihr wünscht.«

Eine Stunde später saß Mjipa abermals Vuzhov dem Schwärmer in dessen Kabinett gegenüber und lauschte mit einer Miene gebannten Interesses den Anekdoten, die dieser über seine Vorfahren zum besten gab: »... und dies ist Vuzhov der Siebzehnte. Da er das tägliche Einerlei des Regierens langweilig fand, suchte er den Rat eines heiligen Mannes, Sailuts des Selbstlosen, wie er ewigen Ruhm durch eine große Entdeckung oder eine Heldentat erlangen könne.

Sailuts atmete seine magischen Dämpfe ein und fiel in eine lange Trance. Als er daraus erwachte, berichtete er Vuzhov, daß sein Geist, während er suchend durch alle Winkel der Welt gestreift sei, im Lande Garam, wohl am Gestade der Maraghé-See, einen Schmied entdeckt habe, der das Geheimnis wüßte, wie man Tarnhelme fertige. Würde mein Ahne, so fuhr Sailuts fort, dorthin segeln und einen solchen Helm beschaffen, so würde er jemandem eine große Freude bereiten.

So bestieg denn Vuzhov ein Segelschiff und fuhr am Gestade von Peihné entlang und den Konela-Fluß hinauf zur Maraghé-See. Doch als das Schiff die Küsten dieses Meeres nach der Wohnstatt des Zauberschmieds absuchte, ward der König von einem Sáferir, welches, wie Ihr zweifellos wißt, der größere Vetter des giftigen Avval ist, vom Deck gerissen und in einem einzigen großen Bissen verschlungen.

Von großem Schrecken ergriffen, kehrte die Besatzung um, segelte den Konela-Fluß wieder hinunter und kehrte nach Kalwm zurück. Als einige von Vuzhovs Getreuen Sailuts den Selbstlosen bezichtigten, er hätte den Heshvavu durch einen falschen Rat in einen frühen Tod geschickt, da erwiderte der heilige Mann, um kein Jota aus der Fassung gebracht, seine Prophezeiung hätte sich bis auf den Buchstaben erfüllt. Denn Vuzhov hätte zweifelsohne dem Sáferir eine große Freude bereitet, indem er ihm zu einem reichen Mahl verholfen hätte.«

Der König räusperte sich. »Wir fürchten, daß unsere alte Stimme ermattet, und überdies naht die Stunde des Mittagsmahls. Genügt Euch der heutige Vortrag einstweilen, Meister Mjipa?«

»Gewiß, Eure Kolossalität«, erwiderte Mjipa. »Ich bin Euch unaussprechlich dankbar, daß Ihr so viel von Eurer kostbaren Zeit dafür geopfert habt, mir diese fesselnden Geschichten zu erzählen.«

»Ainkhist hätte sie liebend gern für sein Buch«, sagte der König mit einem hämischen kleinen Kichern, »aber er wird sie nicht bekommen. Nun, es war uns wahrlich ein Vergnügen. Euer Khaldoni hat sich enorm verbessert, seit wir uns das letzte Mal sahen.«

»Ich strebe immer nach dem Bestmöglichen«, sagte Mjipa mit einem Achselzucken.

»Gut! Wenn unser Turm den Himmel erreicht hat und wir unseren rechtmäßigen Platz in den Reihen der Götter einnehmen, dann werden wir ein System von Belohnungen für würdige und verdienstvolle Sterbliche wie Euch festsetzen.«

»Noch eine Kleinigkeit, Kolossalität!«

»Ja?«

»Ich ersuche Euch um die Erlaubnis, den unglückseligen, irregeleiteten Doktor Isayin in seiner Zelle zu besuchen. In Novorecife wünschen sie in allen Streitfragen von öffentlicher Bedeutung nicht nur die eine, falsche Seite zu hören, sondern auch die andere, richtige; und sie werden erwarten, daß ich bei meiner Rückkehr über diesen Fall berichte. Und vielleicht könnte ich den Doktor ja sogar zu Seiner Kolossalität korrekten Auffassung bekehren.«

»Das wäre fürwahr eine vorzügliche Tat.«

»Angenommen, es gelingt mir; würde das seine Strafe mildern?«

Der Heshvavu schürzte die Lippen. Schließlich sagte er: »Zu einem gewissen Grad. Wir könnten verfügen, daß sein Tod schnell und schmerzlos vonstatten zu gehen habe, wiewohl wir damit die Hoffnung der Massen auf ein blutiges Spektakel enttäuschen würden.«

»Könntet Ihr alsdann den Phathvum anweisen, mir einen Paß auszustellen?«

»Ja. Uzhegh!« rief der König seinen Sekretär. »Faß Er uns eine Note an Chanapar ab, er soll Meister Mjipa einen Paß zum Besuch von Isayins Zelle ausstellen.«

Als Mjipa mit dem Paß in der Tasche aus dem Palast trat, fand er Minyev auf den Stufen sitzend. Das Faktotum sprang auf und rief: »Herr, Meistrin Dyckman sandte mich heute morgen aus, Euch zu suchen, da ich, der ich diese Stadt kenne, dies besser könne als sie. Wie Hwrar, als er von dem Dämon-Kargán durch das Labyrinth verfolgt wurde, verfolgte ich Eure Spur zur Gerichtskammer, und von dort hierher, wo ich erfuhr, daß Ihr in Konferenz mit den Mächtigen säßet. Und so harrte ich, ungewiß, ob ich Euch an einem Stück wiedersehen würde, auf dieser Treppe sitzend. Schmerzen Eure Wunden?«

»Nicht sehr«, sagte Mjipa und machte sich auf den Weg zum Gasthof.

Als er dort ankam, gefolgt von Minyev, der im Trab hinter ihm herzuckeln mußte, um Schritt mit ihm zu halten, erwartete ihn schon ein aufgeregter Irants. »Herr!« rief ihm der Wirt entgegen. »'s ist etwas Neues vorgefallen. Kennt Ihr einen Wicht, Kuimaj geheißen, aus Mutabwk?«

»Nein, ich habe noch nie von ihm gehört. Warum?«

»Er behauptet, Euch zu kennen. Sagt, er komme als Herold vom Heshvavu Ainkhist höchstselbst, mit einer Botschaft an Meistrin Dyckman. Doch sie weigert sich, sie zu hören, und hat sich in ihre Kammer eingeschlossen. Und nun steht dieser Kuimaj vor ihrer Tür und erheischt Einlaß. Und ich möchte nicht gern einen hohen Herrn, als welchen ich diesen Burschen betrachte, ohne triftigen Grund an Arsch und Kragen auf die Straße setzen. Könnt Ihr dieses Knäuel entwirren, Herr?«

»Laßt mich ihn sehen!« Mjipa stieg die Treppe zu Alicias Kammer hinauf. Vor ihrer Tür stand ein Krishnaner, am Schnitt seines Kilt und am Muster seiner Körperbemalung als Mutabwkianer zu erkennen. Mit lauter, gebieterischer Stimme las diese Person aus einer Schriftrolle.

»Verzeiht«, sagte Mjipa, während er nähertrat, »aber ich bin der Begleiter der Dame, mit der Ihr zu sprechen heischt. Was wollt Ihr von ihr?«

Der Krishnaner schaute Mjipa empört an. »Wisset, o Terraner, daß ein Herold Seiner Grandiosität, des mächtigen Heshvavu von Mutabwk, nicht auf solch niederträchtige Weise behandelt werden darf. Schließlich bin ich der, der ich bin!«

»Was meint Ihr damit – ›niederträchtig‹?«

»Nun, Meistrin Dyckman weigert sich, die Botschaft zu hören, die ich von meinem mächtigen Herrn überbringe.«

»Darauf kommen wir noch. Einstweilen könnt Ihr mir Eure Botschaft vorlesen.«

»Ja«, ließ sich Irants vernehmen, der sich hinter Mjipas Rücken vordrängte. »Er hat recht, Meister Kuimaj, und ist zudem eine Persönlichkeit, die beim Hofe zu Kalwm in hoher Gunst steht. Wir dulden nicht länger, daß Ihr mit Eurem Gebrüll die Ruhe unseres Gasthauses stört.«

Kuimaj blickte von Mjipa auf Irants, und von Irants auf Minyev. Angesichts der Übermacht grummelte er: »Wo möchtet Ihr dann, daß ich die königliche Botschaft verlese?«

»In meiner Kammer«, erwiderte Mjipa. »Irants, hol Meister Kuimaj einen Krug Falat und setz ihn auf meine Rechnung. Hier herein, mein guter Herr!«

Nachdem der Krug gebracht war und alle sich niedergelassen hatten, entrollte der Mutabwkianer sein Pergament und las, mit einer Stimme, die ausgereicht hätte, einen Hörsaal zu beschallen:

»WISSET, MEISTRIN DYCKMAN, DASS SEINE GRANDIOSITÄT, DER HESHVAVU AINKHIST VON MUTABWK, IN GLÜHENDER LEIDENSCHAFT ZU EUCH ENTBRANNT IST. ER VERFLUCHT DEN TAG, DA IHR AUS SEINER GEGENWART UND AUS SEINEM REICHE SCHIEDET. NUN BUHLT ER UM EURE RÜCKKEHR, ÜBERRAGT IHR DOCH ALLE SEINE ANDEREN FRAUEN, WIE ROQIR SHEB ÜBERRAGT. KEHRET AN SEINEN SCHMACHTENDEN BUSEN ZURÜCK, UND ER WIRD EUCH ZU SEINER ERSTEN FRAU ODER KÖNIGIN MACHEN. UNERHÖRTE GUNST SOLL EUCH ZUTEIL WERDEN: ERLESENSTE SPEISEN UND GETRÄNKE, KOSTBARE GEWÄNDER, JUWELEN, SKLAVEN, RAUSCHENDE

FESTE, DIE HÄUPTER EURER FEINDE. EIN WINK WIRD GENÜGEN, UND ALL DIES SOLL EUER SEIN, SO IHR NUR ZURÜCKFLIEGT IN DIE LIEBENDE UMARMUNG DES MÄCHTIGEN MONARCHEN, DESSEN LEBER VOR SEHNSUCHT LODERT VON FEUER, SO HEISS WIE DIE FLAMMEN DES HISHKAK. EILT ZURÜCK ZU EUREM SICH VERZEHRENDEN GELIEBTEN, UND ER WIRD EUER GEHORSAMER SKLAVE SEIN.

Ende der Botschaft«, sagte Kuimaj. »Nun, wann kommt sie?«

»Wir werden sehen«, sagte Mjipa. Er ging zur Tür von Alicias Kammer und rief: »Mach auf, Lish! Ich bin's, Percy. Ich passe schon auf, daß dieser Bursche dich nicht gegen deinen Willen wegschleppt.«

Die Tür öffnete sich, und Alicia kam heraus, einen verächtlichen Blick auf den Herold werfend. »Er las mir seine Botschaft einmal vor. Als ich nein sagte, las er sie mir wieder vor. Als ich dann immer noch nein sagte, fing er an, sie mir wild gestikulierend ein drittes Mal vorzulesen. Da habe ich ihm gesagt, er könne sich seine Rolle sonstwo hinstecken, und bin in mein Zimmer gegangen.«

»Wie Ihr seht, sind Eure Bemühungen fruchtlos«, sagte Mjipa zu dem Herold. »Gebt es auf und reist zurück nach Yein. Die Dame hat nicht die Absicht, die Werbung Eures Herrn zu erhören. Und da wir hier in Mutabwk sind, hat sein Wort hier auch keine Gültigkeit.«

»Aber sie *muß* kommen!« schrie Kuimaj. »Daß eine Maid die Werbung eines Königs ausschlägt, ist eine unerhörte Tat! 's ist unmöglich! Besonders, wenn er ihr anbietet, sie zu seiner offiziellen Gemahlin zu machen. Liegt es vielleicht daran, daß sie kein Khaldoni versteht, welches sie mit einem Akzent spricht? Oder ist es nur eine närrische Grille einer Frau mit verwirrtem Geiste, wofür sie der Obhut gelehrter Doktoren der Physik anbefohlen werden sollte?«

»Ich verstehe sehr wohl«, sagte Alicia bissig. »Ihr scheint hier derjenige zu sein, der kein Khaldoni versteht. Wenn ich ›nein‹ sage, dann meine ich ›nein‹.«

»Geht nun also freundlichst Eurer Wege«, sagte Mjipa, »und hört auf, uns zu belästigen.«

»Ich werde nicht weichen, ehe jenes wirrköpfige Weib nicht dem Geheiß meines Herrn Folge leistet!«

Mjipa stieß einen Seufzer aus. »Ein verdammter Pappkopf nach dem andern!« stöhnte er auf Englisch. Dann sagte er auf Khaldoni: »Minyev, du und Irants nehmt die Beine; ich nehme die Arme.«

»Packt ihn!« schrie Irants. Die drei stürzten sich auf den Herold und hoben ihn hoch. Der so plötzlich und unversehens in die Waagrechte Gelupfte strampelte und zappelte und kreischte Drohungen und Beschimpfungen, als die drei ihn die Treppe hinunter zur Tür trugen, Schwung nahmen und ihn mit einem *Hau-Ruck!* auf die Straße beförderten. Als er sich aufrappelte, schüttelte er die Faust gegen die drei im Türeingang Stehenden und schrie:

»Ihr Kerle werdet eure Frechheit noch bereuen! Niemand widersetzt sich ungestraft den Befehlen meines mächtigen Herrn! Ihr habt mich nicht das letzte Mal gesehen, und Meistrin Dyckman wir noch als Königin in Mutabwk regieren!«

Dann klopfte er sich den Staub vom Körper und humpelte davon.

Beim Mittagessen berichtete Mjipa Alicia von seinen Unterredungen mit dem Phathvum und dem Heshvavu. Alicia rief überrascht: »Dann war also dieser Unterweltfürst derjenige, der die Opposition gegen den verrückten Turm des Königs angeführt hat? Der dort stand, was wir als die richtige Seite ansehen? Und wir haben jetzt bei der Regierung einen Stein im Brett, weil du ihn erledigt hast?«

»Genau so ist es, meine Teure. Das Leben ist manchmal voll von Ironie, nicht wahr? Ich hatte wahrhaftig nicht die Absicht, auf diese Weise zugunsten einer der beiden Seiten in dem Turm-Streit Partei zu ergreifen; aber wenn irgend so ein Lümmel mich angreift, dann muß ich mich verteidigen.«

»Den krishnanischen Göttern sei gedankt, daß du da heil herausgekommen bist! Diesmal war ich sicher, daß es dich erwischt hätte.«

»Das hätte es auch, wenn Khostavorn nicht so eitel gewesen wäre, die anderen zurückzuhalten, um sich den Ruhm einzuheimsen, mich ganz allein fertiggemacht zu haben.«

»Da siehst du, was mit dem passiert, der den unerschrokkenen Helden spielen will! Wenn du nur auf meinen Rat gehört und ihn getötet hättest, als du ihn knockout gehauen hattest ...«

»Dann hätten wir das Geld von unserer Bürgschaft nicht zurückgekriegt und von der Regierung keinen freundschaftlichen Klaps auf die Schulter bekommen.«

»Wieso hätten wir unser Geld nicht zurückgekriegt?«

»Weil wir dann, da wir ja nicht wußten, daß wir der Regierung damit einen Gefallen getan hätten, schleunigst abgehauen wären und niemandem ein Sterbenswörtchen davon erzählt hätten.«

Alicia seufzte. »Ich geb's auf. Wie war deine Nacht auf der Wache?«

»Nicht schlimm. Ich hatte zwei Zellengenossen. Einer war betrunken und wollte beweisen, daß er den größten Kerl am Platz umhauen könnte. Und nun rat mal,wen er sich als Demonstrationsobjekt ausgesucht hat! Ich mußte ihn leider etwas unsanft von der Undurchführbarkeit seines Vorhabens überzeugen. Der andere war ein glühender Bewunderer des verstorbenen Khostavorn und pries eine Stunde lang dessen Heldentaten, ehe er einschlief. Ich hielt es für taktvoller, ihm nicht zu erzählen, was seinem Idol zugestoßen war.«

»Und jetzt gehst du also, wie du's angekündigt hast, Isayin besuchen?«

»So ist es.«

»Wenn das, was du vorhast, nicht klappt, dann wird es dir noch leid tun, daß du dich mit dem König so dick angefreundet hast. Es wird uns bloß in noch größere Schwierigkeiten bringen. Als ob es nicht schon reichte, daß wir Khoroshs Schlägertrupp im Nacken haben und demnächst wohl auch noch einen zweiten von Ainkhist.«

»Tut mir wirklich leid, aber für mich ist das eine Sache der Selbstachtung. Ich könnte nicht mehr in den Spiegel gukken, wenn ich es nicht wenigstens versucht hätte.«

Als sie nicht aufhören wollte, ihn mit immer neuen Argumenten von seinem Vorhaben abzubringen, platzte ihm schließlich der Kragen, und er schnauzte sie an:

»Jetzt hör mir mal gut zu, mein Täubchen! Du wärst doch bestimmt ungeheuer empört, wenn ich dir sagen würde, du sollst Ainkhists Angebot annehmen und nach Yein gehen, oder? Mir würde das das Leben mit Sicherheit erheblich erleichtern.«

»Und ob ich empört wäre! Aber der Vergleich ist doch lächerlich! Außerdem warst du doch derjenige, der bereit war, sich mit der ganzen mutabwkianischen Armee anzulegen, um meine sogenannte Ehre zu retten!«

»Oh, ich würde auch nicht im Traum daran denken, ein solches Ansinnen an dich zu stellen. Ich habe es lediglich als Beispiel genannt. Schon der bloße Gedanke, daß eine terranische Frau sich einem dieser ... dieser Aliens hingibt, bringt mich auf die Palme. Siehst du, und so ähnlich fühle ich mich bei dem Gedanken, Isayin in der Patsche sitzen zu lassen, in die er nicht zuletzt durch meine Mithilfe hineingeraten ist. Und du bist genauso mitverantwortlich, weil du ihm die Idee von der runden Welt überhaupt erst verkauft hast.«

»Aber er ist doch bloß ein ›Alien‹, wie du dich eben auszudrücken beliebtest, und du hast selbst gesagt ...«

Die Auseinandersetzung eskalierte erneut zu einer wilden Zankerei. Sie beendeten ihre Mahlzeit in eisigem Schweigen. Dann stampfte Alicia auf ihr Zimmer und donnerte die Tür hinter sich zu.

Mjipa ließ sich von Minyev den Weg zum Alten Gefängnis zeigen. Der Hauptwärter prüfte den Paß, gab ihn Mjipa zurück und führte ihn durch einen Korridor, von dem zu beiden Seiten Zellen abgingen. Minyev blieb im Büro des

Hauptwärters zurück. Der Wärter schloß die Tür einer der Zellen auf und bedeutete Mjipa mit einer Handbewegung, einzutreten. Er selbst blieb draußen vor dem Gitter stehen.

Der runzlige kleine Kalwmianer in der Zelle blickte auf. Seine Antennen richteten sich auf, und seine Augen weiteten sich, als sie Mjipas riesige Gestalt und seine schwarze Hautfarbe gewahrten.

»Ihr!« rief Doktor Isayin. »Was in Phaighosts Namen führt Euch hierher? Wollt Ihr Euch an meinem Schicksal weiden?«

»Ganz und gar nicht, Doktor Isayin«, erwiderte Mjipa, um auf Gozashtando fortzufahren: »Sprecht Ihr Gozashtando?«

»Ja«, antwortete Isayin in derselben Sprache. »Warum fragt Ihr?«

»Weil wir so freier miteinander sprechen können, da der Kerkermeister, der uns beobachtet, diese Sprache wahrscheinlich nicht versteht.« Mjipa warf dem Wärter einen verstohlenen Blick zu, um zu sehen, ob er auf die Worte reagierte; aber der Krishnaner zeigte keine Anzeichen von Interesse.

»Wenn Ihr nicht gekommen seid, mich zu verhöhnen, warum dann?«

»Erzählt mir erst einmal, wie Ihr überhaupt in diese mißliche Lage geraten seid.«

»Als ich von einem terranischen Weibe, einer Person von imponierendem Geiste und tiefer Gelehrtheit, erfuhr, daß die Terraner, welche, das All bereisend, tiefere Einblicke haben als wir, die Lehre vertreten, daß die Welt kugelförmig sei, ließ ich mich von der Wahrheit dieser Doktrin überzeugen. Daß dies so sei, hatte ich indes schon lange vermutet, gibt es doch eine Reihe von Hinweisen: So verschwindet zum Beispiel der Rumpf eines Schiffes am Horizont, während man den Mast und die Segel immer noch erblicken kann; mithin muß die Oberfläche des Meeres nach oben gewölbt sein. Und, wie ich schon sagte, haben Raumreisende wie die Terraner in der Tat diese und andere Welten von fern gesehen und auf diese Weise ihre wahre Gestalt erblickt.

Als ich diese meine ketzerischen Ansichten meinen Schülern nahebrachte, ließ ich größte Vorsicht walten; so wies ich sie darauf hin, daß es sich hiebei lediglich um eine Theorie handle, so zwingend die Argumente dafür auch seien. Doch ein Student, ein verstockter junger Tunichtgut, an den jede höhere Bildung verschwendet ist, hegte Groll gegen mich, da ich ihn in der Prüfung hatte durchfallen lassen. Aus Rache denunzierte er mich im Palast. Der Rest ist Euch bekannt.«

»Und nun«, sagte Mjipa, »will ich Euch, wenn Ihr mir erlaubt, meinen Beitrag in dieser traurigen Affäre erklären.« Er schilderte Isayin in kurzen Worten, welche Hindernisse er hatte überwinden müssen und welche verzwickten Umstände dazu geführt hatten, daß er bei dem Prozeß als Zeuge erschienen und zu Ungunsten von Isayin ausgesagt hatte.

Als er fertig war, fragte Isayin: »Ist dieses Weib, welches Ihr aus schrecklicher Gefahr gerettet habt, so wie Abbeq Dángi rettete, das nämliche wie jenes, welches mir die terranische Rundwelt-Doktrin nahebrachte? Alischa ... Aliehscha ...«

»Alicia Dyckman«, vollendete Mjipa. »Ja, das ist sie. Sie und ich segeln in fünf Tagen nach Majbur und von dort aus weiter nach Novorecife. Wenn ich Euch aus dieser Zelle schmuggeln könnte, würdet Ihr dann mit uns mitkommen wollen?«

Der Kalwmianer spreizte die Hände. »Was soll ich sagen? Liebe ich mein Heimatland auch noch so sehr, so ziehe ich es doch vor, den Henkermeistern des Heshvavu zu entrinnen, so sich eine solche unerwartete Möglichkeit bietet. Wie wollt Ihr meine Befreiung ins Werk setzen?«

»Ich bin noch nicht ganz sicher, aber ich habe schon einige Ideen. Doch verhaltet Euch trübsinnig und entmutigt, so als hätte ich Euch das letzte Fünkchen Hoffnung geraubt. Ich werde wiederkommen.«

Als sie am nächsten Morgen beim Frühstück saßen, sagte Mjipa: »Lish, ich hab da noch ein Problem. Kannst du sauberes Khaldoni schreiben?«

»Hat das irgendwas mit deiner verrückten Idee zu tun, Isayin zu befreien?«

»Ist doch egal; kannst du's, oder kannst du's nicht?«

»Nein, ich kann's nicht. Ich habe die Schriftsprache studiert und kann ein bißchen lesen, aber über ein paar Grundzeichen bin ich nie hinausgekommen. Sie sind sehr unregelmäßig und kompliziert.«

»Dann muß ich's mit Minyev versuchen. Er kann lesen und schreiben, was bei jemandem aus seiner sozialen Klasse eine echte Seltenheit ist.«

»Großer Gott, Percy, überleg, was du da tust! Damit wären wir ihm auf Gedeih und Verderb ausgeliefert! Bist du sicher, daß er uns nicht bei einer entsprechenden Belohnung ans Messer liefern würde?«

»Ich gebe zu, es ist nicht ganz ungefährlich. Aber es würde dich nicht betreffen, weil du dann schon sicher an Bord des Schiffs wärst. Und Minyev ist ein so großes Risiko nicht, weil er unbedingt mit uns nach Novorecife mitkommen will; und das kann er nicht, wenn ich hier im Knast sitze.«

»Percy Mjipa, du bist der verbohrteste Idiot, der mir je untergekommen ist. Mit Vernunft ist dir einfach nicht mehr beizukommen. Du machst mich noch wahnsinnig!«

»Nein, meine Beste; das warst du schon, lange bevor ich dich kennengelernt habe. Und jetzt entschuldige mich bitte.«

Mjipa scheuchte den Wirt von seinem Sitzkissen auf: »Meister Irants, habt Ihr vielleicht so etwas wie einen Maßstock oder eine Meßschnur, die Ihr mir leihen könntet?«

Irants verschwand und kam mit einem Holzstab zurück, in den khaldonische Maßeinheiten eingeritzt waren. Mjipa nahm den Stock an sich und ging zu Minyev.

»Siehst du das?« Er zeigte dem Faktotum die unbeschriebene Rückseite des Passes, den Chanapar ihm ausgestellt hatte. »Schau es dir genau an und präge dir die Beschaffenheit des Papiers ein. Es ist viereinhalb mal sechs *Yestit* groß. Ich möchte, daß du mir zwanzig Blatt Papier von exakt demselben Format und derselben Beschaffenheit kaufst. Nimm Meister Irants' Meßstab mit, damit du es nachprüfen kannst. Die Sache ist streng vertraulich. Wenn jemand davon Wind bekommt, kommst du niemals nach Novorecife.«

»Warum nicht, Herr? Ich verstehe nicht.«

»Weil ich in dem Fall nicht mehr leben würde und dich also nicht mitnehmen könnte. Und jetzt spute dich.«

Stunden später kam Minyev mit einem Päckchen zurück. »Die Beschaffenheit ist nicht exakt die des Originals, Herr. Aber es war das Beste, das ich finden konnte.«

Mjipa wickelte das Päckchen aus und verglich die Blätter mit dem seines Passes. Das Papier war von etwas minderer Qualität, aber Mjipa hoffte, daß der Unterschied zu gering war, um bei einer Prüfung bei Lampenlicht aufzufallen.

»Das hast du gut gemacht«, lobte er das Faktotum. »Und nun setz dich hin. Hier sind Feder und Tinte. Schreib mir in deinem besten Khaldoni folgendes:

ICH WEISE EUCH HIERMIT AN, DEN GEFANGENEN ISAYIN IN DIE OBHUT DES TERRANERS MJIPA ZU ÜBERGEBEN. AUS GRÜNDEN DER STAATSRÄSON UNTERLIEGT DIESER VORGANG STRENGSTER GEHEIMHALTUNG.

CHANAPAR, PHATHVUM

Nach dem Mittagessen zog Mjipa sich in seine Kammer zurück und verbrachte den Rest des Tages damit, in mühsamer Geduldsarbeit einen neuen Paß zu fälschen. Obwohl er keine Erfahrung im Fälschen hatte, brachte er nach mehreren Versuchen eine recht passable Imitation der einleitenden Sätze des Originalpasses zustande. Anstelle des Schlußsatzes, der ihn befugte, Isayin in seiner Zelle zu besuchen, kopierte er den Passus, den er Minyev diktiert hatte, wobei er sorgfältig den Schriftstil des Originals nachahmte.

Am darauffolgenden Tag schlug Mjipa die Zeit tot, indem er Alicia zu einer Wiederaufführung von Harians *Ahnen* in khaldonischer Sprache ausführte. Zur Auswahl hatte er ihr eine Dichterlesung von Shetsin, einem einheimischen Barden, ein Konzert der Hofkapelle und besagtes Stück gestellt. Alle drei Kulturereignisse waren auf dem Bekanntmachungsbrett auf dem Hauptplatz angekündigt. Sie entschied sich für das Theaterstück.

Die Handlung drehte sich um ein junges Aristokratenpaar, aus dessen erstem Ei ein Baby mit einem Schwanz schlüpfte. Die Frage war nun: Welche Linie, ihre oder seine, trug den Makel eines geschweiften Ahnen? Einen von der geschwänzten Krishnanerrasse im Familienstammbaum zu haben, wurde nämlich als schlimmer Schandfleck betrachtet.

»Ich dachte immer«, flüsterte Mjipa, »die geschwänzte und die schwanzlose Spezies könnten miteinander keine Nachkommen zeugen.«

»Das stimmt nicht ganz«, flüsterte Alicia zurück. »Sie können sehr wohl, aber die Nachkommen sind meistens unfruchtbar. Aber nicht unbedingt alle.«

Am Schluß stellte sich heraus, daß die beiden Unglückseligen entfernte Vettern waren und daß ihr gemeinsamer Urahn ein Geschwänzter war. Als sie sich gerade anschickten, gemeinsam aus dem Leben zu scheiden, um die Schande zu tilgen, tauchte, einem Deus ex machina gleich, ein Bote aus dem fernen Günesh auf und lud sie in sein Land ein. Dort, so versicherte er ihnen, sei ihr ›Tropfen geschwänzten Blutes‹ kein Makel, aus dem ihnen ein Nachteil erwüchse.

»Zumindest«, murmelte Alicia, »ist es saubere Genetik, vorausgesetzt, der Schwanz ist eine Mendelsche Rezessive.«

Später, als die Besuchszeit sich dem Ende näherte, stattete Mjipa Isayin noch einen Besuch in seiner Zelle ab, um ihn von seinen Plänen zu unterrichten.

»Oh!« sagte Isayin. »Ihr plant, mich in drei Tagen zu befreien? Leider wird das zu spät sein.«

»Wieso?«

»Übermorgen, so heißt es, soll ich in den Verhörraum im Palast gebracht werden. Ihr könnt Euch sicher denken, was das bedeutet. Sie werden versuchen, mir mit Mitteln, die um keinen Deut sanfter sind als die des Riesen Damghan in der Legende, die Namen von anderen Ketzern zu entringen. Sie trachten nämlich danach, eine angeblich gewaltige Verschwörung von Rundweltlern gegen die gottgewollte Herrschaft Seiner Heiligen Kolossalität zu zerschmettern. Ob der verschiedene Khostavorn Haupt einer solchen Kabale war, vermag ich nicht zu sagen, da ich dem Schurken niemals begegnet bin.«

Mjipa überlegte. Schließlich sagte er: »Dann muß ich Euch eben schon morgen befreien. Ich habe überlegt, wo ich Euch bis zum Auslaufen des Schiffes verstecken könnte; doch nun glaube ich einen sicheren Ort gefunden zu haben. Traut Ihr Euch zu, die Rolle eines ... eh ... laßt mich nachdenken ... sagen wir, eines Zhamanakianers zu spielen?«

»Ich könnte mein Haupthaar abrasieren, ihre Art der Körperbemalung annehmen und eine recht naturgetreue Nachahmung ihres Dialekts sprechen.«

»Dann stellt Euch auf diese Rolle ein. So Phaighost will, werde ich morgen nach der Stunde des Mittagsmahles wiederkommen.«

Zum Souper führte Mjipa Alicia in eine kalwmianische Nachtbar. Dort lauschten sie den Bemühungen eines Trios, dessen Instrumente einem Dudelsack, einer Balalaika und einem Xylophon ähnelten. Dazu gab eine Krishnanerin wehklagende Laute zum besten, die entfernt an das Gejaule eines Muezzin erinnerten.

Während er mit einer Portion lebender Spaghetti kämpfte (es handelte sich dabei um eßbare Würmer, die sich auch nach dem Kochprozeß munter weiterringelten und -kringelten), blickte er über den Tisch auf seine Begleiterin, die damit beschäftigt war, Notizen auf einen Block zu kritzeln. »Lish!« rief er kopfschüttelnd. »Kannst du nicht einmal deine Datensammelei wenigstens für eine Stunde unterbrechen und einfach mal das Leben genießen?«

»Du verstehst das nicht. Du weißt doch, wie es in Majbur und anderen Städten ist, die näher bei Novorecife liegen. Du versuchst, einheimische, unverfälschte Folklore zu studieren, und alles, was du geboten kriegst, sind mehr oder weniger verunglückte Versionen von *Guadalajara* und *Yesterday* und der *Lorelei* à la krishnaise. Terranische Kunst und Mode sind mehr und mehr in. Wenn du also noch was echt Krishnanisches hören willst, dann mußt du schon weit rausfahren in solche wilden Regionen wie diese hier. Deshalb will ich es festhalten, bevor es genauso verschwindet, wie die charakteristischen Volkskulturen auf der Erde verschwunden sind.«

Dann trat eine Tänzerin auf, eingehüllt in ein bauschiges Hemd mit Puffärmeln und einen weiten, langen Rock, der sich über unzähligen Schichten von Petticoats und Spitzenunterröcken wölbte. Mjipa bemerkte: »Wo die Leute gewohnt sind, Kleider zu tragen, finden sie es ungeheuer aufregend, wenn die Frauen nackt tanzen. Hier, wo sie mehr oder weniger nackt rumlaufen, bereitet es ihnen Prickeln, wenn sie fast in Kleidern ersticken.«

Als die Tänzerin ihre Darbietung beendet hatte, stimmte das Trio eine flotte Weise an. Ein paar kalwmianische Paare erhoben sich zum Tanz. »Komm, Percy, laß uns auch tanzen!« forderte Alicia ihn auf.

»Um Himmels willen, Frau, wie soll ich denn diese einheimischen Menuette und Gavotten, oder wie immer die das hier nennen, tanzen können, ohne sie je gelernt zu haben? Dazu bräuchte ich erst einmal Unterricht und reichlich Übung. Das einzige, was ich kann, ist der Kriegstanz der Ngwato, den ich in der Schule gelernt habe.«

»Percy, du wirst jetzt mit mir tanzen! Du wirst doch wohl noch einen simplen Twostep hinkriegen!«

Mjipa erhob sich mit einem Seufzer. »Bei Gott, wenn ich hierfür nicht eine Extra-Schwerstarbeitzulage beantrage, dann will ich nicht Percy Kuruman Mjipa heißen ...«

7

Befreiung

Während Alicia die Kampfspuren in ihrem neuen Kilt flickte, arbeitete der Konsul noch spät am Abend an einer revidierten Fassung seiner Fälschung. Sie hatte den gleichen Wortlaut wie die andere, nur daß sie um den Satz ergänzt wurde: DER BISHERIGE BEFEHL, DEN GEFANGENEN ISAYIN ZUM VERHÖR IN DEN PALAST ZU ÜBERSTELLEN, IST HIERMIT WIDERRUFEN.

Am nächsten Morgen stand Mjipa schon vor Sonnenaufgang auf. Zu Minyev sagte er: »Ich gehe jetzt zum Turm. Ich denke, ich bin spätestens in zwei Stunden wieder zurück. Sag Irants, er soll mir ein bißchen was vom Frühstück aufheben.«

Er verließ den Gasthof und hielt eine Straßenbahn an. Zwar hätte er zu Fuß den Turm genauso rasch erreichen können, aber er wollte möglichst unauffällig zum Turm und zurück gelangen.

Er kam am Turm an, bevor die Morgenschicht begonnen hatte. Eine Gruppe von Krishnanern stand vor dem Haupteingang und wartete auf das Eintreffen ihres Chefs. Als Mjipa aus der Straßenbahn stieg, drehten sie sich nach ihm um und gafften. Alle paar Augenblicke trudelten weitere Bauarbeiter ein. Die beiden Wachsoldaten vor dem Tor waren inzwischen ebenfalls aufmarschiert und hatten ihren Posten bezogen.

Nachdem die Bauarbeiter Mjipa eine Weile neugierig beäugt hatten, traute sich einer vor und begann, ihn auszufragen, was das Signal für die anderen war, ebenfalls ihre Scheu zu überwinden und ihn mit Fragen zu bombardieren: »Sagt, Meister Terraner, ist es wahr, daß auf Terra niemand zu arbeiten braucht und daß alle in eitlem Müßiggang leben?« – »Gibt es Sklaverei auf Terra?« – »Freßt ihr euch gegenseitig, wie die Wilden in Fossanderan?« – »Was tut ihr gegen Krankheiten?« – »Ist es wahr, daß ihr eine Maschine anbetet, die euch alles Denken abnimmt?« – »Wenn eure Welt eine Scheibe ist, so wie unsere, wie kamt ihr dann von dort nach hier?«

Die letzte Frage brachte Mjipa in Verlegenheit, weil eine Diskussion über das Reisen im Raum unweigerlich das Flachwelt-Dogma des Heshvavu berühren würde. So war er froh, daß Baumeister Arraj auf der Bildfläche erschien, während er sich noch den Kopf über eine möglichst unverbindliche Antwort zerbrach. Als er Mjipa entdeckte, rief er voll Überschwang: »Dreimal willkommen, mein lieber Herr Terraner! Was führt Euch hierher?«

»Ich fand neulich solchen Gefallen an Euren Ausführungen über die Konstruktion des Bauwerks, daß ich hoffte, Ihr könntet vielleicht noch einmal ein wenig von Eurer Zeit abzweigen, um mir mehr davon zu erzählen.«

»Aber gewiß, mein guter Herr! Eurem Wunsche soll sogleich entsprochen werden. Ich will nur schnell meine Männer an ihre Arbeitsplätze weisen.«

Arraj zog einen massiven, etwa zwanzig Zentimeter langen Schlüssel hervor und schloß die Eingangstür auf. Als die Arbeiter hereinströmten, gab er Anweisungen an die Poliere und Vorarbeiter aus. Dann ging er selbst hinein und bedeutete Mjipa mit einem Wink, ihm zu folgen.

Arraj führte Mjipa zu seinem Büro im Erdgeschoß. Er schloß die Tür mit einem weiteren Schlüssel auf und ging hinein.

An einer Wand des Büros entdeckte Mjipa eine Reihe von Haken, an denen mehrere Schlüssel hingen. Arraj hängte den großen Eingangstürschlüssel an einen der Haken und den kleineren Bürotürschlüssel an einen anderen. Mjipa sah, daß an denselben Haken schon ähnliche Schlüssel hingen, offenbar Duplikate.

Arraj kramte in einer Truhe nach Papieren und entrollte

ein großes Pergament auf einem niedrigen Tisch. »Hier«, erklärte er, »seht Ihr die Originalzeichnung vom Plan des Turms. Beachtet die Dicke der unteren Wand. Wie Ihr wißt, können wir nicht mit Sicherheit voraussagen, wann wir das Gewölbe des Himmels durchstoßen. In einem halben Regaku Höhe? Oder in einem Regaku Höhe? Oder erst nach zwei Regakit? Derhalben mußten wir dem Sockel gewaltige Dicke verleihen, auf daß er dem Gewicht eines Turmes von solch außerordentlicher Höhe standzuhalten vermag. Wenn Ihr mir nun bitte folgen wollt, will ich Euch ein paar besondere Charakteristika in der Konstruktion des Turmes zeigen …«

Der kleine Baumeister schritt voran durch die Tür. Vor dem Hinausgehen nahm Mjipa rasch einen der Eingangstorschlüssel vom Haken und steckte ihn in seine Tasche. Da Arraj ihm den Rücken zugedreht hatte, merkte er nichts davon.

Mjipa entdeckte sehr rasch, daß das Problem bei dem Baumeister nicht darin lag, ihn zum Reden zu bewegen, sondern darin, ihn wieder zum Aufhören zu bringen, wenn er einmal angefangen hatte. Die Krishnaner waren insgesamt ein geschwätziges Völkchen, und in Arraj schien der Konsul das redseligste Exemplar von allen angetroffen zu haben. Der flinke Greis scheuchte Mjipa treppauf und treppab, auf Leitern hinauf und hinunter in unterirdische Krypten, ununterbrochen auf ihn einschwallend: »… und beachtet, Meister Mjipa, die Neigung der Fenster. Der Turm soll nämlich, abgesehen von seiner eigentlichen Bestimmung, auch Verteidigungszwecken dienen; daher die geneigten Fenster, welche bestens geeignet sind zum Abschießen von Pfeilen auf Belagerer. Als Beispiel möchte ich den wohlbekannten Zwischenfall zitieren, welcher sich anläßlich der Belagerung von Marinjid im Jahre des Avvals, im neunundvierzigsten Zyklus …«

Der Besuch, für den Mjipa etwa eine Stunde veranschlagt hatte, dehnte sich bis weit über den Mittag des langen Krishnatages aus. Und der Greis schwatzte unverdrossen weiter, bis Mjipa schließlich versucht war, den Baumeister zu strangulieren, um auch einmal zu Wort zu kommen.

Als sie an der leeren Werkzeugkammer vorbeikamen, die Mjipa bei seinem früheren Besuch schon gesehen hatte, blieb er kurz stehen und testete die Tür. Sie öffnete sich nach außen und war auf der Außenseite lediglich von einem simplen Fallriegel gesichert.

Schließlich, nach einer halben Ewigkeit, hatte Arraj sein Pulver verschossen. Mjipa griff die Gelegenheit beim Schopf, bedankte sich überschwenglich und verabschiedete sich.

Als er zum Gasthof zurückkehrte, sah er zu seiner Überraschung auf der anderen Straßenseite, direkt gegenüber vom Gasthof, Kuimaj, den mutabwkianischen Herold, zusammen mit einer Gruppe ihm unbekannter, derb ausschauender Khaldonier stehen.

Als Mjipa zu Kuimaj hinüberblickte, lächelte letzterer drohend und rief: »Ich habe Euch gewarnt, Terraner!« Mjipa war froh, daß er diesmal sein Schwert bei sich trug.

Im Gasthof erfuhr Mjipa, daß das Mittagessen, das von Irants' Frau und seiner Tochter gekocht wurde, bald fertig sein würde. Er ging auf sein Zimmer und begann eine Liste zusammenzustellen. Lange Minuten saß er da und starrte vor sich hin, angestrengt nachdenkend, bemüht, jedes auch noch so geringe Detail, jede Eventualität zu bedenken, und was er benötigen würde, um sie zu bewältigen. Minyev fragte von der anderen Seite des Raums:

»Was, heute keinen Trunk vor dem Mahl, Herr?«

»Nein, jetzt nicht«, sagte Mjipa. »Ich muß nachdenken.«

Der Gong ertönte, der zum Mittagessen rief. Als Mjipa hinunterging, saß Alicia schon am Tisch. »Na, meine Teure«, begrüßte er sie, »wie hast du denn so den Vormittag herumgekriegt?«

»Mit Waschen. Und du? Ich nehme an, du warst draußen und hast versucht, deinen Männlichkeitsrekord zu brechen?«

»Großer Gott, nein! Ich war drüben im Turm ...«

»Ich habe auch bloß Spaß gemacht.«

»Laß das besser. Bei dem Thema reagiere ich leicht gereizt.«

»Okay, Percy. Was ist das für eine Liste?«

»Das sind Sachen, die Minyev für mich besorgen soll. Ich brauche deine Hilfe, sie ins Khaldoni zu übersetzen.«

Mjipa gab Minyev einen Streifen Papier, und dann diktierten er und Alicia. Als die Liste fertig war, sagte das Faktotum: »Herr, es wird langsam spät. Ich weiß nicht, wie ich all die Dinge auf dieser Einkaufsliste vor Einbruch der Dunkelheit beschaffen soll. Einen Tagesvorrat an Nahrungsmitteln ... einen Korb zum Tragen derselben ... einen Holzkeil und einen Hammer ... Hautfarbe in den folgenden Tönen ... Pinsel zum Auftragen derselben ...«

»Laß mich die Liste mal sehen«, sagte Alicia. »Das sind alles Sachen, die du zur Befreiung des alten Professors brauchst, stimmt's?«

»Mmmh-mmh«, grunzte Mjipa.

»Und wie hast du vor, ihn rauszuholen?«

»Das sage ich dir besser nicht.«

»Ach, komm schon! Wir stecken da alle mit drin, wohl oder übel.«

»Also gut – mit einem gefälschten Befehl vom Palast. Ich wußte gar nicht, daß ich Talent zum Fälschen hatte, noch dazu in einer fremden Schrift.«

»Und wann soll das Ganze über die Bühne gehen?«

»Heute nachmittag, sobald ich weg kann.«

»Aber das Schiff geht erst übermorgen. Wo willst du in der Zwischenzeit mit ihm hin? Hier können wir ihn ja wohl kaum verstecken.«

»Ich habe einen Platz für ihn im Turm. Den morgigen Tag wird er dort verbringen, und morgen nacht bring ich ihn aufs Schiff.«

»Und wie willst du in den Turm reinkommen? Vielleicht die Wände raufklettern?«

»Dank Maibud, dem Gott der Diebe, habe ich einen von Arrajs Schlüsseln stibitzt.«

»Aber wenn sie merken, daß Isayin weg ist, werden sie das ganze Königreich auf den Kopf stellen. Und wenn sie rauskriegen, daß du mit der Sache zu tun hast, werden sie auch nach dir suchen.«

Mjipa zuckte die Achseln. »Ich habe mit diesen Eingeborenen seit vielen Jahren zu tun. Manche von ihnen sind nette Burschen – aber tüchtig sind sie nicht. Ich gehe jede Wette ein, daß es mindestens eine Fünfnacht dauern wird, bevor irgend jemandem im Palast plötzlich einfällt, daß Isayin dorthin überstellt werden sollte.«

»Ich hoffe nur, daß du recht behältst. Du, es wird spät, wie Minyev schon gesagt hat. Mach eine Liste mit der Hälfte der Sachen – sagen wir, die Lebensmittel – und gib sie mir. Ich kann sie ebensogut einkaufen, das spart Zeit. Es wäre nicht das erste Mal, daß ich auf einem krishnanischen Markt Lebensmittel einkaufe. Früher habe ich das immer getan.«

»Ich dachte, du wolltest nichts mit der Sache zu tun haben«, sagte Mjipa.

»Ach, Papperlapapp! Wenn wir schon mit drinhängen, dann will ich auch meinen Teil dazu beitragen. Ich kann doch nicht zulassen, daß ein Mann das ganze Risiko allein trägt.«

»Übrigens«, sagte Mjipa, »habe ich vorhin unseren Freund Kuimaj gesehen, den Herold von Ainkhist. Er lungert mit ein paar Schlägertypen auf der anderen Straßenseite herum. Du gehst besser nicht durch den Vordereingang, wenn Minyev oder ich nicht dabei sind.«

»Glaubst du, daß sie mich mitten auf der Straße kidnappen würden?«

Mjipa zuckte die Achseln. »Man kann nie wissen. Auf jeden Fall wollen wir kein unnötiges Risiko eingehen.«

»Eine schöne Hilfe wäre mir Minyev in einem solchen Fall! Er würde laufen wie ein Hase.«

Als er hörte, daß sein Name fiel, er die Worte aber nicht verstand, starrte Minyev verdutzt von einem zum anderen.

»Dann geh besser mit mir zusammen raus«, schlug Mjipa vor. »Und auf dem Rückweg treffen wir uns am Brunnen des Verkrüppelten Gottes und gehen von da aus zusammen zurück. Traust du dir zu, den zu finden?«

»Aber natürlich! Ich kenne die Straßen der näheren Umgebung wie meine Westentasche.«

»Ja? Hochmut kommt vor dem Fall. Denk dran, daß wir uns vor drei Tagen auch hoffnungslos verlaufen haben, an dem Abend, als wir Khostavorn begegneten.«

»Erstens war das nicht vor drei, sondern vor vier Tagen, und der Grund war, daß du darauf pochtest, wir müßten nach links abbiegen, als ich sagte, wir müßten nach rechts.«

»Ach, mach doch, was du willst! Und noch was, Minyev!«

»Ja, Herr?«

»Ich möchte mir deinen Kapuzenumhang ausleihen.«

Minyevs Umhang war zwar ein bißchen klein geraten für den hünenhaften schwarzen Mann, aber die Kapuze verbarg wenigstens seine schwarze Haarwolle. Die drei brachen gleichzeitig auf, Minyev in die eine Richtung und Mjipa und Alicia in die andere. Von der anderen Straßenseite warfen Kuimaj und seine Gorillas wütende Blicke herüber.

Am Brunnen des Verkrüppelten Gottes trennten sich Mjipa und Alicia. Letztere bog zum Lebensmittelmarkt ab, während der Konsul die Richtung zum Alten Gefängnis einschlug. Als Roqir gerade hinter die Dächer der näheren Häuser tauchte, betrat er das Gefängnis und legte dem Aufseher die gefälschte Order zur Entlassung Isayins vor.

Der Aufseher starrte auf das Dokument. Er rief einen anderen Wärter hinzu, und die zwei berieten sich mit gedämpfter Stimme. Mjipa dankte den krishnanischen Göttern, daß Krishna von den Segnungen des Telefons bisher noch verschont geblieben war, denn mit einem solchen hätten die Wärter binnen weniger Minuten rückfragen können.

Der erste Wärter holte aus einer Schublade seines Schreibtisches ein anderes Dokument hervor und verglich die beiden miteinander. Dann murmelte er: »Fürwahr, 's ist des Phathvums eigenhändige Unterschrift.« Er stand auf und winkte Mjipa, ihm in den Korridor zu folgen, in dem Isayins Zelle lag.

Die Augen des Doktors leuchteten auf, als die Zellentür sich öffnete. Mjipa reichte ihm Minyevs Umhang und sagte: »Zieht das an, Doktor.«

Als sie durch den Korridor zurückgehen wollten, sagte der Wärter: »Ihr müßt eine Bestätigung für den Empfang des Gefangenen unterzeichnen, Meister Terraner.«

»Gewiß. Wo ist das Formular?«

Aus seinem Schreibtisch zog der Wärter ein mit Schrift bedecktes Blatt Papier. Mjipa schrieb ›William Shakespeare‹ mit einem gewaltigen Schnörkel. Dann tauchten er und Isayin in der Abenddämmerung unter.

Als sie am Brunnen des Verkrüppelten Gottes ankamen, war Alicia noch nicht da. Mjipa und Isayin warteten fast eine Stunde, während der Mjipa die Neugier ganzer Scharen von Kalwmianern ertragen mußte, die ihn gaffend umringten und ihn mit Fragen löcherten: »Ist Eure Welt flach, so wie unsere? Oder ist sie von anderer Form, wie ein Würfel?« – »Leben dort wilde Bishtare, Yekis und dergleichen Getier?« – »Ist sie von einem einzigen großen Meer bedeckt, in welchem Inseln liegen?« – »Könnt Ihr mir sagen, wie man eine Verstopfung der Atemwege kurieren kann?« – »Ist es wahr, daß terranische Männer so potent sind, daß sie in einer einzigen Nacht hundert Frauen begatten können?«

Obwohl die Fragesteller Isayin, der für sie ein normaler Kalwmianer war, kaum Beachtung schenkten, klagte der Gelehrte: »Meister Mjipa, dies ist höchst unangenehm. Könnt Ihr sie nicht fortjagen? Oder sollten wir nicht nur auf Gozashtando miteinander reden?«

»Sie haben uns schon Khaldoni sprechen hören; dazu ist es also zu spät.« Der Konsul, der angefangen hatte, Spaß an der Spiegelfechterei mit den Fragen zu bekommen, wandte sich dem letzten zu. »Was das anbetrifft, guter Mann, so fürchte ich, daß die Berichte maßlos übertreiben. Nur in Mythen und Legenden können terranische Männer solche Hochleistungen vollbringen.«

»Warum kommt Eure Gefährtin nicht?« brummelte Isayin. »Wenn der Palast sich nun nach mir erkundigt ...«

»Sie wird schon irgendwann kommen!« fauchte Mjipa. »Ah, da ist sie ja!«

Alicia erschien mit einem großen Einkaufsnetz voller Lebensmittel. Als die drei im Gasthof ankamen, war Minyev schon da. Mjipa bugsierte Isayin in sein Zimmer und sagte: »Wir bringen Euch Euer Abendessen auf das Zimmer. Und seid achtsam mit den Farbtöpfen!«

Nach dem Abendessen packten Mjipa und Minyev die restlichen Sachen aus, die Minyev eingekauft hatte, und machten sich daran, Isayin in einen Zhamanakianer zu verwandeln. Während Minyev die Farben mischte, rasierte Mjipa dem Doktor den Schädel, wobei er ihm ein paar kleine Schnitte versetzte.

»Warum konntet Ihr mich nicht zu einem richtigen Barbier bringen?« jammerte Isayin. »Ihr hättet mich beinahe skalpiert, so wie es die Barbaren aus Qaath mit ihren gefallenen Feinden zu tun pflegen.«

»Hört endlich auf zu jammern!« fuhr Mjipa ihn schroff an. »Wenn wir zu einem richtigen Barbier gegangen wären, hätten die Behörden über ihn auf Eure Spur kommen können. Und jetzt haltet still, sonst schneide ich Euch gleich wieder.«

Alicia steckte den Kopf zur Tür herein, um zu sehen, wie sie vorwärtskamen. »Doktor«, fragte sie, »habt Ihr eine Frau oder andere Angehörige?«

»Im Moment nicht.«

»Heißt das, Ihr hattet eine? Ist sie gestorben, oder was?«

»Wenn Ihr es unbedingt wissen müßt, Meistrin Dyckman: Sie ist mit einem fahrenden Musikanten davongelaufen.«

»Oh, das tut mir leid!«

»'s war nicht ohne ausgleichende Vorteile. Sie sagte, sie fände das Leben mit mir unerträglich wegen meiner ständigen Klagen. Wahrlich, Meistrin, war das nicht höchst ungerecht? Ich bin doch kein chronischer Krittler, oder?« Ohne eine Antwort abzuwarten, fuhr der Weise fort: »Im darauffolgenden Jahr kehrte sie zurück mit der Begründung, der

Musikant sei *ramandú*-süchtig und obendrein verrückt, und überdies trachte er danach, jedes Weib zu begatten, dem er begegnete. Sie bat mich um Vergebung, und ich nahm sie wieder auf.

Im Jahr darauf brannte sie mit einem Kapitän durch. Und wieder kam sie zurück. Er habe sie geschlagen, so sagte sie; und da nahm ich sie abermals auf. Beim dritten Mal war es ein Ayahändler, welcher sie, ihrer überdrüssig geworden, allein in Yein zurückließ. Diesmal jedoch war ich es endgültig leid; dreimal, so fand ich, waren zweimal zuviel. Und so wies ich ihre Bitten um Versöhnung ab und löste unsere Verbindung auf.«

»Habt Ihr sie seither wieder gesehen?«

»O ja, bisweilen kommt sie, das Haus zu säubern; sie sagt, sie könne den Schmutz und die Unordnung nicht ertragen, welche während ihrer Abwesenheit entstehen. Danach strebt sie dann in mein Bett, in der Hoffnung, ein ehelicher Ritt würde mich erweichen und nachgiebig stimmen. Zwar beiße ich jedesmal an – ganz fertig bin ich noch nicht mit ihr –, doch sobald Roqir aufgeht, schicke ich sie wieder von dannen. Wie sagt doch Nehavend: Jeder irrt, aber ein Tor ist der, welcher sich in seinen Irrtümern ständig wiederholt. Und so geht es nun seit siebzehn Jahren.«

»Ganz wie beim *Homo sapiens«,* sagte Mjipa auf Englisch.

»Für mich«, sagte Alicia, »hört sich das ganz so an, als hätten die beiden einander verdient.«

»Sei nicht zu hastig mit deinen Schlußfolgerungen. Sie können beide Leute mit hervorragenden Qualitäten sein, jeder für sich gesehen, die trotzdem einfach nicht miteinander klarkommen können.« Wie du und ich, fügte er in Gedanken hinzu.

Als er mit dem Rasieren fertig war, sagte Mjipa: »Und nun runter mit dem Kilt, Herr Doktor. Soviel ich weiß, hält man in Zhamanak jede Art von Kleidung für unmännlich.«

»Ah, diese Schmach, die ich erdulden muß!« wehseufzte der Weise und ließ seinen Kilt herunter. »Wenn Ihr mir nur ein Paar scharlachfarbener Spirallinien auf den Rücken malt, schaffe ich den Rest, so denke ich, selbst.«

Gegen Mitternacht war das Werk vollbracht. Mjipa sagte: »Legt den Umhang wieder an, Doktor. Er verschmilzt mit der Dunkelheit.«

Die Straße vor Irants' Gasthof schien menschenleer und verlassen, als Mjipa und Isayin losmarschierten – der letztere mit den Vorräten beladen, die Alicia eingekauft hatte. Als Mjipa seinen üblichen Sturmschritt anschlug, jammerte Isayin: »Langsam, bitte! Ich kann nicht mit Euren Shomalbeinen mithalten, o Terraner!«

Mjipa verlangsamte seinen Schritt. In der Dunkelheit bog er in eine falsche Seitenstraße ein und mußte nach wenigen Schritten feststellen, daß er sich wieder einmal verlaufen hatte. Und diesmal war keine Streife der Nachtwache in Sicht, die er nach dem Weg hätte fragen können. Aber selbst wenn eine dagewesen wäre, hätte Mjipa nicht gewagt, sich an sie zu wenden; in diesem Stadium war jeder Kontakt mit der Staatsmacht ein zu großes Risiko. Er wünschte, er hätte jetzt Alicia mit ihrem untrüglichen Ortssinn dabei.

Isayin war auch keine große Hilfe. »Nein, Meister Mjipa«, brummte der Gelehrte. »Ich kenne mich in diesem alten Viertel nicht aus. Warum fertigtet Ihr keine Karte oder einen Reiseplan an, bevor wir losgingen? Das schiene mir doch ein selbstverständlicher logischer Schritt.«

»Wenn wir uns nach Norden halten«, sagte Mjipa, den Einwand des Weisen geflissentlich übergehend, »dann stoßen wir irgendwann auf den Hafenbezirk, und von dort aus brauchen wir uns nur noch nach Westen zu halten, um zum Turm zu kommen.«

»Wenn wir nicht vorher die Gurgel durchgeschnitten bekommen. Das Hafenviertel ist eine verrufene Gegend.«

Mjipa spürte wachsenden Ärger über Isayins fortwährendes Genörgel in sich aufsteigen. »Habt Ihr vielleicht einen besseren Vorschlag? Nein? Möchtet Ihr lieber zurück ins Alte Gefängnis? Also gut, dann gebt endlich Ruhe!«

Nach einem kurzen Marsch fand Mjipa das Hafenviertel und hielt sich nach Westen, bis Vuzhovs Turm in der Dunkelheit auftauchte. Mjipa näherte sich vorsichtig dem planierten Vorplatz, immer darauf bedacht, in der Deckung der Schutthaufen zu bleiben. Plötzlich meldete sich Isayin in normaler Lautstärke: »Und wie wollt Ihr in den Turm hinein ...«

»Pssst!« zischte Mjipa. »Nur im Flüsterton sprechen!«

»Hört, Meister Mjipa; auch wenn Ihr ein terranischer Beamter seid, habt Ihr noch lange nicht das Recht, in diesem Ton ...«

»Wenn Ihr jetzt nicht sofort Ruhe gebt, dann erwürge ich Euch!« Mjipa hob die großen schwarzen Hände und spreizte drohend die Finger. »Und jetzt haltet Euch hinter mir. Vielleicht hat man Posten aufgestellt.«

Zentimeter für Zentimeter arbeitete Mjipa sich vorwärts zum Rand des Vorplatzes. Seine Augen, die sich inzwischen auf das Mondlicht eingestellt hatten, entdeckten zwei Gestalten, die vor dem Eingangstor des Turms standen. Im Gegensatz zu den golden angemalten Soldaten, die bei Tageslicht dort Wache hielten, handelte es sich bei diesen um schlicht gekleidete und bemalte Wächter, die mit Hellebarden bewaffnet waren. Ein paar Fetzen ihrer Unterhaltung drangen an sein Ohr.

»Verdammt!« zischte er. »Mit einem würde ich ja noch fertig. Aber gleich zwei ...«

Einen Augenblick später löste sich eine der Gestalten von der anderen und begann um den Turm herumzugehen. Mjipa spielte mehrere Möglichkeiten durch: Einen einzelnen Wächter konnte er in ein Gespräch verwickeln, bis er nahe genug heran war, um den Burschen mit einem gezielten Schlag außer Gefecht zu setzen. Wäre es um die Rettung eines Terraners gegangen, dann hätte er es vielleicht in Kauf genommen, den Wächter zu töten. Aber ihm erschien der Gedanke absurd, einen Krishnaner zu töten, um einen anderen dafür vor dem Tod zu retten.

Aber angenommen, er schlug einen der Wächter nieder,

während der andere gerade seinen Rundgang machte; was dann? Der letztere würde, wenn er zurückkäme und seinen Partner bewußtlos vorfände, sofort Alarm schlagen. Hätte Mjipa eine Flasche Kvad mit einem Schlafmittel mitgebracht, dann hätte er beide Wächter vielleicht zu einem kleinen Trunk überreden können; aber daran hatte er nicht gedacht. Und die Flasche Falat in Isayins Tragnetz würde höchstens reichen, den beiden Krishnanern einen lustigen Schwips zu machen. Mjipa verwünschte sich, daß er das Wächterproblem nicht sorgfältig durchdacht hatte.

»Warum zaudert Ihr?« fragte Isayin in einem weithin hörbaren Flüsterton. »Fürchtet Ihr Euch?«

»Noch ein Wort, und ich schleppe Euch wirklich ins Gefängnis zurück. Jetzt haltet Euer Mundwerk! Ich denke nach.«

Schließlich ging ein Ruck durch den Konsul, und er flüsterte: »Geht zurück hinter den Schuttberg dort und seht, ob Ihr irgend etwas Brennbares findet. Duckt Euch!«

Die zwei schlichen zurück, bis sie in sicherer Entfernung von den Wächtern waren, und begannen in dem Schutthaufen nach Holzstücken zu stochern. Mjipa sammelte auch ein paar Fetzen Stoff und Papier. Er mußte sich dabei fast ausschließlich auf seinen Tastsinn verlassen, da das Licht der Monde nicht hell genug war, um Einzelheiten deutlich zu erkennen.

Als Mjipa einen guten Armvoll beisammen hatte, sagte er zu Isayin: »Bleibt hier stehen. Bewegt Euch nur, wenn jemand Euch zu entdecken droht.«

Mjipa verschwand in der Dunkelheit. Er schlug einen weiten Bogen um den Turm, um außerhalb der Sichtweite der Wächter zu bleiben. Als er die Rückseite des Turms erreicht hatte, schichtete er sein Brennholz zu einem Haufen auf, legte noch ein paar Stücke, die er in seiner nächsten Nähe fand, hinzu, schnitzte mit seinem Dolch ein paar Späne zurecht, die er rings über den Haufen verteilte, und holte sein Kolbenfeuerzeug hervor. Als Fidibus opferte er den Paß, den Chanapar ihm zum Besuch von Isayins Zelle ausgestellt hatte, da er nicht davon ausging, noch weitere Verwendung dafür zu haben.

Sobald die ersten Flammen gegen den Fuß des Turms züngelten, schlich Mjipa auf demselben Weg zurück, den er gekommen war, und kauerte sich neben Isayin. Sie warteten.

Gleich darauf reckte sich einer der Wächter, gähnte und startete seinen Rundgang um den Turm. Er war noch nicht ganz hinter der Krümmung des Mauerwerks verschwunden, als er im Laufschritt wieder auftauchte. Mjipa hörte, wie er schrie: »Vichum! Komm schnell!« Dann verschwanden beide Wächter hinter dem Turm.

Mjipa packte Isayin beim Umhang und hetzte, den Doktor hinter sich herzerrend, mit langen Schritten zum Haupteingang und zog unterwegs den Schlüssel aus der Tasche. Der Schlüssel drehte sich quietschend im Schloß, und die Tür ließ sich öffnen.

»Rein!« zischte Mjipa.

Sie stolperten in der Dunkelheit herum, bis Mjipa den Fuß der Wendeltreppe gefunden hatte. Er faßte den Doktor bei der Hand, und dann stiegen sie hinauf, begleitet vom Gejammer des letzteren, der sich alle paar Stufen mit der freien Hand das schmerzende Schienbein rieb. Auf dem dritten Stockwerk angekommen, tastete sich Mjipa an der Wand entlang, bis er die Tür der leerstehenden Werkzeugkammer fühlen konnte. Er schob Isayin zur Seite und öffnete die Tür. Das Licht, das durch ein scheibenloses, viereckiges Fenster im Mauerwerk hereinfiel, war besser als das im Treppenschacht.

»Da wären wir«, sagte Mjipa. »Ihr habt Nahrung für einen Tag, einen Hammer und einen Keil, um die Tür zu sichern. Treibt den Keil zwischen Tür und Fußboden, damit niemand die Tür aus Zufall oder in einem Anfall von Neugier von außen öffnen kann. Auf der Innenseite gibt es keinen Riegel.

Wenn Ihr Euch still verhaltet, ist es sehr unwahrscheinlich, daß Euch jemand entdeckt. Gebt mir den Umhang!

Wenn alles gutgeht, hole ich Euch morgen nacht ab und bringe Euch aufs Schiff.«

»Warum habt Ihr mich denn nicht direkt zum Schiff gebracht?«

»Weil das Schiff erst übermorgen ausläuft.«

»Könntet Ihr nicht den Kapitän bestechen, daß er mich an Bord versteckt?«

»Und was, wenn er den Palast benachrichtigen würde, bevor oder nachdem er sich mein Geld in die Tasche gesteckt hat? Je mehr Personen von der Sache wissen, desto größer ist die Gefahr des Verrats.

Außerdem ist es bekannt, daß Meistrin Dyckman und ich planen, mit der *Tarvezid* zu segeln. Wenn der Palast Euer Verschwinden entdeckt, ist das Schiff einer der ersten Orte, an denen er nach Euch suchen wird.« Als der Kalwmianer den Mund aufmachte, als wollte er einen neuen Einwand erheben, fuhr Mjipa mit fester, leicht erhobener Stimme fort: »Haltet Euch an die Anweisungen. Bleibt vom Fenster weg. Vermeidet jedes unnötige Geräusch!«

Mjipa spähte durch das Fenster nach draußen. Die beiden Wächter waren noch immer damit beschäftigt, die Reste des Feuers auszutreten. Der Konsul verließ die Werkzeugkammer, schloß die Tür hinter sich und stieg die dunkle Treppe wieder hinunter. Unten angekommen, öffnete er die Eingangstür einen Spalt, um sich zu vergewissern, ob die Wächter nicht schon wieder ihren Posten eingenommen hatten. Dann schlüpfte er hinaus, schloß die Tür wieder zu und rannte, bis er außer Sichtweite war.

Diesmal schaffte er es, zum Gasthof zurückzufinden, ohne sich unterwegs zu verlaufen. Aber er hatte das unangenehme Gefühl, als folgte ihm jemand. Mehrmals glaubte er, Schritte hinter sich zu hören; doch wenn er stehenblieb und, die Hand am Schwertgriff, um sich spähte, verstummten die geisterhaften Schritte sofort. Schließlich sagte er sich, daß es bloß das Echo seiner eigenen Schritte sei, die an den Häuserwänden widerhallten, und daß ihm seine gespannten Nerven vorgaukelten, es seien die eines Verfolgers. Trotzdem wurde er das Gefühl nicht ganz los und drehte sich alle paar Hausecken um.

Als er an Irants' Gasthof ankam, begann der Himmel schon heller zu werden. Er hatte den Gasthof kaum betreten, als ein aufgeregter Irants ihm entgegengelaufen kam, eine nicht minder aufgeregte Alicia im Schlepptau. Beide redeten gleichzeitig auf Khaldoni und auf Englisch auf ihn ein, bis Mjipa rief: »Bitte, bitte! Nur einer auf einmal. Du zuerst, Lish.«

»Wir hatten eine schreckliche Nacht«, sprudelte sie hervor. »Es war kurz nach Mitternacht, als plötzlich eine ganze Bande – wahrscheinlich dieselbe, die schon in Yein nach uns gesucht hat – hereingeplatzt kam.«

»Fürwahr, 's waren Zhamanakianer!« warf Irants ein. »Splitternackt und kahlgeschoren, und sie sprachen mit diesem üblen Akzent.«

»Wie viele?« fragte Mjipa.

»Vielleicht fünfzehn oder zwanzig«, sagte Irants. »Ich sah sie nie alle auf einmal, so daß ich ihre Gesamtstärke nur grob zu schätzen vermag.«

Alicia fuhr fort: »Sie sagten Irants, sie wären auf der Suche nach einem Terranerpaar, und gaben eine Beschreibung ab, die auf uns paßte. Er verneinte, uns gesehen zu haben ...«

»Vielen Dank«, sagte Mjipa, an Irants gewandt. »Ich werde mich daran erinnern, wenn wir unsere Rechnung bezahlen.«

»... und schickte seine Tochter hoch, um mich zu warnen. Ich befahl Minyev, meine Sachen in dein Zimmer zu schaffen und ihnen zu erzählen, er wäre ein fahrender Hausierer. Eliuv – das ist die Tochter – ließ mich dann durch eine Falltür auf den Speicher.

Kurz darauf hörte ich sie dann unten herumtrampeln und brüllen und schwören, sie würden den Geruch der Terraner wittern. Ich glaube, ich hörte auch die Stimme von Verar, diesem Gesandten, den König Khorosh mit dem Auslieferungsgesuch nach Kalwm schickte. Nach einer Weile verschwanden sie wieder, aber zwei von ihnen blieben draußen auf der Straße als Aufpasser zurück. Hast du sie nicht gesehen, als du zurückgekommen bist?«

»Nein«, antwortete Mjipa. »Ich war ziemlich müde, und es waren noch andere auf der Straße, die schon auf dem Weg zur Arbeit waren. Aber ich glaube schon, daß mir Herumlungerer von der Sorte aufgefallen wären. Was passierte mit Minyev?«

»Hör mir bloß mit dieser Memme auf! Er hörte brav zu, was ich ihm sagte, antwortete jedesmal ›Ja, Herrin! Ich verstehe, Herrin!‹ – um dann, kaum, daß ich die Falltür der Dachkammer hinter mir zugemacht hatte, aus dem Fenster zu klettern, hinunter auf die Gasse zu springen und um sein Leben zu laufen. Seither ist er noch nicht wieder aufgetaucht.«

»Meine Tochter ertappte ihn, als er gerade aus dem Fenster stieg«, erklärte Irants. »Als sie ihn darauf fragte, was er vorhätte, murmelte er etwas von wegen, diese Suppe sei ein wenig zu heiß für seinen Gaumen, und verschwand.«

»Ich kann dem Burschen keinen Vorwurf machen«, sagte Mjipa grinsend. »Wir reiten seit einiger Zeit ein verdammt hektisches Grand National, und *sein* Kampf ist es schließlich nicht. Aber wir sollten jetzt mal gucken, ob die Kerle noch irgendwo da draußen lauern. Meister Irants, Eure Schlafkammer geht doch zur Straße hinaus, nicht wahr?«

»Ja, Herr. Möchtet Ihr von dort einen Blick auf die Straße werfen?«

Ein paar Minuten später trat Irants von seinem Schlafzimmerfenster zurück und sagte: »Schaut, dort sind sie!«

»Es sind drei«, sagte Mjipa. »Ich bin ganz sicher, daß sie noch nicht dort waren, als ich hereinkam. Vermutlich sind sie zwischendurch mal kurz um die Ecke verschwunden, auf eine Tasse Shurab.«

»Kannst du erkennen, zu welcher Bande sie gehören – zu der Verars oder zu der Kuimajs?«

»Es sind eindeutig Zhamanakianer. Kuimajs Leute sind

entweder Mutabwkianer oder hier in Kalwm angeheuerte einheimische Talente. Wir müßten einen Weg finden, wie wir sie dazu kriegen können, daß sie sich gegenseitig umbringen ...«

»So daß wir es nur noch mit Khostavorns Kumpanen zu tun hätten – ach ja, und natürlich mit der Regierung, sobald sie Isayins Verschwinden bemerken.«

»Aber die Burschen da unten stellen in der Tat ein gewisses Problem dar«, sagte Mjipa.

»Die Untertreibung des krishnanischen Jahres.«

»Wir müssen irgendwann heute unsere Sachen auf die *Tarvezid* kriegen. Dann lasse ich dich da zum Aufpassen, während ich unseren akademischen Freund hole.«

Der Türgong rief Irants fort. Alicia fragte: »Wieso bist du eigentlich so verdreckt, Percy?«

»Ich habe im Schutt nach Brennmaterial rumgekramt, um die Wachen mit einem kleinen Feuerchen abzulenken. Ich weiß nicht, was ich dringender gebrauchen könnte, ein Bad oder ein paar Stunden Schlaf. Zum Henker auch, wenn ich doch bloß mein Verkleidungs-Set mitgenommen hätte! Zumindest dich könnte ich dann jetzt in eine passable Krishnanerin verwandeln.«

»Wir haben doch noch die ganzen Farben, die Minyev mitgebracht hat. Damit könnten wir doch ein Olivbraun zurechtmischen, das der Hautfarbe der Leute hier einigermaßen nahekommt. Ich glaube nicht, daß es uns vergiften wird. Die hauen sich das Zeug doch hier auch pfundweise drauf, ohne daß es ihnen schadet.«

»Bliebe immer noch das Haar.«

»Wir könnten eine kleine Probe Blaugrün zurechtmischen und sie an meinem Haar ausprobieren. Was wir mit deinem Haar tun sollen, ist mir allerdings ein Rätsel.«

Mjipa ließ die Finger durch seine schwarze Drahtwolle gleiten. »Ich könnte mir den Schädel kahlrasieren wie die Zhamanakianer, aber dann müßte ich auch nackt gehen; und ... eh ... jeder Krishnaner würde gleich auf den ersten Blick erkennen, daß ich keiner bin ... Nun, eh, du weißt, was ich meine. Und überhaupt habe ich es sowieso immer gehaßt, in Eingeborenenkleidung rumzulaufen. Man kommt sich doch irgendwie blöde dabei vor.«

»Aber den Kilt trägst du doch auch schon die ganze Zeit.«

»Ich weiß. Ich wollte die Eingeborenen nicht mehr schokkieren als unbedingt nötig. Die sind hier an Erdlinge nicht gewöhnt. Aber du glaubst gar nicht, wie froh ich sein werde, wenn ich endlich mal wieder in eine richtig schöne terranische Hose steigen kann.«

»Du bist nichts weiter als ein bigotter Anthropozentriker, das ist alles, was du bist.«

»Ein Anthro-was? Nun ja, egal, was ich bin, ich werde eben meine Befangenheit eine Weile verdrängen müssen. Ein ganz so verdammter Idiot bin ich nämlich nicht, mußt du wissen. Ich befürchte nur, daß ich es beim besten Willen nicht hinkriegen werde, aus mir einen echten Krishnaner zu machen.«

»Was stelle ich mit meinen Ohren an?« fragte Alicia.

»Beim Zeus, das hätte ich fast vergessen! Ich will mal sehen, ob ich da aus dem einheimischen Pappmaché irgendwas basteln kann.« Er gähnte so heftig die Tür an, daß ihm die Tränen in die Augen traten. »Das Bad wird noch eine Weile warten müssen. Weck mich in zwei oder drei Stunden auf, dann probieren wir's mal.«

Nach dem Mittagessen mischten sie Farben und probierten das Resultat an unverfänglichen Stellen auf Alicias Haut und Haaren aus. Bei den Haaren erwies sich das Experiment als totaler Fehlschlag. Die Haare pappten zu klebrigen Strähnen zusammen, so daß es selbst einem Blinden aufgefallen wäre, daß es keine echten Krishnanerhaare waren.

»So eine scheußliche Schweinerei!« rief Alicia, als sie das Resultat im Spiegel beguckte. Wütend wischte sie sich eine Träne aus dem Auge.

»Sieht so aus, als müßten wir nun doch eine Zhamanakianerin aus dir machen und alles abrasieren.«

»Oh, Percy! Welch schrecklicher Gedanke! Es wird wahrscheinlich dunkel nachwachsen. Und ich war immer so stolz auf mein Haar!«

»Wir haben erstklassige Färbemittel in Novo; Sivird führt ein Riesensortiment. Weißt du was Besseres?«

Sie dachte eine Weile nach. »Ich fürchte, nein. Na ja, bis wir in Novo ankommen, wird es ja schon wieder ein Stückchen nachgewachsen sein.«

»Du mußt dir aber das Schamhaar auch abrasieren. Krishnaner haben nämlich keins.«

»Ich werde den neuen Kilt, den ich mir gekauft habe, anziehen müssen, um meinen Bauchnabel zu verbergen. Krishnaner haben nämlich keinen. Also lassen wir meine Muschi schön so, wie sie ist.«

»Aber dann gehst du nicht als echte Zhamanakianerin durch. Sie hassen nämlich Kleider. Hüte und Schuhe sind erlaubt, aber der gesamte Teil dazwischen ist tabu.«

»Dann kann ich es nicht ändern. Ich erzähle einfach, ich wäre für immer nach Kalwm gezogen und würde mich bemühen, mich den hiesigen Sitten und Bräuchen anzupassen. Okay, verdammt noch mal, dann mach schon und schneid mir die Haare! Ich hasse dich dafür. Ich habe meine Haare so geliebt!«

Als Mjipa Schüssel, Seife und Rasiermesser bereit machte, fügte sie hinzu: »Und was machen wir mit dir? Du hast selbst gesagt, niemand würde dir je den Krishnaner abkaufen, selbst wenn du dich rasierst und anmalst.«

»Das erste Mal in meinem Leben, daß ich bedaure, ein Angehöriger der edlen negroiden Rasse zu sein. Vielleicht sollte ich auf allen vieren gehen, an einer Leine. Du könntest ja erzählen, ich wäre ein Monster aus dem Dschungel von Aurus.«

»Wart mal«, sagte Alicia. »Ich glaub, ich weiß was. Ja, ich hab's! Wir verwandeln dich in einen geschwänzten Krishnaner. Die auf Zá werden manchmal ziemlich groß.«

»Und wie, mein teures Täubchen, stellst du dir das vor? Soll ich mir ganz schnell einen Schwanz wachsen lassen?«

»Ach was, wir basteln dir einen! Du hast doch Socken in deinem Gepäck, oder?«

»Na klar; drei Paar. Ich trage sie zwar in diesem Klima nicht, aber eingepackt habe ich welche.«

»Wir stopfen sie aus, und ich nähe sie zusammen. Ich kann den Schwanz an der Innenseite deines Kilts befestigen, so daß er hinten runterbaumelt. Du brauchst dann bloß noch ein bißchen vornübergebeugt zu gehen, wie die Geschwänzten es auch tun.«

»Welch schierer Genius! Ich klettere den terranischen Familienstammbaum rauf und bin dein ergebener Affensklave. Mein Lohn soll eine Banane pro Tag sein. Aber bilde dir nicht ein, daß du damit ein Dauerbesitzrecht auf mich erwirbst!«

Die sinkende Sonne sah eine höchst bemerkenswerte Riege aus Irants' Gasthof ausrücken. Angeführt wurde die Prozession von einer zhamanakianischen Dame von Stand, gewandet in einen Kilt und Sandalen, ansonsten jedoch nackt. Ihr Kopf war kahlgeschoren. Ihre Haut war von einem mittleren Braun mit einem leicht grünlichen Stich, kunstvoll verziert mit roten und schwarzen Streifen und Kringeln.

Lange federartige Antennen sprossen ihr aus der Nasenwurzel. Letztere waren das Ergebnis hingebungsvoller Bastelarbeit, ausgeschnitten mit Alicias Nähschere aus dem Papier, das Minyev mitgebracht hatte, und befestigt mit einem Klebstoff, den Mjipa aus Badr-Mehl und Wasser angerührt hatte. Dieselbe Paste, angereichert mit zu Brei gekautem Papier, hatte auch den Grundstoff für die Ohrenspitzen der Dame abgegeben. Ein näherer Blick freilich hätte ihre Künstlichkeit rasch entlarvt.

Die Dame war herausgeputzt mit dem prunkvollen Juwelenhalsband, das Ainkhist Alicia geschenkt hatte, und der etwas bescheideneren Kette, die Alicia sich selbst gekauft hatte. Ganz, wie es sich für eine solch edle Dame geziemt, schritt sie hocherhobenen Hauptes fürbaß, so als sei sie nicht im geringsten besorgt, daß irgendein Übeltäter versuchen könnte, sich ihrer Juwelen oder ihrer Person zu bemächtigen.

Grund für diese Gelassenheit war ein riesiger schwertbewehrter Krishnaner der geschwänzten Spezies, der hinter ihr her stapfte. Er war von etwas dunklerer Hautfarbe, aber ebenso kahlgeschoren und antennenbewehrt. Unter seinem Kilt lugte ein aus zusammengenähten, mit Lumpen ausgestopften Strümpfen bestehender Schwanz hervor. Er trug zwei schwere Segeltuchtaschen und warf grimmige Blicke nach links und nach rechts, um sich zu vergewissern, daß kein Tunichtgut seiner Herrin zu nahe kam.

Die Wachhunde, die gegenüber dem Gasthof in Hauseingangen herumlungerten, schenkten dem Paar nicht mehr als einen achtlosen Blick. Leute dieser Art waren ein gewohnter Anblick in einer Hafenstadt, in der Besucher von allen Küsten rings um die Drei Meere zusammenströmten.

Am Liegeplatz der *Tarvezid* waren Schauerleute damit beschäftigt, Güter über den Landungssteg an Bord des Schiffes zu tragen. An Deck standen zwei Krishnaner mit dem windelartigen Lendenschurz, der in den mittleren Breitengraden üblich war, und überwachten das Verstauen der Fracht. Einer von ihnen war durch das große Medaillon auf der nackten Brust als der Kapitän zu erkennen.

Als der Laufsteg für einen kurzen Moment einmal frei war, gingen Mjipa und Alicia hinauf auf Deck. Der Kapitän trat ihnen entgegen und sagte barsch: »Wer seid ihr? Besucher dürfen während des Ladens nicht an Bord.«

»Ich bin Percy Mjipa, terranischer Konsul, und das ist Meistrin Alicia Dyckman, ebenfalls Terranerin. Wir haben drei Kojen reserviert.«

»Oh!« sagte der Kapitän. »Mich dünkte schon, daß ich einen *Ertso*-Klang aus Eurer Stimme herausgehört, trotz Eures khaldonischen Äußeren. Seid ihr die, für welche jener kleine Kalwmianer vor ein paar Tagen drei Schlafplätze buchte?«

»Dieselben sind wir. Ihr seid ...?«

»Kapitän Farrá bad-Da'mir, zu euren Diensten. Meister Ghanum!« Der Kapitän wandte sich an den anderen Krishnaner, offenbar seinen Ersten Offizier. »Zeigt diesen Passagieren, wo sie ihr Gepäck verstauen sollen.« Dann wandte er sich wieder Alicia und Mjipa zu. »Wollt ihr über Nacht an Bord bleiben? Ihr tätet gut daran, das Schiff zu meiden, solange es beladen wird.«

»Wir gehen gleich in unsere Kajüte. So werden wir Euch nicht im Weg stehen.«

»Wo ist Euer dritter Passagier?«

»Er kommt später.«

Die Kajüte hatte Kojen für drei Personen. Alicia sagte: »Mit dem Professor sind wir drei, wenn du ihn herkriegst. Aber was machen wir, wenn Minyev aufkreuzt?«

Mjipa: »Ich glaube, den sehen wir nicht mehr wieder. Falls er wider Erwarten doch noch auftauchen sollte, sage ich ihm, er soll verschwinden. Nachdem er uns jetzt schon das zweite Mal weggelaufen ist, haben wir ihm gegenüber keinerlei Verpflichtung mehr.«

»Auf eine Art ist es schade«, sagte Alicia. »Wir Erdlinge brauchen eine Schicht freundlicher, intelligenter Vermittler als Puffer zwischen uns und den Krishnanern. Und ich glaube, daß Minyev einen guten Makler abgegeben hätte.«

»Das glaube ich auch. Na schön, ich will mal fragen, ob Kapitän Farrá noch Platz für einen weiteren Passagier hat. Wenn nicht, dann hat der gute Minyev eben Pech gehabt. So, und jetzt muß ich sehen, daß ich eine Apotheke finde, solange die Geschäfte noch offen haben.«

Als die Dunkelheit des Abends sich über die Stadt zu senken begann und die Bijare wie Myriaden flimmernder schwarzer Punkte vor dem tiefer werdenden Blau des Himmels tanzten, näherte sich Mjipa in seiner Vermummung als geschwänzter Krishnaner Vuzhovs Turm. Diesmal jedoch schlich er sich nicht heimlich heran, sondern ging ganz offen, mit leicht torkelndem Gang, geradewegs auf das

Eingangstor zu. Als er sich den beiden Nachtwächtern näherte, stimmte einer von ihnen ein spöttisches Gelächter an.

»Schau dir doch mal den betrunkenen Affen an!« wieherte er. Das Wort, das er benutzte, war *Phwchuv,* der khaldonische Begriff für ein Baumtier, daß bei den Krishnanern den gleichen Stellenwert einnahm wie der Affe bei den Menschen.

»Nicht betrunken!« nuschelte Mjipa. »Nur ein bißchen – *hicks* – fröhlich! Ich möchte – *hicks* – daß alle fröhlich sind. Auch einen Schluck?« Er hielt den Wächtern eine Flasche hin.

Die Krishnaner tauschten einen unsicheren Blick aus. Einer sagte: »Vielleicht sollten wir besser nicht, im Dienst ...«

»Ach, ein winziger Schluck wird schon nichts schaden«, meinte der andere. »Komm, zeig mal, was du da für ein Fläschchen hast. Für einen Affen bist du ein wirklich netter Bursche!«

Er setzte sich die Flasche an den Mund und legte den Kopf in den Nacken. »Ho!« rief der andere Wächter. »Du hast mindestens drei Schlucke genommen! Jetzt bin ich an der Reihe!«

»Ich dachte, du wolltest nichts mit dem Stoff zu tun haben«, frotzelte der erste Wächter und reichte seinem Kollegen die Flasche. Er wischte sich mit dem Handrücken den Mund ab. »Sag mal, Affe, wie bist du an solch einen guten Tropfen gekommen?«

Mjipa blinzelte wie verschwörerisch mit dem Auge und wedelte mit dem Zeigefinger vorm Gesicht. »Stellt mir keine Fragen, und ich erzähle euch keine Lügen!«

»Von seinem Herrn gestohlen, möchte ich wetten. Aber deshalb schmeckt er nicht minder gut. Heh, Vichum, gib mir die Flasche zurück, ehe du sie ganz austrinkst!«

Es dauerte nicht lange, und die Flasche Kvad war leer. Es handelte sich hierbei indes um einen ganz besonderen Kvad. Mjipa hatte ihn nämlich mit einem Schlafmittel abgeschmeckt, das er auf dem Weg vom Schiff bei einem Apotheker gekauft hatte, unter dem Vorwand, sein Herr leide an Schlaflosigkeit.

»Woher kommst du, Affe?« fragte der erste Wächter.

»Von der Insel Zá, Herr. Aber meine Herrschaft reist viel.«

»Hattest du keine Abenteuer, die du uns erzählen könntest? Wir würden gern ein paar spannende Geschichten hören. Das Leben in Kalwm ist sehr langweilig; hier ereignet sich nie etwas.«

»Nun, ich könnte schon ein wenig Garn spinnen ...« Mjipa überlegte kurz und hub zu einer Geschichte an, die eine verblüffende Ähnlichkeit mit der Nibelungensage aufwies und in der er, Mjipa, den Part des nordischen Helden Siegfried ausfüllte.

Eine halbe Stunde später lehnten die beiden Nachtwächter friedlich schnarchend am Ziegelgemäuer des Turms. Mjipa öffnete die Tür mit seinem Schlüssel und schlüpfte hinein.

8

Verstrickung

Mjipa zog sanft die beiden Flügel des Portals hinter sich zu. Dann wartete er einen Moment, bis sich seine Augen an die Dunkelheit gewöhnt hatten, die lediglich durch das schwache Abendlicht ein klein wenig gemildert wurde, das durch die Fensteröffnungen weiter oben im Gemäuer hereinfiel. Nach ein paar Minuten konnte er den Fuß der Wendeltreppe ausmachen. Er steuerte auf die Treppe zu, stolperte über ein unsichtbares Hindernis und rieb sich leise fluchend den schmerzenden dicken Zeh.

Dann erreichte er die Treppe und stieg, alle Sinne aufs äußerste gespannt, langsam hinauf, behutsam Stufe um Stufe ertastend. Seine Hand ruhte am Schwertgriff, bereit, sofort die Klinge herauszureißen, falls irgend jemand im Schutze der Dunkelheit auf ihn lauerte. Irgendwo zirpte ein krishnanischer Arthropode seinen Paarungsruf, ganz wie es seine irdischen Grillenvettern des Abends zu tun pflegten.

Im dritten Stockwerk angelangt, tastete er sich vorsichtig an der Wand der Galerie entlang, bis er an die Tür der Werkzeugkammer kam. Er klopfte dagegen und rief leise: »Doktor Isayin! Macht auf!«

Nichts regte sich. Mjipa klopfte fester und wiederholte seinen Ruf lauter. Immer noch keine Antwort. Mjipa schoß der Gedanke durch den Kopf, daß der Gelehrte vielleicht entdeckt und fortgeschleppt oder getötet war oder daß er einer plötzlichen Krankheit erlegen war.

Als sich auch auf ein erneutes Klopfen und Rufen hin nichts tat, zückte Mjipa seinen Dolch, schlug mit dem Griff gegen die Tür und hob seine Stimme fast auf Ruflautstärke: »Doktor Isayin! Aufmachen!«

Es blieb totenstill. Mjipa spitzte die Ohren und lauschte in die Dunkelheit hinein. Von unten hallte leise das Zirpen des Arthropoden herauf. In der Ferne hörte der Konsul schwache Laute einer nächtlichen Stadt: einen fernen Ruf, das Rumpeln eines beladenen Karrens, ein paar leise Takte Tanzmusik. Doch nichts deutete auf die Anwesenheit anderen intelligenten Lebens im Turm hin.

Mjipa begann den Türrand nach irgendeinem Anhaltspunkt abzufühlen. Als seine Finger am unteren Rand entlangglitten, blieben sie an dem dünnen Ende des Holzkeils hängen, den er dem Weisen zum Festklemmen der Tür dagelassen hatte. Isayin hatte eindeutig den Keil zwischen Tür und Fußboden getrieben, und das dünne Ende des Keils ragte an der Außenseite heraus. Der Krishnaner mußte also noch drin sein.

Nach kurzem Überlegen begann Mjipa mit seinem Dolch an der spitzen Kante des Keils herumzuschaben, bis er, nachdem er etwa einen Zentimeter Holz weggeschnitzt hatte, den Keil so weit abgestumpft hatte, daß die vormals scharfe Kante jetzt etwa daumenbreit war. Er steckte seinen Dolch wieder in die Scheide, löste diese von seinem Gürtel und hielt den Knauf des Dolchs gegen die abgestumpfte Kante des Keils.

Dann begann er, mit dem Griff seines Schwerts gegen den Knauf seines Dolchs zu schlagen. Nach zwei, drei Schlägen merkte er, daß der Keil sich bewegte. Als der Rand des Keils unter der Türkante verschwand, zog er den Dolch erneut aus der Scheide, schob die Spitze unter die Tür gegen den Keil und schlug einmal kräftig gegen den Knauf seines Dolchs. Der Keil glitt nach innen weg, und die Tür war frei. Mjipa stand auf, ertastete die Klinke, zog sie hoch und öffnete die Tür.

Er glitt hinein und schaute sich um. In dem trüben Licht, das durch das Fenster hereinfiel, sah er in einer Ecke die schemenhaften Umrisse einer am Boden liegenden Gestalt. Er hetzte hinüber und ergriff einen Arm des nackten Körpers. Er fühlte sich warm an.

Der Körper bewegte sich, und Isayin schlug die Augen auf. »Was – wo bin ich?« murmelte er schlaftrunken. »Ah, ach ja; jetzt weiß ich wieder. Ihr seid der Terraner, der mich in Vuzhovs Turm gebracht hat.«

»Habt Ihr denn nicht gehört, wie ich an die Tür geklopft und gerufen habe?« raunzte Mjipa.

»Nein, guter Herr; ich lag fest in den Armen Varzais.« Der Doktor rappelte sich ächzend und mit knirschenden Gelenken auf. »Auf Ziegelboden zu schlafen, ist beschwerlich in meinem Alter. 's ist fürwahr eine schelmische Ironie, nicht wahr, daß ich, verurteilt, da ich der Welt Kugelgestalt verfocht, Zuflucht finde in einem Turm, welcher dem gegenteiligen Glauben geweiht ist. Brechen wir nun zu Eurem Schiff auf?«

»Ja. Verlieren wir keine Zeit mehr.« Mjipa strebte zur Tür, der Weise tappte schläfrig hinter ihm her. Da blieb Mjipa so plötzlich stehen, daß der Scholar von hinten gegen ihn stieß.

Durch die Tür, die angelehnt war, drang das Geräusch von vielen Schritten, die sich die Wendeltreppe herauf bewegten, vermischt mit dem Knarren von Gurtwerk, dem Klirren von Waffen und dem Gemurmel von Stimmen.

Mjipa war mit einem Satz bei der Tür und spähte durch den Ritz nach draußen. Auf der Treppe sah er schemenhafte Bewegung. Da klar war, daß der Fluchtweg nach draußen schon abgeschnitten war, packte er den Türknauf und zog die Tür zu. Die Geräusche wurden rasch lauter, bis sie direkt von draußen kamen. Eine Stentorstimme rief:

»Der terranische Gestank hört hier auf. Er muß in dieser Kammer stecken! Öffnet sie, Kumpane; aber habt acht! Dieser Terraner ist kein Schwächling!« Mjipa erkannte den zhamanakianischen Dialekt von Verar, dem Abgesandten König Khoroshs.

Ein plötzlicher Ruck von außen ließ die Tür einen Spaltbreit aufgehen. Mjipa zerrte an dem Knauf und knallte sie wieder zu, das Fehlen eines Riegels oder eines anderen Sperrmechanismus verfluchend. Der Gegenzug von draußen wurde stärker, ruckartiger. Mjipas Muskeln waren bis zum Zerreißen gespannt, und der Schweiß rann ihm in Bächen vom Oberkörper, als er alle Kraft zusammennahm und versuchte, die Tür zuzuhalten.

»Was sollen wir tun? Was sollen wir tun?« quiekte Isayin, wobei er von Panik ergriffen aufgeregt um Mjipa herumtanzte. »Wenn sie uns hier bis zum Morgengrauen festhalten, dann kommen die Soldaten; aber sie werden uns gleich mitarrestieren!«

»Treibt den Keil mit dem Hammer wieder unter die Tür!« ächzte Mjipa. Als Isayin keine Anstalten machte, der Aufforderung nachzukommen, wiederholte er sie. Er wünschte sich in diesem Moment nichts sehnlicher herbei als seine Webley und Scott 6-Millimeter; damit hätte er die Sachlage entscheidend zu seinen Gunsten ändern können.

Draußen entflammte eine heftige Debatte – vermutlich darüber, wie man am besten die Tür aufkriegte. Mjipa schnappte den Satz auf: »... schiebst sie unter die Klinke ... so ...«

Als Isayin endlich den Hammer und den Keil aufgehoben hatte und sich umständlich hinkniete, um letzteren unter die Tür zu treiben, spürte Mjipa, wie erneut kräftig von außen gezogen wurde. Er holte tief Luft und mobilisierte die letzten Kräfte, um sie wieder zuzuziehen, aber diesmal überstieg der Gegenzug selbst seine Kraft. Zentimeter um Zentimeter verbreiterte sich der Spalt zwischen Tür und Rahmen. Durch den Ritz sah Mjipa verschwommen Gesichter und bemalte Körper in heftiger Anstrengung.

Dann sah er, was die Zhamanakianer machten. An der Außenseite der Tür befand sich kein Knauf, sondern ein vertikaler, mit zwei Schrauben befestigter Griff aus Holz. Unter diesem Griff hatten sie den Stiel einer Hellebarde durchgeschoben. Zwei Mann aus der Gruppe zogen, die Hebelwirkung ausnutzend, mit aller Kraft an dem Schaft der Hellebarde.

Als der Spalt breit genug war, schob einer der Krishnaner sein Schwert durch die Öffnung und hieb nach Mjipas Arm, mit dem er die Tür zuzuhalten versuchte. Mjipa ließ den Knauf los und zog den Arm zurück; um ein Haar hätte der Kerl ihm die Hand abgehackt.

Sofort flog die Tür auf. Mjipa riß sein Schwert und seinen Dolch aus der Scheide und stürzte sich, ohne auch nur den Versuch zu machen, mit den Kerlen zu verhandeln, den hereindrängenden Krishnanern entgegen. In dem düsteren Licht zuckte sein Schwert vor und zurück wie die Zunge einer Schlange. Dem ersten, der sich ihm entgegenwarf, rammte er das Schwert in den Bauch. Der Bursche war noch nicht ganz zu Boden gegangen, als Mjipas Schwertspitze schon den Bauch des nächsten fand.

Als der nächste, der nachdrängte, die Klinge auf sich zukommen sah, riß er sein Schwert hoch, um den Stoß zu parieren; aber Mjipa sprang blitzschnell zur Seite und nutzte den Schwung seines Stoßes zu einem fürchterlichen Hieb auf das Bein des Krishnaners, das unter ihm einknickte. Innerhalb weniger Sekunden waren drei seiner Gegner zu Boden gegangen – einer war tot, die anderen versuchten stöhnend und wimmernd, durch die Beine ihrer nachdrängenden Spießgesellen aus der Kammer zu kriechen.

Ein vierter sprang mit einem mächtigen Satz vor. Mjipa schlug mit solcher Wucht auf das Schwert des Burschen, daß dessen Klinge zerbrach, und stieß ihm sein Schwert in den geöffneten Mund. Der Krishnaner taumelte zurück, gurgelnde Laute ausstoßend und Blut speiend.

Ein Zhamanakianer schrie: »Er ist kein Terraner, sondern ein Affe!«

»Blödmann!« schrie Verar aus dem Hintergrund. »Jeder Tor erkennt diesen üblen Terranergestank. Er ist nur verkleidet. Auf ihn!«

Die Tür war so eng, daß Mjipa, der größer war als die meisten Krishnaner, sie bequem ausfüllte. Solange er im Rahmen stand, konnten sie nicht an ihm vorbei, um ihn von der Seite oder von hinten zu attackieren. Und wenn er auch kein besonders geschickter Fechter war, so machte er diesen Nachteil mit seiner Kraft und seiner größeren Reichweite wieder wett, zusätzlich unterstützt von der Dunkelheit. Hinzu kam, daß die meisten seiner Gegner nur mit Dolchen oder sonstigen Messern bewaffnet waren.

»Hinein!« brüllte Verar. »Was für ein Pack feiger Memmen habe ich da angeheuert? Er ist bloß einer, und wir sind viele. Alle zusammen jetzt, greift an!«

Wieder drängten die Krishnaner gegen die Tür vor. Das Licht war zu trübe für gezielte Stöße und Paraden, da ein Kämpfer kaum die Klinge seines Kontrahenten sehen konnte. Mjipa stieß und hackte und schwang seine Klinge wie eine Sense. Zwei weitere Krishnaner gingen zu Boden, doch spürte auch er selbst plötzlich einen stechenden Schmerz im Oberschenkel. Er hatte die Klinge, die ihn getroffen hatte, nicht einmal gesehen. Er, der niemals einen krishnanischen Panzer getragen hatte, verfluchte jetzt im Geist das Fehlen eines solchen.

Das verwundete Bein wurde schwach, er spürte, daß er es kaum noch belasten konnte. Er verlagerte das Gewicht auf das andere Bein und lehnte sich mit der Schulter gegen den linken Türrahmen. Auch so füllte er noch den größten Teil des Türrahmens aus.

»Auf ihn!« brüllte Verar. »Seht ihr denn nicht, daß er verwundet ist?«

Ein Krishnaner versuchte, zwischen Mjipa und der rechten Seite des Türrahmens hindurchzuschlüpfen. Mjipa erwischte ihn mit einer bösen Rückhand im Nacken, und nur der Türrahmen, der seiner Klinge im Weg war, verhinderte, daß er ihn voll traf. Mit einem Seufzer schlug der Krishnaner vorwärts auf den Boden. Ein anderer versuchte, mit einem Ausfallschritt zu attackieren, aber er rutschte auf dem schlüpfrigen Boden aus. Als er versuchte, sich mit rudernden Armen zu fangen, hackte Mjipa ihm in die Schwerthand; das Schwert fiel klirrend zu Boden.

Ein anderer kam geduckt nach vorn geschossen, in der Absicht, Mjipas Schwert zu unterlaufen und ihn mit dem Dolch zu durchbohren. Mjipa erwischte ihn mit seinem eigenen Dolch an der Gurgel.

Die Leiber der Getroffenen türmten sich jetzt im Türrahmen, so daß die Angreifer erst über sie herüberklettern mußten, wenn sie an den Terraner heran wollten. Wie von Grauen gepackt, wichen sie aus der Reichweite des schwarzen Berserkers zurück und standen unschlüssig in einem Halbkreis vor der Tür, schwer atmend. Verar schrie:

»Hat keiner einen Bogen oder eine Armbrust? Welcher Idiot hat vergessen, daran zu denken, solche Waffen mitzubringen?«

»Ihr, Herr«, sagte eine Stimme in der Dunkelheit. Es folgte ein allgemeines Kichern.

»Nun, dann macht euch bereit, die Hellebarden als Speere zu werfen.«

Es entstand Bewegung unter den Angreifern, und zwei Hellebarden tauchten in der vordersten Reihe auf. Mjipa, der heftig nach Atem ringend am Türrahmen lehnte, vermutete, daß es sich um die Hellebarden der Wächter handelte, die entweder getötet oder weggejagt worden waren. Eine Verbrecherbande würde nicht solche auffälligen Waffen bei sich führen.

Einer der beiden Hellebardenträger bog den Arm zurück und schleuderte seine Waffe. Das schwere Gerät, ungeeignet für die Benutzung als Wurfspeer, flog an Mjipa vorbei, der keine Mühe hatte, sich zu ducken, und landete scheppernd hinter ihm auf dem Boden der Werkzeugkammer.

»Idiot!« kam die kläffende Stimme Verars. »Du könntest ja nicht einmal den Meshaq-Berg treffen!«

»Warum versucht Ihr nicht selbst, mit diesem terranischen Riesen zu kämpfen?« kam eine andere Stimme aus der Dunkelheit. »Ihr seid sehr tapfer darin, andere in den Kampf zu schicken.«

Mjipa sagte: »Doktor, hebt die Hellebarde auf! Kommt her damit! Dem nächsten, der versucht, an mir vorbeizukommen, stoßt Ihr das Ding in den Bauch!«

»Aber ich bin des Kämpfens unkundig! Ich habe es nie gelernt ...«

»Ihr werdet doch wohl noch wissen, mit welchem Ende

einer Hellebarde man zustößt, oder? Hebt sie endlich auf und hört auf zu meckern!«

Isayin hob zögernd die Hellebarde auf. Für einen Moment waren die einzigen Geräusche das Scharren von Füßen, das Keuchen angestrengter Lungen und das Stöhnen der Verwundeten. Ein paar der letzteren hatten es inzwischen geschafft, sich aus dem Kampfgewühl zu befreien, und versuchten jetzt, sich notdürftig ihre Wunden zu verbinden. Dann dröhnte Verars Stimme: »Zehn zhamanakianische Gold-Khichit für den, der mir den Kopf des Terraners bringt!«

In den frühen Stadien dem Kampfes hatte Mjipa sich über die normale menschliche Leistungsfähigkeit hinaus verausgabt. Er hatte seinen Körper stärker belastet als jemals zuvor in seinem Leben. Nun pochte sein Herz wie wild, sein Atem ging keuchend, und sein Schwertarm war vor Anstrengung wie taub. Er murmelte über die Schulter zu Isayin:

»Ich weiß nicht, wie lange ich dem Druck noch standhalten kann. Mein verwundetes Bein macht nicht mehr lange mit.«

»Was kann ich tun?« fragte Isayin.

»Kommt nach vorn! Ich brauche Eure Hilfe beim nächsten Ansturm.«

»Ich werde tun, was ich kann«, murmelte der Scholar.

Heftiges Fußscharren in der Dunkelheit deutete darauf hin, daß die Krishnaner sich für einen neuen Ansturm bereitmachten. Doch plötzlich drangen Laute von unten herauf. Hastige Schritte trippelten die Treppe herauf, und dann gellte Alicias Stimme: »Percy! Wo bist du? Die Mutabwkianer sind auf das Schiff gekommen ... Oh!«

»Renn, Lish, renn schnell weg!« brüllte Mjipa. »Khoroshs Bande ist hier oben!«

Sie stieß einen unterdrückten Schrei aus. Dann erscholl das Trappeln von weiteren Füßen auf der Treppe. Ein rotgelbes flackerndes Licht drang herauf. Alicia rief: »Ich kann nicht zurück, sie sind hinter mir!«

»Alle Mann halt!« schrie Verar. »Wer sind jene? Ihr fünf

da an der Tür, haltet den Terraner in Schach! Die anderen: kehrtmachen! Ha! 's ist das Terranerweib! Noch einmal zehn Khichit für ihren Kopf!«

Alicia, die nun auf der schmalen Galerie zwischen den zwei Banden eingekeilt war, stieß noch einen Schrei aus, als einer von der zweiten Gruppe sie von hinten packte. Einer aus dieser Gruppe hatte eine Pechfackel dabei. Indem er sich ein wenig vorbeugte, konnte Mjipa über die Köpfe der vor ihm stehenden Zhamanakianer hinwegschauen. Unter den Neuankömmlingen erkannte er den mutabwkianischen Herold Kuimaj, den Mjipa, Irants und Minyev im wahrsten Sinne des Wortes aus Irants' Gasthof hinausgeworfen hatten.

»Das Terranerweib gehört uns!« brüllte Verar. »Gebt es uns heraus, auf daß wir seinen Kopf meinem Herrn bringen können, dem mächtigen Heshvavu Khorosh!«

»Niemals!« brüllte Kuimaj zurück. »'s ist für den Harem meines Herrn bestimmt, des mächtigen Heshvavu Ainkhist!«

»Wollt ihr uns das Weib freiwillig herausgeben«, kreischte Verar, »oder müssen wir es uns über eure Leichen holen? Mich deucht, wir sind in der Übermacht!«

»Wir fürchten euch nicht! Wir kämpfen gegen euch, wann immer ihr wollt; aber die Frau werdet ihr nicht bekommen!«

Es folgte eine gedämpfte Beratung unter den Zhamanakianern. Schließlich rief Verar: »Wir bieten euch einen Kompromiß an. Wir haben den Terraner in der Falle sitzen; nicht mehr lange, und wir werden seinen Kopf haben. Wir lassen euch den Kopf der Terranerin unter der Bedingung, daß ihr uns irgendeinen anderen Teil von ihr laßt, sagen wir, ihre Hände, damit wir diesen zum Beweis ihres Todes zu unserem Herrn zurückbringen können.«

»Ihr werdet nicht ein Haar von ihr bekommen, Tölpel! Unser Herr will sie ganz und unversehrt. 's ist nicht der Kopf, nach dem es ihn begehrt.«

»Ach, das ist es also! Ich pisse auf deinen Herrn, diesen mösentrunknen alten Narren! Wir werden uns den Kopf des Flittchens holen, und wenn wir jeden einzelnen von euch Halunken töten müssen!«

»Dann kommt doch und holt sie euch, ihr stinkenden Lumpen!«

»Dungfresser!«

»Aya-Begatter!«

»Wir braten uns eure Hoden zum Frühstück!«

»Doktor«, sagte Mjipa, »wir müssen versuchen, durch diese Mietlinge durchzubrechen, Meistrin Dyckman zu ergreifen und zu fliehen.«

»Wie sollen wir das anstellen, sind wir doch nur selbzweit, während jene zu zwanzigst oder gar dreißigst sind?«

»Wenn aus ihrem Wortgefecht eines mit Waffen wird, haben wir vielleicht eine Chance. Ich sage, wenn es losgeht. Hebt den Hammer dort auf; er könnte uns gut zum Zertrümmern von Schädeln dienen.«

»Ich bin zwar ein wenig alt für Heldentaten«, seufzte Isayin, »aber ich werde tun, was ich kann.«

Die beiden königlichen Gesandten, Verar und Kuimaj, überboten sich gegenseitig mit Drohungen, Beschimpfungen und Forderungen. Als ihr Gebrüll immer lauter wurde und ihre Drohungen immer farbiger und phantasievoller, verlagerte sich die Aufmerksamkeit der fünf Zhamanakianer vor Mjipa mehr und mehr von ihm auf das Schimpfduell zwischen den beiden Anführern. Schließlich hielt es zwei von ihnen nicht mehr an der Tür, und sie entfernten sich verstohlen aus dem Halbkreis.

Verar war jetzt zu wahrer Hochform aufgelaufen: »Sohn einer Äffin und eines Ambar! Wir häuten dich bei lebendigem Leibe und machen Kondome aus dir!«

»Du wandelnder Kotbrocken!« revanchierte sich Kuimaj. »Wir schneiden dich in Stücke und brennen Ziegel aus dir!«

Schließlich brüllte Verar: »Genug der Scherze! Auf sie, Männer! Haut sie in Fetzen!«

Er und seine Gruppe rannten über die Galerie und stürzten sich auf die Mutabwkianer. Schwerter klirrten; ein Verwundeter schrie.

»Jetzt, Doktor!« sagte Mjipa. »Spießt den Burschen zu unserer Rechten auf!«

Seine letzten Kraftreserven mobilisierend, täuschte Mjipa einen Angriff auf den Krishnaner zu seiner Linken an, warf sich aber dann mitten im Sprung zur Seite und durchbohrte den mittleren. Im gleichen Moment stieß Isayin dem rechten die Hellebarde in den Bauch.

Der zur Linken taumelte erschrocken zurück. Mjipa nutzte sein Zurückweichen dazu, den Berg von Getroffenen zu überklettern und nachzusetzen. Der Krishnaner sprang vor und setzte zu einem Stoß an; aber Mjipa blockte die Klinge so heftig ab, daß sie dem Angreifer entglitt. Der Krishnaner stieß Mjipas Klinge mit der Hand beiseite und stürzte sich in seiner Verzweiflung auf den Konsul. Mjipa ließ sein Schwert fallen, packte den Krishnaner und warf ihn über das Geländer der Galerie. Ein langgezogener Schrei hallte durch den Turm und endete jäh in einem dumpfen Krachen, als der Krishnaner zehn Meter tiefer auf dem Boden des Turms aufschlug.

Für einen kurzen Moment sah Mjipa die Rücken der Zhamanakianer und vor ihnen die Gesichter der Mutabwkianer im flackernden Licht der Fackel. Dazwischen blitzten Schwerter und andere Waffen auf. Alicia war nicht zu sehen; vermutlich hatten die Mutabwkianer sie aus der Kampflinie nach hinten gezerrt.

»Gebt mir den Hammer!« befahl Mjipa Isayin. »Wenn ich ihn werfe, greifen wir an. Haltet Euch hinter mir und paßt auf, daß Ihr mich nicht versehentlich aufspießt. Seid Ihr bereit?«

Mjipa holte aus und schleuderte den Hammer in das Gewühl der Kämpfenden. Der Hammer segelte über die Köpfe der Zhamanakianer hinweg und traf den Fackelträger an der Brust. Der Schlag erschreckte ihn so sehr, daß er die Fackel fallen ließ. Die Flamme erlosch sofort.

Mjipa nutzte die Verwirrung, die die plötzliche Dunkelheit hervorgerufen hatte, vorwärtszuhumpeln und zwei Zhamanakianer zu durchbohren, ehe sie überhaupt bemerkt hatten, daß er hinter ihnen war. Es schien, als hätten alle Kämpfenden schlagartig voneinander abgelassen, aus Angst, in der Dunkelheit aus Versehen einen ihrer eigenen Leute zu töten. Alles schrie wild durcheinander bei dem Versuch, einander zu identifizieren; dazwischen brüllten Verar und Kuimaj konfuse Befehle.

Zwischen ihnen bewegte sich Mjipa wie ein halb unsichtbarer Rachegott. Nur die Schreie und das Röcheln der Krishnaner, die er mit dem Schwert niedermachte, markierten seinen Pfad. Ohne diese verdammte braune Farbe, dachte er grimmig, könnten sie mich überhaupt nicht sehen. Da er keine Angst zu haben brauchte, einen von seiner eigenen Seite zu verletzen, schlug und stach er nach jeder verschwommenen Gestalt, die ihm in die Quere kam.

»Alicia!« brüllte Mjipa. »Wo bist du?«

»Hier drüben!« schrie eine Frauenstimme. »Zwei halten mich fest.«

Als Mjipas Augen sich wieder an die Dunkelheit gewöhnt hatten, entdeckte er Alicia. Sie stand hinter dem Gewühl zwischen zwei Krishnanern, die sie umklammert hielten. Die zwei Mutabwkianer hatten ihre Schwerter zurück in die Scheide gesteckt, um die Arme zum Festhalten ihrer Gefangenen frei zu haben. Als Mjipa auf sie zugehumpelt kam, ließ einer von ihnen Alicia los, um seine Waffe zu ziehen, ein Halbschwert; aber Mjipa spießte ihn auf, ehe er sie heraus hatte.

Alicia drehte sich um und rammte dem anderen das Knie in den Unterleib. Er krümmte sich zusammen, ließ sie aber nicht los. Isayin, der hinter Mjipa herangeschnauft kam, stieß mit seiner Pike nach dem Krishnaner, verfehlte ihn jedoch und traf statt dessen Alicia. Die Schneide ratschte über ihre nackten Rippen; sie stieß einen gellenden Schmerzschrei aus.

Mjipa holte mit seinem Schwert aus, um dem Krishnaner den Garaus zu machen. Doch der ließ Alicia blitzschnell los und sprang zurück; der Schlag ging ins Leere. Mjipa packte Alicias Arm. »Los, schnell weg hier!«

»Sie fliehen!« brüllte jemand in der Dunkelheit. Irgendeine Hand packte Mjipas Schwanz, der sich, für eine derart rüde Behandlung nicht geschaffen, mit dem Geräusch zerreißenden Stoffs verabschiedete.

»Lauft!« schrie Mjipa. Die drei galoppierten und stolperten über die Galerie, Mjipa auf einem Bein hüpfend, das verwundete Bein hinter sich herziehend. Sie erreichten den Treppenabsatz, wo die Treppe von unten den Boden der Galerie durchbrach und weiter nach oben führte.

»Nach unten!« keuchte Mjipa. Als die drei gerade die ersten Stufen genommen hatten, drangen erneut von unten Schritte und das Licht von Fackeln herauf. Gleich darauf tauchte eine weitere Gruppe von Krishnanern auf der Treppe auf, angeführt von zwei Laternenträgern. Der glänzende Widerschein des Lampenlichts auf ihren vergoldeten Sandalen, auf ihren Kilts und ihrer Körperhaltung wies sie als Vuzhovs Gardisten aus. Sie kamen mit hastigen Schritten die Treppe herauf.

»Wieder hoch!« ächzte Mjipa, machte kehrt und humpelte mühsam die Treppe hinauf. Als die Kalwmianer den Treppenabsatz auf dem dritten Stockwerk erreichten, waren Mjipa und seine Gefährten schon auf dem Weg zum vierten Stock und außer Sicht. Ein kalwmianischer Offizier brüllte:

»Was geht hier vor? Laßt eure Waffen fallen, Halunken!«

Die Wendeltreppe führte bis hinauf zum fünften Stockwerk, welches mit einer durchgehenden Zwischendecke versehen war. Da die Bauarbeiten über den fünften Stock hinaus gerade erst begonnen hatten, war die Zwischendecke dieses Stockwerks, das nach oben hin noch offen war, gegen die Witterung durch eine hölzerne Klappe über der Treppenluke geschützt. Ein kräftiger Stoß von Mjipa ließ die Klappe auffliegen und erlaubte den dreien den Durchschlupf auf den Boden des fünften Stockwerks.

Mjipa blieb kurz stehen und lauschte nach unten; aber es gab keine Anzeichen dafür, daß man ihnen nach oben gefolgt war. Von unten drangen trotz – oder möglicherweise wegen – der Intervention von Vuzhovs Garde noch immer Kampfgeräusche herauf; aber wer da gegen wen kämpfte, vermochte Mjipa natürlich nicht zu sagen.

Mjipa schloß die Klappe wieder. Nach einem kurzen prüfenden Blick keuchte er: »Ich denke, ich kann sie festkeilen. Wenn ich doch jetzt bloß noch den Hammer hätte! Herr Doktor, wo ist Eure Hellebarde?«

»Ich habe sie fallengelassen«, krächzte der Gelehrte, heftig nach Luft schnappend. »Ich – hatte – nicht mehr – die Kraft – sie all die – Stufen – hinaufzutragen.«

Mit einem Knurren zwängte Mjipa die Spitze seines Dolchs in den Ritz zwischen Klappe und Öffnung, und dann schlug er mit dem Griff seines Schwerts auf den Knauf des Dolchs, bis die Klinge so tief wie irgend möglich hineingetrieben war.

»Damit dürften sie eine Weile beschäftigt sein«, sagte er.

»Aber wie sollen wir jetzt hier wegkommen?« fragte Alicia. »Wir können ja nicht fliegen wie Prinz Bourujird in der Legende, mit seinem Aqebat-Kampfwagen.«

»Ein paar von Prinz Ferrians Raketengleitern wären da schon etwas praktischer. Aber ich glaube, ich weiß, wie wir nach unten kommen. He, das sehe ich ja jetzt erst! Du bist ja auch verwundet! Ist's schlimm?«

»Tut weh, ist aber nichts Ernstes«, antwortete sie. »Dein Freund, der Professor, hat mich aus Versehen mit seiner Hellebarde gepiekst.«

»Wir müssen ein paar Verbände improvisieren. Das Bein bringt mich um, und die Schnittwunde in deiner Seite blutet auch noch.«

»Gib mir mal dein Schwert!« sagte Alicia und löste ihren Kilt. Gleich darauf hatte sie mit zwei geschickten Schnitten zwei Streifen vom unteren Rand des Kleidungsstücks abgetrennt. »Ich – ich bedaure es zutiefst – daß ich Eure Dame verwundet habe«, keuchte Isayin. »Ich sagte ja – ich bin – kein Krieger.«

»Ist schon gut«, erwiderte Mjipa. Den kürzeren Stoffstreifen band Alicia um Mjipas verletztes Bein. Dann nahm er den anderen Streifen und band ihn unter ihren Brüsten um den Oberkörper.

»So, und wie kommen wir jetzt runter?« fragte Alicia, während sie die Reste des Kilts entgegennahm.

»Sobald ich wieder ein wenig Kraft gesammelt habe, lassen wir uns an dem Aufzug an der Außenmauer runter.«

Mjipa hinkte zum Rand, wo er die zwei Träger hatte aus der Mauer ragen sehen, an denen die Rollen des Hebezeugs befestigt waren. Ein kurzes Rucken an den Seilen verriet ihm, daß die Seile unten festgemacht waren.

»Ich werde mich jetzt an einem der Seile hinunterlassen«, sagte er. »Dann ziehe ich den Korb hoch, du und der Doktor klettert rein, und ich lasse euch runter.«

»Wird das Seil – das Gewicht aushalten?« fragte Isayin, der noch immer schwer atmete.

»Wenn es ein paar hundert Kilo Ziegel tragen kann, dann kann es auch euch zwei tragen.«

»Bist du sicher, daß du dich so lange mit den Armen halten kannst?« fragte Alicia besorgt. »Das sind mindestens zwanzig bis dreißig Meter, und mit dem verletzten Bein ...«

»Wer nicht wagt, gewinnt nicht. Los geht's!«

Mjipa kletterte über den Rand, packte eines der Seile und begann sich langsam an der Außenmauer hinunterzulassen, Hand über Hand.

Auf etwa halbem Wege begannen seine Arme zu erlahmen. Ein paar Meter noch, dachte er, und ich kann mich nicht mehr halten und falle. Er hielt inne, hangelte mit dem gesunden Bein nach dem parallel verlaufenden Seil, klammerte sich, den stechenden Schmerz in seinem verwundeten Bein ignorierend, mit beiden Beinen fest und entlastete für einen Moment seine Arme.

Als er das Gefühl hatte, daß seine Arme sich erholt hatten, setzte er den Abstieg fort. Doch schon nach wenigen Metern erlahmten die Arme erneut. Er blickte nach unten. Zwischen ihm und dem Erdboden lagen noch an die fünf Meter. Unter Aufbietung seiner letzten Kraftreserven ließ er sich zwei weitere Meter hinunter; dann ließ er los. Ein mörderischer Schmerz fuhr ihm durch das verletzte Bein, als er landete. Für den Bruchteil einer Sekunde glaubte er, er würde ohnmächtig; doch er überstand den Schwächeanfall.

Einen Augenblick lang stand er schweratmend da, bis er sich einigermaßen erholt hatte. Aus dem Innern des Turms drangen ihm das Klirren der Waffen und die Schreie der Kämpfenden ans Ohr, gedämpft durch die dicken Ziegelwände. Er löste die Sperre der Winde und begann den Korb hinaufzukurbeln. Der Apparat gab ein höllisches Quietschen von sich, was Mjipa dazu veranlaßte, einmal mehr im stillen ›diese verdammten Eingeborenen‹ zu verwünschen, die ihre Sachen nicht in Ordnung hielten.

Als der Korb oben ankam, rief er: »Alles an Bord! Aber hurtig!«

Geräusche von oben und das Zittern des Seils zeigten ihm an, daß seine Passagiere in den Korb stiegen. Einen Moment später kam dünn Alicias Stimme: »Okay, Percy!«

Mjipa drehte die Kurbel in die entgegengesetzte Richtung. Die Kurbel wollte ihm unter dem Gewicht der Passagiere im Korb durchgehen, aber die Übersetzung des Getriebes erlaubte es Mjipa, sie ohne allzu große Kraftanstrengung unter Kontrolle zu halten.

Ein paar Minuten später setzte der Korb sanft auf dem Boden auf. Alicia kletterte heraus und sagte: »Ich mußte deinen Herrn Professor fast mit Gewalt in den Korb zerren. Der Arme ist nicht schwindelfrei.«

»Bist du's denn?«

»Nein; aber immer noch besser, als diesen Berserkern da drin in die Fänge zu geraten. Sind die eigentlich noch immer am Kämpfen?«

»Es scheint jetzt ruhiger geworden zu sein. Laß uns schnell abhauen, ehe sie rauskommen und nach uns suchen.«

Sie machten sich auf den Weg zum Pier, aber sie hatten den Vorplatz des Turms noch nicht ganz hinter sich, als sie schon die Verfolger hörten. Mjipa drehte sich um und sah einen Schwarm dunkler Figuren aus dem Portal quellen. Ein paar schrien und zeigten auf die Flüchtenden.

»Rennt!« rief Mjipa und humpelte los, sein Schwert als Krücke zweckentfremdend. Sie erreichten eine enge Straße. Um die Verfolger abzuschütteln, bogen sie an der nächsten Kreuzung ab und wiederholten dasselbe an den folgenden beiden Kreuzungen. Trotz dieses Manövers wurden die Geräusche der Verfolger lauter, wobei es unmöglich war zu sagen, welche der drei konkurrierenden Parteien hinter ihnen her war, oder ob zwei von ihnen oder gar alle drei sich verbündet hatten und gemeinsam Jagd auf sie machten.

»Lange halt ich das nicht mehr durch«, ächzte Mjipa mit zusammengebissenen Zähnen. »Mein verdammtes Bein ... Sieh mal! Was haben wir denn da?«

Eine von Kalwms muskelgetriebenen Straßenbahnen kam ihnen entgegengerumpelt. »Die kommt ja wie gerufen!« rief Mjipa.

»Aber da passen doch nur zwei Mann rein!« wandte Alicia skeptisch ein.

»Das kriegen wir schon hin; paß auf! Herr Doktor, gebt mir mal den Umhang!«

Mjipa zog sich den Umhang über den Kopf und humpelte auf das Vehikel zu. Als es auf gleicher Höhe mit ihm war, breitete er die Arme aus und mit ihnen den Umhang. Gleichzeitig schnitt er eine drohende Grimasse und donnerte mit Stentorstimme: »Arrrgh, Schieber, ich bin ein Dämon, und ich bin gekommen, dich in den Hishkak zu schleppen! Arrrrgh!«

Er wankte mit erhobenen Armen auf den Schieber zu, der mit einem gellenden Schrei des Entsetzens seine Stange losließ und wie von Furien gehetzt davonjagte.

»Lish!« sagte Mjipa. »Steig ein und zieh die Vorhänge zu. Herr Doktor, Ihr werdet uns schieben!«

»Aber«, stammelte Isayin, »der Wagen fährt doch in die falsche Richtung, direkt in die Arme unserer Verfolger!«

»Um so besser! Da erwarten sie uns am allerwenigsten.«

Mjipa hievte sich in den Wagen und legte den Arm und

Alicias Schulter. »Wir sind jetzt ein krishnanisches Paar, das eine kleine Knutschtour unternimmt. Keine Angst, ich nutze die Gelegenheit nicht aus!«

Ein paar Minuten später tauchte eine Rotte von Verfolgern vor ihnen auf, die, in alle Hauseingänge und Einfahrten spähend, sich langsam die Straße entlangbewegte. Das abenteuerliche Gemisch aus Soldaten und Ganoven näherte sich der Straßenbahn, die gemächlich auf ihrem Gleis dahinrumpelte, geschoben von einem kleinen ältlichen Kalwmianer. Die Verfolger hielten nicht an, um einen Blick in das Gefährt zu werfen, sondern liefen achtlos weiter. »Hierher!« hörte Mjipa sie rufen. »Nein, sie müssen hier entlanggelaufen sein!« – »Nein, dort ...« Gleich darauf verschwanden sie hinter einer Straßenecke.

Mjipa löste sich aus seiner Liebesumarmung und sagte: »Lish, kannst du den Doktor zurück zum Schiff dirigieren?«

»Ich denke schon. Doktor Isayin!«

»Ja, Meistrin Dyckman?« kam schnaufend die Antwort von hinten.

»Biegt an der nächsten Weiche nach rechts ab. Die Straße führt zum Hafenviertel, und von dort aus verläuft ein durchgehendes Gleis direkt zum Schiff.«

»Hoffentlich hast du recht«, sagte Mjipa. »Aber jetzt erzähl mir doch mal, was eigentlich passiert ist, nachdem ich die *Tarvezid* verlassen hatte.«

»Ich saß gerade beim Abendessen in der Kabine, als ich draußen auf Deck Getrampel und Gebrüll hörte. Kuimaj und seine Leute waren an Bord gekommen und verlangten von Kapitän Farrá, er solle mich ausliefern. Er sagte ihnen, sie sollten sich zum Hishkak scheren. Da packten ihn ein paar von ihnen bei allen vieren und hielten ihn fest, während die anderen das Schiff durchstöberten.

Ich schlüpfte aus der Kabine auf der vom Pier abgewandten Seite des Deckhauses, und als sie alle gerade in die Kabine und in den Frachtraum guckten, schlich ich an Land und rannte los. Aber irgendeiner muß mich gesehen haben, denn gleich darauf waren sie alle hinter mir her.

Ich war zu meinen College-Zeiten eine ganz gute Sprinterin, aber als ich am Turm ankam, war ich fix und fertig. Ich spurtete im Zickzack durch die Straßen und Gassen, um sie abzuschütteln, aber sie gingen einfach dem Geruch nach. Wir vergessen immer, daß diese tropischen Krishnaner einen hervorragenden Geruchssinn haben, wie Menschen mit Hundenasen. Doktor Isayin! Ich glaube, wir müssen hier wieder nach rechts abbiegen!«

»Ich kann dir nachfühlen, wie fertig du warst«, brummte Mjipa. »So wie heute bin ich seit der Nacht nicht mehr durchgewalkt worden, als ich den Schwergewichtsmeister von Cambridge, Rajenda Singh, knockout schlug.« Er seufzte und schüttelte sinnend den Kopf. »Wir sind zu zivilisiert geworden. Früher konnte ein Ngwato-Krieger fünfzig Kilometer rennen und danach noch eine Schlacht schlagen.«

»Wir lassen den Wagen hier stehen«, sagte Mjipa. »Der Schieber kann ihn morgen leicht wiederfinden.«

Die drei liefen den Hafendamm hinauf und gingen an Bord der *Tarvezid*. Der wachhabende Matrose rief: »Ho! Wer geht da?«

»Eure Passagiere«, antwortete Mjipa. »Wann können wir lossegeln?«

»Nicht vor Ablauf von zwei Stunden. Wir müssen die ablandige Morgenbrise abwarten.«

»Weckt den Kapitän! Ich muß mit ihm sprechen.«

»Das wird ihm nicht schmecken, Herr.«

»Es läßt sich leider nicht vermeiden. Weckt ihn auf!«

Als Kapitän Farrá verschlafen aus seiner Koje geschlurft kam, empfing ihn Mjipa mit den Worten: »Kapitän, wir müssen sofort lossegeln. Sind Eure Leute alle an Bord?«

Farrá schüttelte sich den Schlaf aus dem Kopf. »Ich denke schon; bis Mitternacht sollten alle wieder zurück sein. Aber was soll diese Narretei: sofort lossegeln? Wir segeln, wenn ich es anordne, und nicht nach der Laune irgendeiner Landratte.«

»Es könnte uns alle den Kopf kosten, wenn Ihr es nicht tut. Jene Bande, die an Bord kam, nach Meistrin Dyckman zu suchen, ist uns auf den Fersen.«

»Oh, daher weht also der Wind. Ihr seid mir eine wahrhaft lästige Gesellschaft von Passagieren! Nichts als Ärger hat man mit euch! Aber bevor ich noch einmal in solch eine Rauferei hineingezogen werde, gebe ich euch lieber das Geld für die Passage zurück, setze euch an Land und segle ohne euch ab.«

»Kapitän«, sagte Mjipa, »ich bin sicher, daß es keinen Ärger mehr gibt, wenn wir erst einmal vom Ufer abgelegt haben. Ist es Euch hundert Majbur-Karda wert, Eure Abfahrt ein paar Stunden vorzuverlegen?«

»Hmmm«, sagte der Kapitän. »Jetzt redet Ihr schon vernünftiger. Legt noch hundert drauf, und der Handel ist perfekt.«

»Soviel habe ich nicht mehr; aber hundertfünfzig kann ich wohl aufbringen.«

»Abgemacht. Laßt Eure Münzen sehen. Kutáhn!« Er wandte sich dem wachhabenden Matrosen zu. »Weck Meister Ghanum und halt dich zum Ablegen bereit. Und gib den anderen Bescheid, aber ohne Lärm zu schlagen, daß ich in fünf Minuten alle Mann an Deck sehen will!«

Wenig später legte die *Tarvezid* vom Pier ab. Sechs stämmige Majburuma stießen die Riemen aus den Luken im Schanzkleid, um das Schiff aus dem Hafen zu manövrieren. Minyev war bis zuletzt nicht aufgetaucht.

Eine Gruppe tauchte auf dem Pier auf. Einer schrie: »Halt, im Namen des Heshvavu! Wir haben Befehl, Eure Passagiere festzunehmen!«

Mjipa begann das Herz bis zum Hals zu schlagen. Obwohl die Gestalten zu weit entfernt waren, um Einzelheiten ausmachen zu können, verriet das Glitzern des Laternenlichts auf ihren Körpern, daß es sich um Vuzhovs Gardisten handelte. Gehorchte Kapitän Farrá dem Befehl, dann sah Mjipa keine Möglichkeit mehr, wie sie noch einmal entkommen sollten. Er war zu erschöpft, und sein Bein schmerzte zu sehr, als daß er noch einmal ernsthaft hätte Widerstand leisten können. Sicher, er konnte den Kapitän als Geisel nehmen, wie Khorosh; aber das war nicht die ganze Reise lang durchzuhalten. Irgendwann würden die anderen Offiziere und die Mannschaft sich auf ihn stürzen, ihn entwaffnen und ihn, wahrscheinlich zusammen mit Alicia und Isayin, ins Banjao-Meer werfen.

»Kapitän!« rief Mjipa. »Meine letzten fünfzig Karda sagen, daß Ihr ihn nicht hören könnt.«

Der Kapitän grinste verschmitzt. Er hob sein Sprachrohr an den Mund und rief zum Ufer hinüber: »Ich kann Euch nicht hören!«

Mittlerweile war das Schiff so weit vom Pier entfernt, daß die Rufe des königlichen Offiziers nicht mehr zu verstehen waren. Als das Schiff in tieferes Fahrwasser gelangte, setzte die Mannschaft die beiden Dreieckssegel. Die Morgenbrise, die sich gerade mit dem ersten leisen Hauch zu erheben begann, füllte die Segel, und die *Tarvezid* glitt langsam nordwärts.

Als der Himmel sich aufhellte, wuchsen die Konturen von Vuzhovs Turm aus dem Dämmerlicht. Dann schrumpfte er langsam zusammen. Die Häuser schwanden zu einer Reihe kleiner beigefarbener Schachteln, und bald war das Ufer nur noch eine einzige dunkle Linie zwischen Meer und Himmel.

9

Haß

Wann erreichen wir die Sabadao?«

»Wenn der Wind so bleibt«, beantwortete Kapitän Farrá Mjipas Frage, »müßte morgen abend Fossanderan in Sicht kommen. Bei günstigem Wind dauert die Fahrt von Kalwm nach Fossanderan vier Tage. Bei widrigem Wind oder Flaute braucht man für die Strecke eine Fünfnacht.«

Den Tag und die Nacht nach ihrer Abfahrt von Kalwm hatten Percy Mjipa und Alicia Dyckman ausschließlich mit Schlafen und Ausruhen verbracht. Nach den fast übermenschlichen Anstrengungen, die die vorausgegangenen Tage ihnen abverlangt hatten, waren beide schlaff wie ein Tischtuch, und ihre Verletzungen machten jede Bewegung zur Qual.

Doch nun begannen ihre Lebensgeister langsam wieder zu erwachen. Mit Hilfe eines hölzernen Badezubers, den die Matrosen auf Deck geschleppt hatten, und einer kräftigen Bürste befreiten sich die drei Passagiere von ihrer khaldonischen Körperbemalung. Die beiden Terraner zogen sich wieder ihre gewohnte Khakikleidung an. Die Papierantennen oder das, was von ihnen noch übriggeblieben war, wanderten in den Müll; doch gab es leider keine Möglichkeit, das Wachstum der langsam auf ihren kahlrasierten Schädeln hervorsprießenden Haarstoppeln zu beschleunigen.

Mjipa strich humpelnd auf dem Deck herum, einen Enterhaken aus dem kleinen Arsenal des Schiffs als Krückstock benutzend. Isayin saß in geborgter Seemannskluft auf dem Achterdeck und sezierte, eifrig Notizen machend, einen Fisch, den er gefangen hatte. Am Himmel zog Wolkenbank auf Wolkenbank vorüber, hin und wieder lugte Roqir kurz hervor und verschwand wieder. Die leichte Südbrise, die sie von Kalwm weggetragen hatte, hatte sich in einen frischen Nordostwind verwandelt, und die *Tarvezid* lief mit vollem Tuch vor dem Wind.

Alicia saß an Deck, ihren kalwmianischen Strohhut zum Schutz ihres kahlen Schädels gegen die Sonne auf dem Kopf, den Rücken an die Reling gelehnt, und kritzelte in ihrem Notizbuch. Als Mjipa an ihr vorbeigehinkt kam, sagte sie: »Percy, wenn wir nach Majbur kommen, mußt du mit mir noch mal einen Einkaufsbummel machen. Ich möchte unbedingt wieder einen von diesen todschicken Kilts haben!«

»Was ist denn mit dem, den du hast, nicht in Ordnung?«

»Ich habe für die Verbände soviel vom Saum abgeschnitten, daß er mir kaum noch über den Po geht.«

»Kannst du die Streifen nicht wieder annähen, wenn das Blut erst rausgewaschen ist?«

»Das würde einfach scheußlich aussehen. Übrigens, mit welchem Geld sollen wir eigentlich von Majbur aus weiterreisen? Kapitän Farrá hat uns so ziemlich blankgeschröpft.«

»Gorbovast wird uns einen Wechsel auf Novo einlösen. An was arbeitest du da gerade?«

»An meiner Studie über die Ökonomie des krishnanischen Hotelwesens.«

»Du hast Irants also tatsächlich doch noch interviewt? Ich dachte, ich hätte dir deutlich genug ...«

»Natürlich hast du, aber du hast doch nicht im Ernst geglaubt, daß ich mich dadurch bremsen lasse? Ich dachte mir, wenn du's nicht weißt, dann können sie dich auch nicht dafür zur Verantwortung ziehen.«

»O doch, und ob sie das können! Du kennst diese Ganoven nicht.«

»Nun ja, jedenfalls habe ich Irants gesagt, es wäre gegen deine Anweisung, und er mußte mir absolutes Stillschweigen schwören. Er fühlte sich mächtig geehrt, Teilnehmer an einer Verschwörung zu sein. Wir haben bis spät in die Nacht hinein daran gesessen, als du schon schliefst.«

Mjipa stieß einen langgezogenen Seufzer aus. »Lish, du bist unverbesserlich! Eigentlich sollte ich deine Aufzeichnungen nehmen und sie zerreißen. Aber dann würdest du dir doch nur wieder irgendeinen neuen Kniff einfallen lassen, und was geschehen ist, ist geschehen.« Er spähte nach achtern über das Heck und sagte zu Farrá: »Kapitän, was ist das für ein Segel dort hinten?«

Der Kapitän blinzelte mit zusammengekniffenen Augen nach achtern, wo der dreieckige Zacken eines anderen Lateinsegels den Horizont durchbohrte, wann immer eine Welle die *Tarvezid* emporhob. »Das vermag ich auf diese Entfernung nicht zu sagen.«

Eine Stunde später sagte Mjipa: »Kapitän, ich könnte schwören, daß das Schiff uns verfolgt.«

Der Kapitän hob sein Fernglas an die Augen. Nach einem langen Blick sagte er: »Bratet meine Eingeweide, aber mich deucht, das ist die *Yur* aus Kalwm. Als wir aus dem Hafen ausliefen, lag sie noch auf Dock, zum Verkauf durch die Regierung. Ich kenne sie gut; sie steht schon seit einigen Monden zum Verkauf. 's ist kein Wunder, daß sie so rasch aufholt!«

»Wieso? Ist sie ein schneller Segler?«

»Fürwahr; hat sie doch mehr Tuch und weniger Breite als wir. Sie kam aus dem Sunqar, als die verbündeten Sabadao-Anliegermächte das Piratennest dort aushoben. Ihre Besatzung erklärte, nachdem sie den Führern des Angriffs auf die schwimmende Zitadelle gelobt hätten, sich zu bessern und ein neues, redliches Leben anzufangen, hätten diese ihnen großmütig verziehen und sie unbehelligt ziehen lassen.

Der Phathvum nahm sie beim Wort, da die kalwmianische Kriegsflotte dem Verrotten preisgegeben ist, seit der Heshvavu damit begann, alle Einnahmen des Reiches für seinen phantastischen Turm auszugeben. Kalwm, so dachte sich der Minister, könnte vielleicht eines Tages Seeleute und Schiffe brauchen, wenn dieser schwärmerische Monarch gen Himmel fährt, sei es über seinen Turm oder, was wahrscheinlicher ist, von der Hand eines Mobs von Aufständischen. Vielleicht hörtet Ihr das Rumoren von Revolte, während Ihr in dem Königreiche weiltet.

Es dauerte indes nicht lange, bis diese Expiraten sich als doch nicht so ex erwiesen, wie sie beteuert hatten. Wie sagte doch Nehavend: Ist eine Frucht erst einmal verfault, dann vermag weder Frömmigkeit noch Gebet, noch Wehklagen, noch Geist ihre einstige Reife wiederherzustellen. Sie entschlüpften heimlich aus dem Hafen von Kalwm und begannen, Schiffe aus Peihné und Surien zu kapern und die Küstenstädte jener Länder unsicher zu machen.

Als dem Phathvum die Klagen der Nachbarländer zu Ohren kamen, ließ er, da ihm an der Erhaltung der Freundschaft zu den Nachbarn gelegen ist, die *Yur* aufbringen und alle Besatzungsmitglieder, derer er habhaft werden konnte, in Ketten nach Kalwm bringen. Schon bald darauf zierten ihre Häupter die mit eisernen Spitzen bewehrten Mauern des Palastes. Um noch mehr Gold für sein närrisches Bauwerk zu erraffen, bestand Vuzhov der Schwärmer darauf, daß die *Yur* zum Verkauf feilgeboten werde. Nicht dazu bestimmt, Gewinn abzuwerfen, lag sie seither verlassen an ihrem Ankerplatz, ungebeten, ungeliebt und unumworben.«

Kapitän Farrá wandte Mjipa ein finsteres Gesicht zu. »Doch nun, Terraner, löst mir dieses Rätsel: Ihr verließet das Ufer in größter Hast, verfolgt nicht nur von König Vuzhovs Gardisten, sondern auch von einer Bande von Strolchen. Hat die Regierung die *Yur* wieder in Dienst gestellt, mit einer rasch zusammengekratzten Mannschaft, um ihre Rechnung mit Euch zu begleichen? Oder hat diese Rotte von Lumpen das Schiff gekauft und ist Euch nachgejagt?«

»Das weiß ich noch nicht«, erwiderte Mjipa mit einem Achselzucken. »Darf ich einmal durch Euer Fernglas schauen?«

Farrá reichte ihm das Instrument. Mjipa holte sich das Schiff in sein Sichtfeld und betrachtete es eine Weile. Einzelne Personen vermochte er nicht zu erkennen, aber seiner Bugwelle nach zu urteilen, machte das Schiff gute Fahrt.

»Sie haben die Riemen draußen«, sagte er schließlich.

»Dann ist es ganz sicher, daß sie hinter Euch her sind. Die See ist zu rauh für Ruder, außer man hat es ungeheuer eilig.«

»Können wir nicht auch die Ruder raustun?«

»Ja, und das werden wir auch.« Der Kapitän wandte sich an seinen Ersten Offizier und rief: »Die Riemen raus, Meister Ghanum! Zwei Mann an jeden!« Er wandte sich wieder Mjipa zu. »Aber bildet Euch nicht ein, sie kriegen uns nicht, und zwar lange, bevor Fossanderan und die Meerenge von Palindos in Sicht kommen, es sei denn, Bandur zerschmettert sie mit seinem Donnerkeil. Wir haben nur sechs Ruder; sie haben zwölf oder vierzehn. Die *Yur* ist kein echtes Handelsschiff; sie wurde gebaut, um als Piratenschiff, Schmuggler, Luxusjacht oder königliches Patrouillenschiff zu dienen. Sie ist ausschließlich darauf ausgelegt, ehrliche Kauffahrer, wie den, auf welchem Ihr steht, an Schnelligkeit zu übertreffen. Mein Glas, bitte!«

Nachdem er eine Weile hinausgestarrt hatte, sagte Farrá: »Sie kommt Zug um Zug näher an uns heran. Sie liegt hoch im Wasser; sie müssen so hastig ausgelaufen sein, daß sie vergessen haben, Ballast aufzunehmen.« Er klappte den Deckel des Teleskops zu. »Doch sage ich Euch eines, Terraner: Wenn das Vuzhovs vergoldete Gecken sind, dann werde ich keinen Widerstand leisten. Ich habe kein Verlangen danach, mein Schiff kapern und versenken und mich und meine Leute obendrein noch abschlachten zu lassen.«

»Ich habe Euch bezahlt ...«, begann Mjipa.

»Ja, aber nicht, um eine Wettfahrt nach Majbur zu machen gegen ein Schiff, das doppelt so schnell ist und doppelt soviele Leute an Bord hat wie unseres. Und dort, wo sie Euch hinschleppen werden, werdet Ihr keine Verwendung mehr für Geld haben. Ich hätte Euch und Eure Gefährten niemals an Bord genommen, wenn Ihr nicht geschworen hättet, daß wir bestimmt keinen Ärger mehr haben würden, wenn wir erst auf hoher See wären.«

»Und wenn es nun nicht Vuzhovs Leute sind, sondern

eine der beiden Halunkenbanden? Wenn die Euch enterten, dann würden sie wahrscheinlich gleich alle niedermachen, aus praktischen Erwägungen. Ihr könnt also ebensogut kämpfen. Vielleicht lassen sie sich sogar abschrecken, wenn sie sehen, daß Ihr entschlossen seid, ein paar von ihnen mit ins Grab zu nehmen.«

»Ja, vielleicht.« Der Kapitän schaute mit prüfendem Blick zum dunkler werdenden Himmel und auf die rauher werdende See. Die Ruderleute unten in der Kuhl führten einen verzweifelten Kampf mit den Wellen. Eine falsche Welle, die das Ruderblatt beim Ausrichten traf, würde genügen, um sie von den Bänken zu fegen. »Meister Ghanum! Ruder einholen! Und das Großsegel ein Stück aufgeien! Mir gefällt dieser Wind nicht.«

Mjipa berichtete Alicia von der neuesten Entwicklung der Ereignisse. »Oh, verdammt!« rief sie. »Jedesmal, wenn wir glauben, wir wären endlich aus dem Schlamassel raus, passiert wieder was Neues. Ich arbeite jetzt seit Jahren auf Krishna, aber ich mußte noch nie mit so vielen Bedrohungen auf einmal fertig werden. Könnten wir nicht versuchen, mit dem Beiboot zu entkommen?« Sie deutete auf die Jolle, die auf dem Deckshaus festgezurrt war.

»Das bezweifle ich stark. Wir drei würden ja kaum in diese Nußschale hineinpassen.«

»Wir brauchen Isayin ja nicht mitzunehmen. Er ist ohnehin ein schrecklicher Plagegeist. Erst ist er seekrank, und jetzt mäkelt er ständig an der Unterbringung herum.«

»Aber selbst ohne ihn könnte uns ein Schiff wie die *Yur* binnen kürzester Zeit überholen.«

»Könntest du dir nicht Kapitän Farrá packen und ihm ein Messer an die Kehle halten, so wie du es bei Khorosh getan hast?«

»Und was würde das bringen? Den Kerlen, die hinter uns her sind, wäre es völlig egal, wenn wir den Kapitän und seine gesamte Mannschaft umbrächten. Sie haben es auf *uns* abgesehen.«

Das Verfolgerschiff war jetzt so nahe herangekommen,

daß Mjipa seinen schnittigen Rumpf bestaunen konnte. Die See war inzwischen so rauh geworden, daß auch die *Yur* die Ruder hatte einholen müssen.

Mjipa ging zurück zum Kapitän. »Darf ich noch mal Euer Glas haben?«

Durch das Teleskop konnte Mjipa jetzt deutlich einzelne Gestalten an Deck ausmachen. Nachdem er eine Weile hindurchgeschaut hatte, sagte er: »Es sind ausschließlich nackte kalwmianische Seeleute an Deck. Nicht ein einziger vergoldeter Lendenschurz ist zu sehen. Es muß also eine der beiden Ganovenbanden sein. Könntet Ihr nicht das Ruder in Hartlage legen und Malayer anlaufen? Es müßte jetzt fast genau westlich von uns liegen.«

»Nein; sie würden uns trotzdem mit Leichtigkeit überholen. Die *Yur* kann nicht genug ehrliche Fracht tragen, um sich zu rentieren; deshalb können sie auch soviel Fahrt aus ihr herausholen.«

Alicia kam und stellte sich neben Mjipa an die Reling. Isayin saß, blind gegen alles um ihn herum, immer noch auf dem Achterdeck und studierte seinen Fisch.

Die Zeit floß dahin. Der Abstand schmolz. Die *Yur* näherte sich an Steuerbord achteraus. Der Kapitän machte ein skeptisches Gesicht und sagte: »Sie haben vor, uns den Wind aus den Segeln zu nehmen, damit wir eine leichte Beute für sie sind.«

»Könntet Ihr nicht abfallen und dadurch einen gewissen Abstand gewinnen ...«

»Terraner!« bellte der Kapitän. »Bei den sechs Brustwarzen Varzais, Ihr seid fürwahr der schrecklichste Wichtigtuer, der mir je untergekommen ist! Dazu ein blutiger Anfänger in der Seemannskunst und ein Unglücksbringer von höchstem Grade! Haltet endlich Eure Klappe! Ich weiß, was mein Schiff kann und was es nicht kann!«

Der Bug der *Yur* war jetzt auf gleicher Höhe mit dem Heck der *Tarvezid*. Ein Krishnaner brüllte durch ein Sprachrohr: »Dreht bei! Im Namen meines Herrn, des mächtigen Heshvavu Khorosh befehle ich euch, in den Wind zu schießen!«

»Oh, Mist!« rief Alicia. »Das ist Verar. Er ist der schlimmste von allen.«

»Was hat sie gesagt?« fragte der Kapitän. Alicia hatte englisch gesprochen.

»Es gab zwei Banden«, erklärte Mjipa. »Eine trachtete danach, Meistrin Dyckman in König Ainkhists Harem zu entführen; die andere wollte unseren Kopf. Die auf der *Yur* sind die letzteren.«

Farrá grunzte. »Halsabschneider von der Sorte machen sich gewöhnlich einen Spaß daraus, ihr Opfer erst zu quälen, bevor sie ihm den Garaus machen. Dieses Vergnügen kann ich ihnen rauben. Wenn Ihr mir Euer Schwert leiht und ihr zwei euch hinkniet und den Kopf vornüberbeugt, dann hacke ich ihn euch so blitzsauber und schnell ab, daß ich sie den Burschen gleich überreichen kann, wenn sie an Bord kommen. Ich verspreche euch, es wird gewiß nicht weh tun. Ein kurzer, rascher Hieb – *wscht!* –, und es ist ausgestanden.«

»Vielen Dank«, sagte Mjipa und umklammerte seinen Schwertgriff. »Wenn ich mein Schwert benutze, dann um andere Köpfe abzuschlagen als den meinen, das versichere ich Euch.«

Der Kapitän wandte sich ab und ging. Der Wind hatte inzwischen so stark aufgefrischt, daß Mjipa und Alicia sich an der Reling festhalten mußten, um nicht den Halt auf dem schwankenden Deck zu verlieren. Gischt schäumte über die Backbordseite des Decks. Mjipa sah, wie der Kapitän ein heftiges Wortgefecht mit dem Ersten Offizier und dem Oberbootsmann führte, aber das Tosen des Windes und der Wellen war zu laut, um zu verstehen, worum es ging.

Eine riesige Wolke, schwärzer als alle vorherigen, ballte sich an Steuerbord zusammen. Ein Blitz zuckte aus ihr hervor, erhellte für einen Sekundenbruchteil die düstere Szene, und dann vermischte sich das Rollen des Donners mit dem Tosen der entfesselten Elemente. Beide Schiffe schlingerten so heftig, daß ihre Besatzungen sich kaum noch über Deck bewegen konnten.

Der Kapitän hatte seine Diskussion beendet, und mehrere Seeleute tauchten aus den Ladeluken auf, beladen mit Enterhaken. Einer trug einen Armvoll Schwerter, die er an den Kapitän und die Offiziere weitergab.

»Wenigstens«, schrie Mjipa Alicia ins Ohr, »scheint er jetzt entschlossen zu sein, den Kampf aufzunehmen. Geh und hol Khostavorns Schwert aus der Kabine!«

»Warum? Du hast doch schon ...«

»Nicht für mich – für dich! Vielleicht kannst du dem einen oder anderen von den Gangstern ein bißchen von der Füllung rausstochern.«

Als Alicia zur Tür des Deckshauses taumelte, erscholl erneut ein Ruf von der *Yur*: »Dreht bei, oder wir bohren euch in den Grund!«

Ein Seemann kroch langsam an der schräghängenden Rahe des Großsegels der *Tarvezid* hoch. Sich mit den Beinen festklammernd, löste er die Geitaue, die er eben noch festgezurrt hatte, und packte sie mit den Zähnen, so daß das Segel wieder seine volle Fläche bekam. Der Seemann war auf halbem Wege hinunter zum Vorderdeck, als ein erneuter Donnerschlag eine mörderische Bö ankündigte, die eine prasselnde Gischtwand über das Deck peitschte.

»Festhalten!« schrie Mjipa, als das Schiff so heftig krängte, daß die Backbordreling in die Fluten tauchte. Er glaubte, sie würden jeden Moment kentern. Als er nach achtern schaute, sah er, daß Doktor Isayin sich ebenfalls an der Reling festklammerte und seine Notizblätter zwischen den Zähnen hielt.

Das scharfe Krachen von berstendem Holz übertönte das Tosen des Windes. Begleitet vom peitschenden Knallen der zerreißenden Stage, brach der Hauptmast direkt über dem Mastfuß ab und donnerte, das Großsegel mit sich reißend, auf die Backbordreling. Zwar blieb das kleinere Besan unversehrt, aber der plötzliche Verlust an Tuch, verbunden mit der Bremswirkung des im Wasser hängenden Takelwerks, ließ die *Tarvezid* in den Wind schießen und stehenbleiben.

Fast im selben Moment ließ ein Chor von Schreien an

Bord der *Yur* die Blicke der Terraner herumfahren. Die *Yur* krängte so hart nach Backbord, daß ihre Segel im Wasser hingen. Dann kenterte sie durch, ganz langsam, bis ihr Kiel aus dem Wasser tauchte, wie die Rückenflosse eines Seeungeheuers. Rings um den Rumpf des gekenterten Schiffes tanzten die Köpfe von Schwimmern und Trümmerteile hilflos auf den Wellen.

»Kapitän!« schrie Mjipa und deutete mit ausgestrecktem Arm auf die Szene. »Habt Ihr das gesehen?«

Farrá wechselte einen kurzen Blick mit Mjipa, machte eine knappe Nickbewegung mit dem Kopf und wandte sich dann gleichgültig der Reparatur des Schadens zu. Ein Matrose warf dem Seemann, der an der Rahe gehangen hatte, als der Mast brach, ein Tau zu und holte ihn zurück an Deck. Andere kletterten an dem gebrochenen Mast entlang hinunter ins Wasser und kappten das Fall, das die Rahe am Mast festhielt. Wieder andere belegten Taue am Hauptsegel und seiner Rahe.

Der Wind tobte sich matt. Der Regen hörte auf; Roqir brach wieder durch die Wolken. Der Wind ebbte zu einer leichten Brise ab; dennoch war die See noch immer aufgewühlt und schüttelte die *Tarvezid* kräftig durch.

Das Floß, das mit leichten Tauen auf dem Deckshaus der *Yur* befestigt gewesen war, hatte sich losgerissen, als das Schiff gekentert war, und tanzte jetzt auf der Leeseite des umgestülpten Rumpfes auf den Wellen. Einer nach dem anderen kletterten nun die Schiffbrüchigen der *Yur* an Bord des Floßes.

Die folgende Stunde war die Besatzung der *Tarvezid* damit beschäftigt, das Großsegel und die Rahe aus dem Wasser zu bergen. Sie schnitten das Segel von der Rahe los und falteten es zusammen. Die Rahe selbst legten sie auf das Deckshaus. Da sie so lang war wie der gesamte Rumpf des Schiffes, ragte ihr Ende weit über das Heck hinaus.

Mit dem Kappen der letzten Taue, die den treibenden Mast noch mit dem Schiff verbanden, setzte sich die *Tarvezid,* vom Besansegel vorangetrieben, wieder in Bewegung.

Sofort erscholl von Steuerbord her ein Ruf: »Ahoi! Laßt uns nicht zurück! Nehmt uns an Bord!«

Das Besansegel wurde gefiert, so daß die *Tarvezid* erneut ohne Fahrt war. Kapitän Farrá trat mit einem bekümmerten Ausdruck im Gesicht zu Mjipa und Alicia, die an der Reling standen, letztere noch immer mit Khostavorns Schwert in der Hand.

»Meister Mjipa«, sagte der Kapitän, »es geht um ein schwerwiegendes Problem. 's ist klar, daß diese Burschen Schurken von der übelsten Sorte sind, Dupulán in nichts nachstehend. Doch es wäre ein klarer Verstoß gegen das Gesetz der Seefahrt, sie allein und hilflos in der Wasserwüste zurückzulassen, dem sicheren Verderben preisgegeben. Der Maat und ich haben über die Sache gesprochen und sind zu dem Schluß gekommen, Euch die Entscheidung zu überlassen. Was meint Ihr?«

Mjipa zögerte einen Moment, dann sagte er: »Ich würde sie retten, aber nur mit gewissen Vorsichtsmaßregeln.«

»Percy!« schrie Alicia. »Bist du von Sinnen? Oder hast du wieder einen deiner idiotischen Anfälle von Ritterlichkeit?«

»Ich würde mich nicht wohl dabei fühlen, wenn ich sie schutzlos ihrem Schicksal überlassen würde«, erwiderte Mjipa. »Ich kann sie guten Gewissens töten, wenn sie mich angreifen, aber so – nein.«

»Du armer Irrer!« kreischte Alicia. »Sobald sie nur die geringste Gelegenheit haben, schneiden sie uns die Gurgel durch!«

»Sie werden keine Chance haben. Ich habe nicht gesagt, daß ich sie an Bord nehmen will. Wir lassen sie auf dem Floß und schleppen sie. Außerdem werde ich dafür sorgen, daß sie nichts haben werden, womit sie uns die Gurgel durchschneiden könnten.«

Kapitän Farrá akzeptierte Mjipas Entscheidung ohne Widerspruch. Durch sein Sprachrohr rief er den Khaldoniern zu, sie sollten das Floß nahe genug heranrudern, mit den Händen, wenn nötig, daß er ihnen ein Tau zuwerfen könne.

Als das Floß sich schaukelnd dem Heck der *Tarvezid* näherte, rief Mjipa hinunter: »Bevor wir euch ein Tau zuwerfen, müßt ihr erst sämtliche Waffen ins Meer werfen. Ich sagte, *sämtliche* – Schwerter, Messer, alles!«

Drei der Dutzend Schiffbrüchigen auf dem Floß trugen Schwerter; die anderen hatten Messer oder Dolche. Sofort erhob sich Protestgeschrei: »Wie sollen wir unser Fleisch schneiden?« – »Wie sollen wir uns verteidigen?« – »Habt Ihr vor, uns zu töten, wenn wir erst einmal entwaffnet sind?«

Mjipa wartete schweigend und geduldig, bis auch der letzte endlich seine Waffe über den Rand des Floßes ins Wasser geworfen hatte. Dann warf er das Tau, das einer der Khaldonier auffing und am Floß befestigte. Das Besansegel der *Tarvezid* wurde gehißt, und das Schiff gewann wieder Fahrt. Infolge ihrer verminderten Segelfläche und der zusätzlichen Schlepplast, die das Floß darstellte, bewegte sie sich nur träge vorwärts.

Mjipa sagte: »Kapitän, auf die Gefahr hin, meinen Ruf als Wichtigtuer zu festigen, der überall seine Nase hineinsteckt, schlage ich vor, daß Ihr zwei Matrosen mit Piken auf dem Achterdeck postiert, die das Floß im Auge behalten. Wenn es nahe genug herankommt, könnten die Halunken sonst womöglich in Versuchung kommen, an Bord zu klettern und über uns herzufallen.«

»*Ohé!* Für einen Terraner und eine Landratte«, rief der Kapitän, »seid Ihr doch nicht gänzlich ohne Verstand!« Wenig später bezogen die Matrosen Posten, wie Mjipa es vorgeschlagen hatte.

Als Mjipa in die Kabine kam, traf er auf einen Isayin, der darüber barmte, daß das Wasser seine Notizen über den Fisch ruiniert hatte, und eine Alicia, der die Streitlust nur so aus den Augen blitzte.

»Mein Gott, begreifst du denn niemals?« begrüßte sie ihn freundlich. »Selbst ein Regenwurm kann lernen; aber wenn dich erst einer deiner idiotischen Anfälle von Mannesehre gepackt hat, dann stirbst du eher, als daß du deinen Grips einschaltest, dessen Vorhandensein ich freilich langsam ernsthaft zu bezweifeln beginne. Und das schlimmste ist, daß du dabei nicht nur deinen eigenen Hals riskierst, sondern meinen gleich mit. Jeder, der ein bißchen was von Psychologie vesteht, kann sehen, daß dieser Verar ein absoluter Fanatiker ist, was den Gehorsam gegenüber seinem König betrifft. Der Typ wird alles daran setzen, dich umzubringen, egal ob er dabei selbst draufgeht oder nicht.

Diese Bastarde sind sowieso nur dazu geboren worden, eines Tages am Galgen zu enden. Was macht es dann, wenn man das Datum ein bißchen vorverlegt? Was würden die wohl mit dir anstellen, wenn du an ihrer Stelle wärst? Für einen erwachsenen Mann hast du verdammt viel Dumme-Jungen-Allüren ...«

Nachdem Mjipa sich diese Tirade ein paar Minuten lang schweigend angehört hatte, platzte ihm der Kragen, und er blaffte: »Jetzt halt endlich deine Klappe, du blutrünstige Gifthexe!« Er stapfte aus der Kabine und verbrachte den Rest des Tages damit, mürrisch an der Reling zu lehnen, die Wellen und die Khaldonier auf dem Floß zu betrachten und sich an der rubinroten, goldenen und smaragdenen Pracht des krishnanischen Sonnenuntergangs zu erfreuen.

Als Roqir sich dem Horizont näherte, gesellte sich der Konsul zu den zwei Seemännern, die auf dem Achterdeck Wache schoben. Die zwölf Schiffbrüchigen kauerten armselig auf ihrem schaukelnden Floß und starrten muffig zu ihm herauf. Er rief:

»Meister Verar!«

»Ja?« rief einer der zwölf. »Was wollt Ihr?«

»Ich will, daß Ihr mir ein paar Fragen beantwortet.«

»Warum sollte ich, Ihr unverschämter Wicht?«

»Weil ich sonst dieses Tau hier kappe.« Mjipa legte die Schneide seines Dolches an das Schlepptau, das um die Reling geschlungen war. Sofort erhoben die anderen Khaldonier wütendes Protestgeschrei und bedrängten ihren Anführer, sie nicht in den sicheren Tod zu schicken.

»Also gut, fragt!« knurrte Verar.

»Wer sind die Männer, die Ihr bei Euch habt?«

»Der da und der da und jener dort sind die letzten, die übriggeblieben sind von denen, die ich aus Mejvorosh mitbrachte. Die anderen sind Einheimische, größtenteils frühere Sunqar-Piraten, die der Säuberungsaktion des Phathvum entgingen. Wir waren doppelt so viele, aber die anderen ertranken, als das Schiff kenterte.«

»Wo ist der Rest Eurer Bande?«

»Einige starben bei dem Kampf im Turm; einige waren zu schwer verwundet, um zu reisen; andere wurden von Vuzhovs Gendarmen festgenommen. 's war ein grausamer, gnadenloser Schlag, den Ihr meinen armen Männern versetztet, wie man es von einem niederträchtigen Fremdling auch nicht anders erwarten kann.«

»Wo sind Kuimaj und seine Mutabwkianer?« fragte Mjipa.

»Ich vermute, die meisten sind entweder tot oder schmachten in Vuzhovs Kerkern. Einer, der auch ertrunken ist, schloß sich mir an. Über den Rest vermag ich nichts zu sagen. Wir sahen sie nicht, als wir das Schiff kauften und für diese Reise ausrüsteten.«

»Wie kamt Ihr an das Schiff?«

»Ich kenne einen Händler, welcher Waren vertreibt, an die er auf nicht gänzlich ehrliche Weise gekommen ist. Sein Name ist Stipvuv, und er wohnt in der Stadt Kalwm. Er schoß das Geld für das Schiff vor und kaufte es der Regierung in seinem eigenen Namen ab, darauf vertrauend, daß mein Herr es ihm mit Gewinn vergelten würde. Wir schufteten Tag und Nacht, um es reisetauglich zu machen, und stachen nur etwas mehr als einen Tag nach Euch in See.«

»Ihr vergaßt, Ballast aufzunehmen; deshalb kentertet Ihr auch.«

»Ja; genauso wie Ihr vergaßt, das Eingangstor des Turmes zu verriegeln, um uns den Zugang zu versperren.«

»Es gab keinen Riegel. Warum sandte die kalwmianische Regierung kein Schiff hinter uns her?«

»Das weiß ich nicht mit Bestimmtheit. Aber Stipvuv versicherte, der Phathvum hätte den Heshvavu überzeugt, daß ihr Terraner und der Ketzer, nun, da ihr aus dem Reiche entschwunden wäret, für Kalwm ohnehin so gut wie tot wäret und daß es töricht wäre, Gold für eine aussichtslose Verfolgung zu verschwenden. Wann bekommen wir Nahrung und Wasser?«

»Fragt den Kapitän.« Mjipa humpelte davon, um sich wieder an die Reling zu lehnen und blaue Rauchwölkchen in den Ostwind zu paffen. Die Khaldonier erweichten den Kapitän schließlich, ihnen einen Laib Brot und einen Krug Wasser an einer Leine herunterzulassen.

Mjipa fragte: »Kapitän Farrá, wie sehen Eure Pläne jetzt aus? Wollt Ihr mit dieser Takelung nach Majbur segeln?«

»Nein; das würde eine Fünfnacht oder mehr dauern, und dafür haben wir nicht ausreichend Proviant. Es geht schneller, wenn wir vor Fossanderan vor Anker gehen, einen Baum fällen und einen neuen Mast bauen. Wenn ich mich nicht irre, hatte ich in dem alten schon einen Riß entdeckt, aber mein Astrologe versicherte mir, er würde noch eine weitere Reise überstehen. Zumindest hat Bandur mein Gebet erhört, die *Yur* zu zerschmettern.

Ich werde jedoch diese Schurken nicht weiter als bis Fossanderan schleppen. Wenn wir in eine Flaute geraten, fressen sie unsere Nahrungsvorräte auf, und wir verhungern, noch ehe wir unseren Heimathafen gesichtet haben.«

»Fürchtet Ihr Euch nicht vor den geschwänzten Männern von Fossanderan? Sie sind sehr unzivilisiert.«

»Mich deuchte, ich hätte gehört, sie wären von irgendeinem Terraner befriedet worden.«

»Stimmt. Dieser Terraner war ich. Nachdem sie jahrelang ständig Opfer von Sklavenjägern gewesen waren, fingen sie an, jeden Fremden, der bei ihnen landete, zu töten und aufzufressen. Die Schwierigkeit liegt darin, ihnen den Unterschied zwischen Sklavenjägern und ehrlichen Kaufleuten begreiflich zu machen.«

»Sklavenhändler sind ehrliche Kaufleute!« ereiferte sich der Kapitän. »Etwas anderes zu behaupten, wäre ein grobes und unsinniges Vorurteil. Sie sind mindestens genauso ehrbar wie andere Kaufleute, es sei denn, sie verkaufen Euch einen kränklichen Sklaven als gesund.«

Mjipa wandte sich ab. Der Gedanke, daß Sklaverei ein schreiendes Unrecht war, hatte auf Krishna noch keine große Verbreitung erlangt. Er existierte lediglich als Theorie einiger radikaler Philosophen, die nur wenige Krishnaner gehört hatten und die von noch weniger Krishnanern ernstgenommen wurde. Obwohl Mjipa ein ebenso heftiger Gegner der Sklaverei war wie jeder andere Terraner, hielt er es nicht für ratsam, seine Anschauungen den Krishnanern aufzuzwingen. Er fand, daß die tagtägliche Verrichtung seiner Pflichten als Konsul wahrlich schon genug Risiken und Probleme mit sich brachte, als daß er unbedingt noch weitere ohne Not hätte schaffen sollen.

Als Mjipa in die Kabine kam, fand er Alicia und Isayin schon in ihren Kojen liegend. Er streckte sich gerade auf seiner eigenen aus (oder vielmehr, er versuchte es, denn sie war ein paar Zentimeter kürzer als er), als er ein schniefendes Geräusch von Alicias Koje hörte. Nach einer Weile sagte eine leise Stimme: »Percy?«

»Ja?«

»Es tut mir leid, daß ich wieder so garstig zu dir war. Ich weiß auch nicht, warum ich immer solche schlimmen Dinge zu dir sage. Du bist ein viel besserer Mensch als ich. Gegen dich bin ich nur eine unmoralische Opportunistin.«

»Ach, vergiß es!«

»Ich kann's nicht. Ich – ich möchte es gern wiedergutmachen – das heißt, wenn du mich willst ...«

»Mit dem Professor nebenan in der Koje? Wer von uns beiden spinnt jetzt wohl? Außerdem sind wir jetzt eh bald zu Hause. Also, mach die Augen zu und schlaf schön!«

Die bewaldeten Hügel Fossanderans wuchsen langsam aus dem Horizont. Die Küsten der Banjao-See verengten sich zur Straße von Palindos, in deren Mitte sich die Insel erhob. Von den zwei Fahrrinnen zwischen der Insel und dem Festland wurde gewöhnlich nur die östliche von Schiffen benutzt; die westliche war so flach, daß sie, außer bei bestimmten Mondkonstellationen, höchstens für kleine Boote passierbar war. Jenseits der Meerenge öffnete sich die Sabadao-See.

»Mich dünkt, auf der Ostseite befindet sich ein Strand, vor dem wir sicher ankern können«, sagte Kapitän Farrá.

Stunden vergingen, ehe die *Tarvezid* schließlich in eine Bucht lief, die von einem halbmondförmigen breiten Strand eingerahmt wurde. Der Anker wurde geworfen, und die Seeleute kletterten über ein Fallreep in das brusttiefe Wasser und wateten an Land.

Auf dem Achterdeck löste Mjipa das Tau, das die *Tarvezid* mit dem Floß verband. Dann rief er hinunter: »Ihr könnt an den Strand paddeln.«

»Aber was dann?« wollte Verar wissen. »Werdet ihr uns nicht nach Majbur schleppen?«

»Nicht um alles in der Welt! Ihr müßt euch schon allein durchschlagen. Das Festland ist nicht schwer zu erreichen. Im Osten gelangt ihr nach Ziada, und im Westen liegt Rakh, welches zur Republik Suruskand gehört.«

»Aber wir werden verhungern!«

»Das ist euer Problem. Ihr könnt ja Kapitän Farrá bitten, euch ein paar Angelruten zu überlassen.«

»*Takh!* Ihr seid eine grausame, gefühllose Bestie!« schrie einer der Khaldonier und schüttelte in ohnmächtiger Wut die Faust gegen Mjipa.

»Nachdem ihr Lumpen mir den Kopf abschlagen wolltet? Ha!«

»Wir haben lediglich Befehlen gehorcht«, sagte Verar. »Ihr könnt uns nicht die Schuld dafür geben, daß unser rechtmäßiger Herr von unerbittlichem Haß gegen Euch erfüllt ist. 's ist unsere heilige Pflicht, ihm bis in den Tod zu dienen.«

»Schön, dann erfüllt eure heiligen Pflichten anderswo.« Mjipa ging nach vorn, um zu sehen, wie die Reparaturarbeiten vorankamen.

Der Schiffszimmermann, jetzt nächst dem Kapitän zur wichtigsten Person an Bord avanciert, ruderte mit einer

Werkzeugkiste im Beiboot an Land. Von der Reling aus konnte Mjipa sehen, wie er zusammen mit zwei Matrosen, die Äxte bei sich trugen, am Strand entlanggging und Bäume inspizierte.

Die Khaldonier paddelten mit ihrem Floß zum westlichen Ende des Strandes. Sie zogen das Floß auf den Sand und verschwanden zwischen den Bäumen.

Alicia, die neben Mjipa an der Reling stand, sagte: »Ich sehe es gar nicht gern, daß diese Burschen wieder frei rumlaufen. Ich bin sicher, wenn sie könnten, würden sie uns erneut Ärger bereiten.«

»Du hast wahrscheinlich recht«, sagte Mjipa. »Es liegt also an uns, dafür zu sorgen, daß sie keine Gelegenheit dazu bekommen. Wenn wir an Land gehen, nimm besser eines der Schwerter mit.«

»Dann solltest du mir besser beibringen, wie ich mit so einem Ding umgehe. Ich hatte mich nämlich eigentlich nicht auf die Rolle Aliciens der Schwertjungfrau eingerichtet.«

»Okay, hier ist meines. Jetzt nimm die Abwehr-Grundstellung ein ... schau, so wie ich ...«

Am nächsten Tag sagte Mjipa zu Alicia: »Ich muß zugeben, daß diese Burschen ihr Handwerk verstehen. Schau dir den Mast an, wie er vor unseren Augen Gestalt annimmt!« Er zeigte auf den Strand, wo der Stamm des gefällten Baumes auf einem Schragen aufgebockt lag. Er war bereits von Ästen und Rinde befreit und wurde gerade auf die richtige Größe zurechtgeschnitten.

»Meister Mjipa«, ließ sich Doktor Isayin aus der Tür des Deckshauses vernehmen. »Würdet Ihr mich an Land begleiten? Ich möchte gern die einheimische Flora studieren.«

»Warum könnt Ihr nicht allein gehen?«

»Ich – ich fürchte mich vor den geschwänzten Wilden und anderen Kreaturen, die in den Wäldern lauern. Ihr seid weit stärker als ich, und mit Euch und Eurer tödlichen Klinge würde ich mich sicher fühlen.«

»Laßt uns doch alle an Land gehen und ein Picknick machen!« schlug Alicia vor. »Es würde uns bestimmt gut tun, zur Abwechslung mal wieder von diesem öden Zuber runterzukommen!«

Mjipa war zunächst nicht sonderlich begeistert von der Idee. Aber Alicia ließ nicht locker und bettelte so herzerweichend, daß er sich schließlich, wider bessere Einsicht, herumkriegen ließ. Auch er war der schaukelnden Deckplanken und modrigen Gerüche der *Tarvezid* überdrüssig, und der Vorschlag Alicias reizte ihn.

»Okay«, sagte er. »Alicia, hol dir ein Schwert! Ich besorge noch eine Pike für Euch, Doktor.«

Sie stiegen ins Beiboot. Als sie herausgeklettert waren und an den Strand wateten, hätte Mjipa am liebsten laut aufgejauchzt vor lauter Freude darüber, endlich einmal wieder festen, sicheren Boden unter den Füßen zu fühlen.

»Paßt auf, daß ihr den Seeleuten nicht in die Quere kommt«, sagte er zu seinen beiden Begleitern, als sie an den Krishnanern vorbeikamen, die an dem Mast arbeiteten. Mjipa benutzte noch immer die Pike als Krückstock, da sein Bein noch nicht völlig verheilt war. Sie fanden ein grasbewachsenes Plätzchen in dem Waldstreifen oberhalb des Strandes, erklommen die Düne, setzten sich ins Gras und packten ihren Picknickkorb aus. Während Mjipa und Alicia es sich schmecken ließen, streifte Isayin umher, rupfte hier einen Zweig, dort ein Gras ab und machte sich Notizen. Gefragt, ob er nichts essen wolle, antwortete er:

»Nein, ich mag nicht so früh speisen. Warum konntet Ihr nicht damit bis zu einer zivilisierten Stunde warten?«

Unten am Strand machte die Arbeit am Mast gute Fortschritte. Schließlich erscholl eine Trillerpfeife. Die Krishnaner legten ihre Werkzeuge nieder und ließen sich zu ihrem eigenen Mittagsmahl nieder, welches bei den Majburuma zu einer früheren Stunde eingenommen wurde als bei den Khaldoniern.

Plötzlich brach ein Tumult los. Vier Khaldonier kamen aus dem Wald gestürmt und rannten auf die essenden Seeleute zu, im Vorbeilaufen alles Eßbare an sich raffend, dessen sie habhaft werden konnten.

Wütendes Geschrei erhob sich von den Seeleuten, die hastig auf die Füße sprangen. Einige suchten nach Stöcken, Steinen oder anderen Wurfgeschossen, mit denen sie die dreisten Räuber angreifen konnten. Andere setzten mit Messern hinter ihnen her. Ein paar waren, mit Piken bewaffnet, als Wachen gegen einen möglichen Überfall durch die geschwänzten Krishnaner aufgestellt worden. Zwei von diesen nahmen ebenfalls die Verfolgung der Khaldonier auf. Einer schleuderte seine Pike nach ihnen, verfehlte sie jedoch.

»Beim Jupiter, schau dir das an!« rief Mjipa. »Sie ...«

Im selben Augenblick landete ein fürchterlicher Hieb auf Percy Mjipas Kopf. Die Welt begann sich um ihn zu drehen; vor seinen Augen tanzten tausend funkelnde Sterne, und er fiel vornüber auf die Knie. In irgendeinem Winkel seines Bewußtseins hörte er einen spitzen Schrei, der aus Alicias Richtung kam. Verschwommen nahm er wahr, daß auch sie weggetragen wurde und daß Isayin davonstob. Er versuchte zu schreien, aber seine Sinne waren so umnebelt von dem Schlag, daß er nur ein heiseres Krächzen zustande brachte.

Als er sein volles Bewußtsein wiedererlangte, fand er sich auf der Erde sitzend, in der Mitte einer kleinen natürlichen Lichtung tief im Wald von Fossanderan. Die Hände waren ihm auf den Rücken gebunden, und die Füße waren an den Knöcheln mit einem Stück Tau zusammengeschnürt. Er glaubte das Tau wiederzuerkennen, an dem die *Tarvezid* das Floß geschleppt hatte und das er achtlos auf das Floß geworfen hatte, als er es vom Schiff losgebunden hatte.

Als er sich, ungeachtet der Schmerzen, die diese Bewegung in seinem Kopf auslöste, zur Seite wandte, sah er, daß Alicia neben ihm saß, ebenfalls gefesselt. Eine Träne rollte ihr über die Wange, eine feuchte Spur auf dem Schmutz, der ihr Gesicht bedeckte, hinter sich herziehend. Rings um die Lichtung standen oder saßen die Khaldonier, hungrig an den Essensbrocken nagend, die die Räuber erbeutet hatten. Einige von ihnen hielten primitive, aus abgebrochenen Ästen gefertigte Keulen. Mjipa vermutete, daß der Schlag einer dieser Keulen ihn gefällt hatte.

»So!« sagte Verar, der vor Mjipa stand, Mjipas purpurfarbenes Wehrgehenk über den nackten Oberkörper geschlungen. »Erweist sich der mächtige, allwissende Terraner letztlich als doch nicht so unbesiegbar! Da kommt er an Land mit seinen Busenfreunden, vor Waffen nur so strotzend. Und doch ist er so simpel, daß ein kleines Ablenkungsmanöver, herbeigeführt durch unseren Überfall auf der Seeleute Mittagsmahl, seine Aufmerksamkeit so zu fesseln vermag, daß jeder hergelaufene Tropf sich ungesehen an ihn heranstehlen und ihm eins auf den Schädel geben kann!«

»Was wollt Ihr?« knurrte Mjipa.

»Nun, dasselbe wie ehedem, nämlich jenen Körperteil, welchen – zumindest im Augenblick noch – Euer Hals mit Eurem Rumpfe verbindet, auf daß ich ihn zu meinem Herrn und Gebieter tragen kann, zusammen mit dem Kopf Eurer Buhle.«

»Sie ist nicht meine Buhle. Aber sagt, welchen irdischen Nutzen würden unsere Köpfe Eurem Heshvavu bringen, außer daß sie ihm endlosen Ärger mit Novorecife einbringen würden?«

»Ihr versteht nicht, da Ihr kein echtes Ehrgefühl besitzt. Die Schmach, die Ihr über meinen Herrn gebracht habt, ist so groß, daß nur Euer Tod sie zu tilgen vermag. Würden wir ohne diese Trophäen nach Mejvorosh zurückkehren, so müßten wir mit unserem eigenen Kopf büßen; wohingegen wir, bringen wir diese Andenken heim, für den Rest unseres Lebens gemachte Männer sein werden.

Versteht mich recht, Terraner, ich habe nichts gegen Euch persönlich; aber den Befehlen seines natürlichen Herrn und Gebieters muß man strikt Folge leisten. Und Euer Tod wäre nur ein gerechter Lohn für die schrecklichen Wunden und Verluste, die Ihr uns in Vuzhovs Turm zufügtet.«

Verar zog Mjipas Schwert aus der Scheide und ließ den

Daumen über die Schneide gleiten. »'s war großzügig von Euch, uns gleich mit dem Mittel auszustatten, welches uns erlaubt, diese unsre ehrenvolle Mission zu vollenden. Ich wünschte, wir hätten eine solche Klinge gehabt, als wir das Tau in Stücke schnitten. Mit einem scharfen Stein daran herumzuritzen, ist eine lästige und langwierige Arbeit. Und nun beugt den Kopf, auf daß das Werk rasch und ohne unnötigen Schmerz vollendet werde.«

»Es muß doch etwas geben, das Khorosh lieber hätte als meinen Kopf!« schrie Mjipa. »Besprechen wir die Sache auf eine vernünftige, zivilisierte Weise ...«

»Nein; wir Zhamanakianer sind nicht so töricht, uns von euch terranischen Spitzbuben in ein Gewebe von Lügen und spitzfindigen Ausflüchten und Verdrehungen verstrikken zu lassen. Wollt Ihr jetzt endlich Euren Kopf beugen, oder muß ich ihn von meinen Männern in die passende Haltung zwingen lassen?«

»Ich ...«, setzte Mjipa zu einem letzten verzweifelten Versuch an, als plötzlich einsetzender Lärm Verar herumwirbeln ließ. Aus dem Wald brach eine Horde geschwänzter Krishnaner, nackt und behaart und mit Steinäxten bewaffnet. Ein paar trugen auch metallene Waffen. Mit entsetzten Schreien packten die Khaldonier ihre Keulen und wichen zurück, sich ängstlich zu einem Häufchen zusammendrängend.

Der Anführer der geschwänzten Krishnaner hatte sich einen künstlichen Kopf über den Kopf gestülpt, der ihn wie einen riesigen terranischen Pavian aussehen ließ. Er deutete auf Mjipa und schrie etwas in einer Sprache, die hauptsächlich aus Grunz- und Knacklauten zu bestehen schien.

Verar war zusammen mit seinen Leuten zurückgewichen. Ein anderer Khaldonier hielt das Schwert, das Alicia getragen hatte; zwei weitere hatten sich die Piken von Mjipa und Isayin genommen.

Mjipa war erstaunt, dasselbe Grunzen und Knacken plötzlich aus Alicias Mund zu vernehmen. Der Anführer trat vor und nahm seinen künstlichen Kopf ab. Das Ungetüm artig unter dem Arm geklemmt haltend, sprach er Alicia erneut an, die postwendend antwortete.

Nach einem kurzen weiteren Wortwechsel wandte sich der Geschwänzte um und rief seinen Leuten etwas zu. Darauf stürzten sie sich auf die zwölf Khaldonier. Mjipa sah kurz ein Schwert in der Luft aufblitzen und es gleich darauf, mitsamt den zwölf Khaldoniern, unter einer Masse haariger Leiber verschwinden. Kurz darauf wurde ein toter Khaldonier, blaugrün blutend, auf den Füßen aus dem Gewühl gezogen; und schon folgte der nächste, dann noch einer, bis schließlich alle zwölf Khaldonier, Verar eingeschlossen, tot auf der Lichtung lagen.

Der Anführer trat, stolz eines der Schwerter tragend, vor Alicia und sprach etwas. Sie antwortete und beugte den Kopf vornüber. Einen schrecklichen Augenblick lang glaubte Mjipa, der Fossanderaner wollte ihr die Behandlung angedeihen lassen, die Verar ihnen noch wenige Minuten zuvor in Aussicht gestellt hatte. Aber der Geschwänzte wollte bloß das Tau durchtrennen, mit dem ihre Hände zusammengebunden waren. Als er dies getan hatte, schnitt er auch das Tau an ihren Füßen durch, und zuletzt befreite er auch Mjipa von seinen Fesseln. Nach einem erneuten Wortwechsel in der Sprache der Geschwänzten setzte der Häuptling seinen künstlichen Kopf wieder auf und stolzierte davon, gefolgt von seinen Leuten. Die Schwerter und Piken der Terraner nahmen sie mit. Einen Moment lang war Mjipa versucht, die Waffen zurückzufordern, aber er verwarf den Gedanken sofort wieder. Es war kaum anzunehmen, daß er sie wiederbekommen würde, und außerdem waren sie ein fürwahr geringer Preis für ihrer beider Leben.

Er atmete tief auf. »Meine Pensionierung ist zwar erst in hundert Jahren fällig, aber manchmal frage ich mich, ob es die Sache wirklich wert ist ... Aber jetzt erzähl mir, was passiert ist.«

»Sie hielten Verars Bande für Sklavenjäger, und andererseits erkannten sie in dir den Terraner wieder, der versucht hatte, sie als Gegenleistung für die Vertreibung der Sklavenjäger zu befrieden. Sie halten große Stücke auf dich, weil du sie anständig und ehrlich behandelt hast. Hast du denn überhaupt nichts von ihrer Sprache gelernt?«

»Nein. Dazu hatte ich keine Zeit. Ich hatte einen zahmen Geschwänzten aus den Koloft-Sümpfen als Dolmetscher dabei. Wie hast du sie denn gelernt?«

»Mit einem Buch und Kassetten, wie gewöhnlich.«

»Aber jetzt erzähl schon – was passierte?«

»Ich erklärte ihnen, daß du gekommen wärst, um Gerüchten über neue Sklavenraubzüge nachzugehen und daß Verars Bande Sklavenjäger wären, die uns töten wollten, um der Entlarvung zu entgehen. Ich sagte ihnen, sie dürften die Khaldonier herzlich gern mitnehmen und grillen.«

Mjipa schnitt eine Grimasse. »Ich habe eine tiefsitzende Abneigung gegen Kannibalismus; aber ich denke mir, auf diese Weise dient Verars Bande nun endlich auch einmal einem guten Zweck.« Er stand auf und reichte Alicia die Hand, um ihr aufzuhelfen, aber sie sprang ohne seine Unterstützung auf die Füße.

Sie gingen den Pfad entlang, der parallel zum Meer verlief, das sie durch die Bäume glitzern sehen konnten. Mjipa, der feststellen mußte, daß er immer noch stark humpelte, schnitzte sich mit seinem Dolch, den man ihm gelassen hatte, aus einem Ast eine Krücke zurecht. In der Ferne hörte er das Dröhnen der Holztrommeln, die das Festmahl ankündigten, in dem die Geschwänzten bald schwelgen würden.

»Ich hatte dir gesagt, du solltest die Kerle nicht retten, als sie hilflos auf dem Floß trieben«, sagte Alicia. »Und jetzt sind sie genauso mausetot, wie sie es gewesen wären, wenn du sie auf dem Meer gelassen hättest. Das einzige, was deine großherzige Geste uns eingebracht hat, war wieder mal eine Bredouille, der wir nur mit knapper Not und unwahrscheinlichem Dusel entkommen sind. Und warum hast du nicht ...«

»Lish!« sagte Mjipa in einem Ton, der so streng klang, daß sie ausnahmsweise einmal in ihrer Tirade verstummte. »Laß uns nicht wieder mit diesem Wenn-du-dies-nicht-gemacht-hättest- und Das-war-dein-Fehler-Spielchen anfangen. Ich habe diese Aufrechnerei ganz fürchterlich satt. Wir haben beide genug Fehler gemacht, daß es für alle reicht; du warst zum Beispiel diejenige, die auf dem Picknick bestanden hat. Aber das hast du dadurch wiedergutgemacht, daß du die Sprache der Geschwänzten konntest. Dennoch ...« Er hob die Hand, als sie erneut Anstalten machte, zu einer Tirade anzusetzten. »... ich bin älter als du, und ich kann dir eines sagen. Einer, der nie die Gelegenheit gehabt hat, zu sich zu sagen: ›Wie konnte ich nur so ein Idiot sein!‹, hat einfach nicht gelebt. Wenn du aufhörst, meine Fehler und Irrtümer aufzuzählen, dann höre ich auf, deine aufzuzählen. Einverstanden?«

Sie warf ihm einen säuerlichen Blick zu. »Okay; abgemacht.«

Am Strand angekommen, erfuhr Mjipa, daß Isayin an Bord des Schiffes zurückgekehrt war. Er und Alicia fuhren ebenfalls zurück aufs Schiff. Sie fanden den Scholaren in seiner Koje.

»Mir geht es gar nicht gut!« greinte Isayin. »Ich bin überanstrengt und erschöpft von all dieser Aufregung! Ich brauche Ruhe und Sicherheit. Meister Mjipa, wie konntet Ihr zulassen, daß diese Schurken sich unentdeckt an uns heranschleichen konnten? 's war sehr dumm von Euch!«

»Und von Euch nicht minder«, knurrte Mjipa. »Ihr hättet ebensogut aufpassen können wie ich. Warum hat Kapitän Farrá nicht ein paar seiner Männer bewaffnet und sie losgeschickt, uns zu suchen?«

»Weil er euch für Unglückbringer hält. Und da er sich nichts aus Terranern macht, wäre er heilfroh gewesen, wenn er euch nie wiedergesehen hätte.«

»Und warum seid Ihr davongerannt, ohne auch nur den geringsten Versuch zu unternehmen, uns zu verteidigen?«

»Ich bin kein vulgärer Säbelraßler, sondern ein Intellektueller. Ich bin es nicht gewohnt, mich an solchen Raufereien zu beteiligen, während sie für Euch sozusagen Euer tägliches Brot sind. Wie sagt doch der Philosoph Kurdé ...«

Mjipa ballte die Fäuste. »Die Götter Krishnas mögen mir die Kraft geben, mich zu beherrschen!« preßte er zwischen den Zähnen hervor. »Wenn ich daran denke, daß ich Kopf und Kragen riskiert habe, um Euch vor Vuzhovs Justiz zu bewahren! Wenn ich könnte, würde ich Euch nach Kalwm zurückschicken.«

Er stob aus der Kabine und knallte die Tür hinter sich zu. Als Alicia, die den Wortwechsel verfolgt hatte, ihm ein feines Lächeln zuwarf, drohte er: »Und wenn du jetzt sagst: ›Habe ich es dir nicht gleich gesagt?‹, dann nimmst du ein unvorhergesehenes Bad in der Banjao-See, das schwör ich dir!«

»Aber Percy-Herzchen! Wir haben uns doch gerade darauf geeinigt, solche Dinge nicht mehr zu sagen, erinnerst du dich nicht?«

»Stimmt. Abgemacht?«

»Abgemacht.«

10

Wiedersehen

Es ging auf den Abend zu, als Percy Mjipa und Alicia Dyckman auf der nördlichen Uferstraße am Pichidé-Fluß auftauchten. Die beiden Ayas, auf denen sie dahintrabten, hatten sie in Majbur gekauft. Ihre Taschen hatten sie hinter den Sätteln festgeschnallt. Sie ritten in hohen Krishnanerstiefeln, ebenfalls in Majbur erworben. Ein nagelneues Schwert baumelte gegen die Flanke von Mjipas Aya, während Alicia das Schwert trug, das sie dem Wächter abgenommen hatten, als sie aus der Arrestkammer in Mejvorosh entwischt waren. Mjipa hatte sich ein neues Schwert gekauft, weil der Griff der zhamanakianischen Waffe zu kurz für seine große Pranke war.

Alicia trug ihren khaldonischen Strohhut. Der Hut war mit einem Riemen unter ihrem Kinn befestigt, und die breite Krempe wippte bei jedem Schritt des Ayas auf und ab. Das Haar der beiden Reiter war auf die Länge von einem Zentimeter nachgewachsen, so daß sie, wenn sie den Hut absetzten, aussahen, als hätten sie sich einen Bürstenschnitt zugelegt.

Als sie sich dem Osttor des Stadtgebietes von Novorecife näherten, rief Mjipa dem Posten auf dem Wachtturm zu:

»*Aberta!* Hier sind die Terraner Mjipa und Dyckman!«

Ein Getrippel war hinter der Mauer zu hören, und das Tor öffnete sich. Als sie hineinritten, kamen die Einwohner in Scharen aus den Häusern geströmt, bis die beiden Reiter schließlich kein Durchkommen mehr durch die Menge fanden, die die Straße blockierte. Die Ankunft der beiden verbreitete sich wie ein Lauffeuer, und in kürzester Zeit war ganz Novorecife auf den Beinen.

»Steig ab, Percy!« schrie jemand. »Wir kümmern uns um die Tiere und das Gepäck!«

Als Mjipa aus dem Sattel glitt, schloß ihn der bärenähnliche Boris Glumelin in seine Bärenpranken, drückte ihn an sich und gab ihm einen schmatzenden Kuß auf beide Bakken. Dann machte er das gleiche mit Alicia Dyckman und dröhnte: »*Bodsche moy,* was haben Sie dänn mit Ihrem hibschen Haar gämacht?«

»Das ist eine lange Geschichte«, antwortete Alicia. »Wir erzählen sie, sobald wir uns einigermaßen präsentierbar gemacht haben.«

»Gutt! Nähmt ein Bad. Wenn wir Champagner hätten, wirde ich sagen, nähmt Bad in Champagner, aber wir haben keinen. Mal alle härhören!« Glumelin hob beide Arme. »Ist Feiertag fir den Räst des Tages. Wir haben ein Fäst zu feiern, großes Fäst, was sag ich, sähr großes Fäst. Hokay? Wir sähen uns dann in einer Stunde, oder in zwei. O Färgus!« Seine Begrüßung galt einem schlaksigen, jugendlich wirkenden Mann mit wettergegerbter Haut, karottenrotem Haar und Sommersprossen. »Ich glaube, du kännst Alicia noch nicht. Doctor Alicia Dyckman, dies ist Fergus Reith, unser fäster Touristenfihrer fir den ganzen verdammten Planätt. Sie können ihn mit Sir Fergus anreden; der Rägent von Dur hat ihn zum Ritter gäschlagen.«

»Ich habe schon von Ihnen gehört«, sagte Alicia und schüttelte ihm die Hand. »Percy hat mir von Ihren Abenteuern in Dur erzählt. Ich glaube, wir waren zur selben Zeit in Baianch, sind uns aber nicht über den Weg gelaufen.«

»Hallo, Fergus!« dröhnte Mjipa. »Na, ist keiner von deinen Touristen von einem Sáferir gefressen worden?« Sie schüttelten sich heftig die Hand.

»Bákh sei Dank, nein.« Reith grinste. »Die Orientalen haben sich viel besser benommen als diese verrückte Horde von Weißen, mit denen ich davor unterwegs war. Und wie ist es dir so ergangen?«

»Hallo, Victoria, meine Liebe!« rief Alicia dazwischen. »Ihr Percy war absolut großartig; ein echter Held!« Sie trat einen Schritt vor, stellte sich auf die Zehenspitzen und gab Mjipa einen Kuß auf das Kinn. »Wir sehen uns dann alle nachher. Bis dann!«

Victoria Mjipa drückte ihren Percy heftig an die eigene Bärenbrust und sagte: »Komm, mein Schatz. Ich weiß, was *du* willst.«

»Laß mich besser erst das Bad nehmen«, sagte er. »Ich muß stinken wie ein ganzer Ayastall.« Sie machten sich auf den Weg nach Hause.

Stunden später, erschöpft vom Essen, Trinken, Singen und Tanzen und heiser vom dutzendmaligen Wiederholen seiner Geschichte, ließ sich Percy Mjipa in seinen Sessel in einer Nische der Nova Iorque-Bar zurücksinken. Ihm gegenüber saß Victoria, auf deren mächtiger Brust die Halskette von König Ainkhist prangte. Sie fragte:

»Und was ist aus deinem Professor geworden?«

»Wir haben ihn in Majbur zurückgelassen. Er wär gern mit nach Novo gekommen, aber wir hatten von seinem ewigen Gequengel die Nase voll. Ich hab Gorbovast gebeten, sich um einen Job für ihn zu kümmern. Er mag ja ein Opfer der Wissenschaft sein, aber für mich war er ein nervtötender Plagegeist.«

Auf der gegenüberliegenden Seite des Raums saß noch ein Paar in einer Nische. Ein Teil davon war Alicia Dyckman, die eine durchsichtige Rüschenbluse mit nichts drunter trug und dazu den khaldonischen Kilt, den sie sich in Majbur gekauft hatte. Das Halsband aus Silber und Halbedelsteinen wetteiferte, jedoch nicht sehr erfolgreich, mit ihrem Busen um die Aufmerksamkeit des ihr gegenübersitzenden, hingerissen und mit hüpfendem Adamsapfel auf ihre Rundungen starrenden anderen Teils.

Dieser andere Teil war niemand anders als Fergus Reith. Mjipa starrte verwirrt zur Nische der beiden hinüber.

»Schau sich das einer an!« sagte Mjipa kopfschüttelnd und mit einem Grinsen. »Sie haben sich gerade erst kennengelernt; und sie ist die Frau, die kein Interesse am Sex hat, die mit ihrer Karriere verheiratet ist!«

Alicia und Reith waren so versunken ineinander, daß sie alles um sich herum vergessen zu haben schienen. Sie saßen über die Tischplatte nach vorn gebeugt, die Gesichter ganz dicht beieinander, redeten, lachten und hielten Händchen unter dem Tisch.

Victoria Mjipa lächelte. »Sieht so aus, als würde unser schlanker blonder Eiszapfen ganz plötzlich schmelzen.«

»Was ist eigentlich mit dieser krishnanischen Ehefrau, die Fergus in Dur hinterlassen haben soll? Diese Prinzessin?«

»Das ist aus, zumindest nach terranischem Recht. Ram hat die Ehe annulliert, weil sie durch Nötigung zustande gekommen war.«

»Nun ja«, sagte Mjipa, »wenn Fergus anbeißt, dann hat er alle Hände voll zu tun, in jedem Sinn des Wortes.«

»Wie ist sie?«

»Lish? Eine wunderbare Person in vielerlei Hinsicht: intelligent, couragiert, willensstark, pfiffig und praktisch. Sie könnte Machiavelli noch Lektionen in puncto Realismus erteilen, und sie hält Belastungen stand, die die meisten Frauen umbringen würden. Aber sie ist auch eine fürchterliche Giftnudel: herrschsüchtig, rechthaberisch, starrsinnig, streitsüchtig, hitzköpfig, und steht immer unter dem Zwang, irgend jemanden über irgendwas belehren zu müssen. Wir waren oft wie Hund und Katze zueinander. Ich respektiere und bewundere sie, aber ich danke allen Göttern Krishnas auf Knien, daß ich nicht mit ihr leben muß.«

»Ein wie großer Anteil an euren Reibereien war dem Umstand zuzuschreiben, daß sie eine Frau ist? Ich meine, wenn ein Mann exakt die gleichen Eigenschaften hätte, wärst du dann besser mit ihm ausgekommen?«

»Das glaube ich nicht, und ich glaube auch nicht, daß es was mit männlichen Vorurteilen zu tun hatte. Schau, Liebling, du bist doch auch ein Mensch, der wahrlich seinen eigenen Kopf hat, aber wir haben es doch nun schon lange gelernt, mit den Fehlern des anderen zu leben.« Mjipa lächelte. »Aber inwieweit sind wir uns eigentlich je unserer eigenen Vorurteile bewußt? Sie sind uns doch so in Fleisch und Blut übergegangen, daß sie uns wie nüchterne, realistische Ansichten vorkommen. Trotzdem, ich habe schon ein bißchen Angst um den jungen Reith.«

»Fergus macht auf mich den Eindruck eines tüchtigen, selbstbewußten Burschen.«

Mjipa zuckte die Achseln. »Ich weiß nicht, wie er nach einer ihrer Schimpftiraden aussehen wird. Es wird jedenfalls interessant sein, das zu verfolgen.«

»Sie ist schön nach weißen Maßstäben, trotz dieses garstigen Stoppelhaarschnitts«, sagte Victoria. »Vielleicht lernt sie noch, bevor es zu spät ist, daß es Dinge gibt, die man anderen nicht ungestraft antun kann.«

»Vielleicht, aber ich werde nicht den Atem anhalten. Schönheit allein hat noch nie ein Scheckkonto ausgeglichen oder einem Ehepartner über eine Krankheit oder Arbeitslosigkeit hinweggeholfen. Nicht«, beeilte er sich hinzuzufügen, »daß du in meinen Augen nicht schön wärst.«

»Vielen Dank, du alter Charmeur.« Victoria beugte sich vor. »Sag mir eins, Percy. Sag mir die reine Wahrheit, und ich verspreche dir, ich drehe dir keinen Strick draus, ganz gleich, wie die Antwort ausfällt. Ich kenne euch Mannsbilder, und ich weiß, in was für Situationen man manchmal geraten kann. Hast du was mit ihr gehabt?«

»Nein, meine Liebe, da ist nichts gelaufen. Ich gebe zu, daß ich ein paarmal verdammt nahe dran war, weil ... wir waren eben eine lange Zeit auf engstem Raum zusammen. Vielleicht wäre es anders gekommen, wenn wir uns wirklich gemocht hätten, aber dem war nicht so.

Ein paarmal hatte ich Lust, und ein paarmal sie; aber diese Phasen fielen nie zeitlich zusammen. Reiner Zufall. Wie wir es überhaupt mehr dem Zufall als unserer klugen Taktik oder Tüchtigkeit zu verdanken haben, daß wir jetzt hier sitzen.« Erleichtert darüber, daß Victoria keine Fragen gestellt hatte, die das Thema Ovanel berührten, vertrieb Mjipa mit einer tätschelnden Handbewegung ein Gähnen. »Die Party ist aus. Komm, wir gehen ins Bett.«

»Mein armer kleiner Percy! Du mußt ja fast im Stehen einschlafen.«

»Wer sagte denn hier was von ›schlafen‹? Ich sagte *Bett.*«

»Was, schon wieder? Nun, ich bin gern dabei.« Sie standen auf. Mjipa bemerkte, daß Alicia und Reith bereits gegangen waren.

Auf dem Nachhauseweg, der quer über den abgeschlossenen Bereich führte, sichtete Mjipa Alicia und Reith, wie sie langsam, Hand in Hand, im Schein Karrims dahinschlenderten. Sie sprachen leise miteinander und schenkten den Mjipas keine Beachtung. Als die letzteren zu ihrem Haus abbogen, sagte Mjipa:

»Wo wir gerade von Bett sprechen, in welchem werden die beiden wohl landen?«

»Schlechtes dem, der Schlechtes denkt. Vielleicht endet es in nichts weiter als einem züchtigen Gutenachtküßchen vor der Haustür.«

»Da könntest du recht haben, aber nach dem, was ich gesehen habe ... Nun ja, es geht uns schließlich nichts an. Aber ich frage mich trotzdem, wie lang das wohl halten wird.«

»Nicht viele Ehepaare bleiben so lange zusammen, wie wir schon zusammen sind«, sagte Victoria.

»Das ist wohl wahr. Die Institution Ehe war ursprünglich nicht für Menschen mit einer Lebensspanne von zweihundert Jahren vorgesehen. Aber wir Bamangwato nehmen unsere Verpflichtungen eben ernst ... Sag mal, hat Glumelin inzwischen eigentlich die Zustimmung Balhibs für mein Konsulat in Zanid besorgt? Nein? Warum nicht? Eines Tages wird dieser Esel einmal zuviel *Nitschjewo!* zu mir sagen, und dann werde ich ihn erwürgen ...«